Das Lachsmesser im Marzipanschwein

LEPORELLO
K R I M I

© 2010 LEPORELLO Verlag
Richard-Wagner-Straße 15 · D-47799 Krefeld
leporellobuch@aol.com
www.leporello-verlag.de
Alle Rechte vorbehalten.
Gestaltung: WerbeAtelier Coelen
Druck und Bindearbeiten: Bercker, Kevelaer
ISBN 978-3-936783-39-1

Ulla Lessmann

Das Lachsmesser im Marzipanschwein

Morde und andere Zufälle

KRIMINALGESCHICHTEN

Leporello Verlag

Inhalt

LEPORELLO
KRIMI

Gelassenheit – wie geht das?

Na gut, denkt Traut, na gut, na gut. na gut. Gehe ich eben zu diesem Seminar »Achtsamkeit lernen – Gelassenheit, wie geht das?«. Das klingt zwar völlig bescheuert, aber vielleicht hilft es.

Und es ist immer noch besser als Mord.

»Wie geht das?« Was für eine saublöde Formulierung, davon kriegt sie jetzt schon was über sich. Warum steht dort nicht: »Gelassenheit, was ist das?« Das würde sie interessieren: Was ist das bitte – Gelassenheit? Nie gehört, nie gesehen.

Schon ihre erste Lehrerin fand, sie sei ein nervöses Huhn. Sind Hühner nervös? »Die Traut hat so was Spilleriges.« Da war sie klein und dünn. Klein ist sie immer noch und auch nicht dick, aber sie hat einen großen Busen. Manchmal glaubt sie, der bebt, wenn sie sich aufregt. »Mit bebendem Busen«. Das hat sie mal gelesen und hat seitdem immer mal auf ihre Brüste geschielt, wenn sie sich aufregt. Was sie eigentlich dauernd tut, aber es bebt nichts. Deshalb hat sie es irgendwann wieder gelassen, davon bekommt sie bloß ein Doppelkinn.

Traut sitzt im winzigen »Personalaufenthaltsraum«, eine Art Kabuff, eine nicht mehr gebrauchte Speisekammer neben der Restaurantküche. Immerhin kann man hier sitzen, die Beine ausstrecken, seine Straßenklamotten ordentlich aufhängen, die Haare im Spiegel kontrollieren und einfach vor dem Gästeansturm noch kurz relaxen, nachdem sie die Tischeindeckung noch mal ganz genau kontrolliert hat; es fehlte mal wieder ein Buttermesser, das hat der Azubi vergessen und ein Glas war nicht sauber.

Sie hätte schon wieder an die Decke gehen können und biss stattdessen die Zähne zusammen, obwohl das total schädlich sein soll. »Relaxen« hat sie übrigens früher nie gesagt, aber jetzt sagen das alle. Wer »entspannen« sagt, ist von gestern. Man muss aufpassen, dass man nicht von gestern ist. Die Gäste sprechen schließlich auch so. »Bei Ihnen kann man immer so wundervoll relaxen, sagen Sie das doch bitte Ihrem Chef.« Das stöhnt immer dieser Werbefuzzi beim dritten Grappa, breitet die Arme aus, reckt seinen Wanst und seufzt ziemlich eklig, als ob er zu Hause im Bett liegt und gerade einen Orgasmus hatte. Manchmal schmeißt er mit dieser ausholenden Geste sein Rotweinglas vom Tisch. »Ach je, ach, verehrte Traut, das tut mir leid, setzen Sie's einfach auf die Rechnung, ich fühle mich hier eben wie zu Hause.« Als ob der jemals zu Hause seine Rotweingläser kaputt schmeißt, dieser aufgeblasene Heini mit Goldkettchen. Tatsächlich. Sie dachte, das sei völlig out. Aber der Werbefuzzi färbt sich die Haare und trägt Goldkettchen und hat jedes dritte Mal eine andere umwerfende Blondine dabei. Wirklich umwerfend, das sagt sogar der Chef, dabei ist der Werbefuzzi selber der Umwerfende. Ha, ha. Traut ist nicht gerade das, was man witzig nennt und macht sich auch keine Illusionen darüber, dass sie es ist. Aber wenn etwas auf der Hand liegt, liegt es auf der Hand und die umwerfenden Blondinen, wie der Chef sie nennt, sind tatsächlich immer sehr schön und duften köstlich und haben knisternde Haare und schimmernde Wangen, keine Frage. Die schmeißen auch keine Gläser um, die sind souverän.

Ach, Traut wäre auch so gerne souverän! Sie ist es ja durchaus in ihrem Job und im Prinzip auch mit den Gästen. Sie scherzt, ohne aufdringlich zu werden, sie passt genau auf und ist fix, sie vergisst nichts, merkt sich sogar Vorlieben und Allergien von Stammgästen.

Aber hinter den Kulissen, wie man so schön sagt, da kriegt sie sich nicht mehr ein. Als ob sie nichts dazu beiträgt, dass der Werbefuzzi relaxt, dieser Lackaffe! Als ob nicht sie immer die Scherben auffegen muss und alle dabei auf ihren Hintern starren, aber wenn sie statt sich zu bücken in die Knie geht, rutscht der schwarze Rock über den halben Oberschenkel hoch. Wie soll man elegant Scherben auffegen? Dem Azubi überlässt sie das nicht, der übersieht doch die Hälfte. Neulich ist es ihr immerhin gelungen, währenddessen mit einer spitzen Scherbe eine tiefe Kerbe in den weichen Lederschuh des Lackaffenwerbefuzzis zu ratschen. Das hat er nicht gemerkt.

Gäste! Manchmal machen sie einen wahnsinnig. Ach was, manchmal! Meistens. Fast immer.

Also: Gelassenheit. Die kann man lernen sagen alle. Das mindert die Aggression, die gefährliche. Der Chef hat zu ihr gesagt: »Reg' dich nicht immer so auf, das geht nicht mehr. Du bist doch gut, du bist zuverlässig, dir fällt nichts hin und du bist aufmerksam. Ich finde, dass du gut bist, ich will dich behalten, die Gäste mögen dich auch. Aber mit dieser ständigen unnützen Aufregung, die du in der Küche verbreitest, diesem dauernden Gejammere von dir, ,der treibt mich in den Wahnsinn', ,der Ackermanns ist wieder da, dieser Tyrann', ,der ekelhafte Werbefuzzi hat schon wieder 'ne neue Blondine am Hals': Das muss einfach aufhören! Nachher merkt das doch mal einer draußen, dass du ihn hasst. Und du machst mir auch die Küchenbrigade nervös. Tu was dagegen. Man kann heutzutage für alles Kurse belegen. Ich geb' dir was dazu. Da ist gerade dieser Kongress im ,Mercure', Heilpraktiker und Therapeuten und solche Typen, die bieten Tiefenentspannung und so was am ,Tag der Offenen Tür zu dir selber' an, für die Allgemeinheit. Geh' da mal hin.«

Traut trinkt einen Schluck von ihrem Kaffee. Sie trinkt immer noch Kaffee, obwohl von den Gästen niemand mehr Kaffee trinkt. Die trinken nur noch Espresso und Milchkaffee und Latte Macchiato und, und, und. Ätzend, alles doofe Angeber.

Müsste es nicht heißen »Gelassenheit - wie geht die?« »Die« Gelassenheit heißt es doch schließlich.

Wenn sie so weiter macht, wird sie diese Serviette niemals gefaltet kriegen. Sie hat sich die Servietten mit in das Kabuff genommen. Serviettenfalten beruhigt, hat der Sommelier neulich zu ihr gesagt. Das ist eigentlich ein Netter, das muss man sagen, so'n ruhiger Vertreter, der bringt die Leute auf eine ganz gelassene, unaufdringliche, unarrogante Art dazu, teure Weine zu bestellen und macht sie glauben, sie hätten sie selber ausgesucht. Der macht Traut ganz rappelig mit dieser Ruhe, ganz kribbelig wird sie davon, obwohl er wirklich nett ist und nicht so tut, als wäre er Franzose, sondern zugibt, dass er vorher auch in Krefeld, bei »Chopelin im Casino«, gearbeitet hat, immerhin die erste kulinarische Adresse am Platze, aber es ist eben nur Krefelder Platz und nicht Monte Carlo. Also, über den kann Traut sich nicht ernsthaft aufregen, aber was heißt das schon? Neulich hat sie sein Sommelierbesteck im Kabuff versteckt, weil sie dachte, jetzt regt der sich auch mal auf, aber er hat ganz ruhig gesagt: »Chef, ich bin noch mal kurz weg« – und kam umgehend mit einem neuen wieder, die Ruhe selbst.

Eigentlich muss sie sich im wörtlichen Sinne nie über etwas ernsthaft aufregen, das kommt einfach wie es kommt, und sie könnte rasend werden vor Ärger, Aufregung und Nervosität. Und es kommt eben immer und vielleicht kostet es sie bald den Job, wenn der Chef sie nicht mehr erträgt. Dann hätte sie wirklich einen Grund zur Aufregung. Ausgebildete Hotelfachleute im Alter von 43 Jahren sind den meisten Restaurants zu teuer und so viele erstklassige Restaurants gibt es nicht in Krefeld, und die wirklich erstklassigen haben wenig Fluktuation und in den guten wäre sie dann nur eine von vielen Kolleginnen und müsste sich womöglich mit unfähigen Serv</br>iererinnen rumärgern und sich tierisch über faule Dilettantinnen aufregen.

Die Servietten sind schon wieder so labberig aus der Wäscherei zurückgekommen, dass sie gar nicht richtig ihre Form halten, die Form, die der Chef unbedingt will auf seinen Scheißtischen in seinem Scheißrestaurant.

Hach, Gelassenheit! Die können reden und Workshops anbieten, diese Therapeuten, die da im »Mercure« tagen, die haben noch nie den Herrn Direktor Ackermanns bedient, der seinen riesigen Bauch gegen die Tischkante presst und immer gerade irgendetwas von der anderen Seite des Tisches zu sich heranziehen muss, wenn sie serviert, damit sein Arm wie zufällig ihren Busen streift, dieses Schwein.

»Sehr gerne, Herr Ackermanns, darf ich Ihnen sonst noch etwas bringen? Vielleicht etwas Süßes?« Scheiß drauf. Gelassenheit, wie geht das? Dann sagt der Ackermanns: »Na, was Süßes, Sie sind mir eine, was Süßes passt immer noch rein, was? Hä, hä, in meinem Alter schätzt man süße Sachen besonders, hä, hä.«

Der lacht wie in den 50er Jahren die Fettärsche gelacht haben. Manchmal wundert sie sich, dass im Jahre 2010 die Fettärsche immer noch so lachen und so aussehen wie in diesen alten Filmen, die sie immer Sonntagsnachmittags im Ersten zeigen und dass die noch so aussehen wie die Karikaturen von Kapitalisten aus den 60er Jahren. Dabei ist der gar keiner, sondern bloß Direktor von irgendeinem städtischen Konzern. Mitunter, längst nicht immer, kommt seine Frau mit ins Restaurant, so eine große, knochige, magere mit einer von diesen gnadenlosen Kurzhaarfrisuren, die sportlich aussehen sollen. Traut kriegt immer eine Gänsehaut, wenn sie diese erbarmungslosen Kurzhaardrahthaardackelfrisuren sieht, und die Direktorsgattin, der Arsch sagt tatsächlich »meine Gattin«, die hat einen Mund wie ein Arschloch, kein Wunder, dass der bestimmt in den Puff geht.

Nein, nein, nein, das will Traut eigentlich gar nicht denken, das ist total ungerecht, vielleicht ist die nett und war mal langhaarig und kümmert sich um alte, kranke Leute. Schließlich würde Traut Herrn Ackermanns selber erst recht nicht haben wollen und vielleicht war seine Gattin früher nicht so unbarmherzig zugerichtet und gestriegelt, vielleicht ist sie an seiner Seite so geworden, fragt sich nur, warum er sie da behalten hat, vielleicht kann sie kochen, das würde Traut aber auch wiederum wundern.

Jedenfalls guckt sie sich auch wegen der Gänsehaut, die die Frisur der Frau Direktor bei ihr verursacht, das Programm von diesem Therapeutenkongress an, weil die für jeden Menschen zugänglichen Veranstaltungen am »Tag der Offenen Tür zu dir selber« heute in der »Rheinischen Post« stehen. Chronobiologie klingt sehr interessant, da soll man rausfinden, was man für ein Chronotypus ist und sein individuelles Tempo der eigenen inneren Uhr folgend entdecken und ihm folgen. Du liebe Zeit, die haben sie ja nicht alle! Das wird Traut viel nutzen, wenn Tisch 7 genervt guckt, weil die Vorspeise überfällig ist, während Traut ihrer inneren Uhr folgt und erst mal die Beine im Kabuff hochlegt. Und Ackermanns wird toben, wenn sein Amuse Bouche nicht kommt, weil Traut ihre Chronobiologie beachtet und Servietten faltet. »Meditation in Bewegung« klingt auch wie für sie gebacken. Wenn sie diesen Gelassenheitskurs gemacht hat und dann weiß, wie das geht, kann sie vielleicht ihrer inneren Uhr mit Hilfe der Chronomedizin, so heißt das nämlich, folgen, ohne sich aufzuregen und ständig Mordpläne zu basteln und trotzdem eine gute Hotelfachfrau bleiben und in Bewegung meditieren.

»Kellnerin« sagen immer noch viele und das in einem solchen Restaurant! Sie platzt innerlich vor Wut, wenn sie das hört: »Schatzi, sagst du mal der Kellnerin, dass ich doch lieber die Jakobsmuscheln nehme statt des Babysteinbutts?« Und das so laut, dass alle es hören. Sie ist ja schon froh, dass wenigstens das »Fräulein« inzwischen nahezu völlig ausgestorben ist.

Traut drückt ihre Zigarette aus, wäscht sich die Hände, sprüht »Odol«. Der Chef mag es eigentlich nicht, wenn sie raucht, aber solange sich die Gäste nicht darüber beschweren, dass sie stinkt, darf sie drei pro Abend im Personalkabuff rauchen. Eine vorher, eine zwischen den Desserts und den Digestifs und eine, wenn alle weg sind, wenn sie aufgeräumt und neu eingedeckt hat. Dass sie die Kippe der zweiten gestern in die Manteltasche der Kurzhaardrahthaargattin gesteckt hat, weil die nie aufschaut, wenn Traut serviert und nie »danke« sagt, hat sie auch nicht weitergebracht.

»Meine Hauptmeridiane sollen bei den Verwöhnmomenten durch die Harmoniemassage meine persönlichen Heilkräfte anregen«, murmelt Traut und liest sich fest in dem Programm. Traut ist überhaupt nicht dumm, sie hätte was besseres werden können als Kellnerin, obwohl sie immerhin im fünftbesten Restaurant Krefelds serviert und eigentlich Restaurantleiterin ist, obwohl der Chef die Erstbestellungen des Abends selber abfragt. Was sie kann, das kann nicht jede hergelaufene angelernte Studentin, da braucht es schon ein gewisses Auftreten, die Erfahrung und das Wissen, von welcher Seite aus und wie ohne Daumen auf dem Tellerrand man serviert und wann man die Order für den nächsten Gang in die Küche gibt. Manche essen langsam, manche schnell und in schlechten Restaurants mit angelernten Studentinnen steht das Hauptgericht schon auf dem Tisch, obwohl die Suppe noch nicht mal halb aufgegessen ist. Sie ist gut ausgebildet worden und sieht auch gut aus, jedenfalls besser als die meisten Frauen, die hier essen kommen, bis auf diese eine Schriftstellerin, die sieht richtig nett aus. Traut hat auch schon mal ein Buch von ihr gekauft und als der Chef nicht da war, hat sie, nachdem die Schriftstellerin bezahlt hatte, gefragt, ob sie ihr was reinschreibt und da hat die gesagt, »selbstverständlich, Traut« und geschrieben hat sie »für meine Lieblingskellnerin«. Das fand Traut sehr in Ordnung und da hatte sie auch nichts gegen das Wort »Kellnerin« und hat ihr noch nie ihre abgeschnittenen Fussnägelschnipsel in den geriebenen toskanischen Pecorino auf frischem Ruccola an altem Balsamico gestreut, obwohl sie das bei allen tut, die sie »Kellnerin« nennen.

Der Ackermanns ist so ein Schlachtfeldesser, die hasst sie besonders. Die krümeln das Brot über den ganzen Tisch, obwohl es natürlich Brottellerchen gibt und man bekommt die Krümel beim Abfegen des Tischtuches vor dem Dessert praktisch nie alle mit. Der streut Salz und Pfeffer, die sowieso eine Frechheit dem Koch gegenüber sind, nicht auf seinen Teller, sondern er streut sie um den Teller herum über das ganze Tischtuch. Der gießt sich sogar selber den Wein nach, obwohl der Sommelier so aufmerksam ist, und kleckert den Wein dabei regelmäßig neben das Glas, weil er angeblich diese silbernen Dinger hasst, diese biegsamen Silberplättchen, die sie gerollt in die Flaschenhälse stecken, damit sie nicht so viel Ausschuss bei der Tischwäsche haben. Nein, der Herr Ackermanns, Direktor, nimmt die heraus und sprüht schon dabei feine Rotweintröpfchen über die cremeweißen Tischdecken, weil er behauptet, dass die Silberdinger dem Geschmack schaden! Das ist natürlich Quatsch und aufgeblasener Blödsinn, aber was will man machen? Der Gast hat immer Recht und der Sommelier, der in den ersten Häusern gelernt hat, der kann sogar ohne diese Dinger tropfenlos eingießen, aber der Herr Direktor kann nicht auf ihn warten.

Die »Neue Remise« hat acht Tische, das ist nicht viel, die hat Traut mit einem Azubi im Griff und der Sommelier auch – wenn sie normale Gäste hätten, die mal eine Minute auf ihren Wein warten könnten! Aber von solchen Gästen gibt es immer weniger, weil immer weniger Leute so viel Geld haben und die, die es haben, werden immer unsympathischer, aufdringlicher und arroganter. Die haben mal was gelesen über die »Servicewüste Deutschland« und wollen nun beweisen, dass das auch tatsächlich so ist, obwohl Traut sich wirklich größte Mühe gibt und nicht nur sie. Aber sie kriegt ständig was über sich und das geht einfach nicht so weiter, dass sie, wenn sie um 3 Uhr endlich im Bett liegt, sich die grauenhaftesten Tötungsarten ausdenkt für die Ackermanns und Werbefuzzis und es bald mit Kratzern auf Leder, Fußnägeln auf dem Salat und Zigarettenkippen in Manteltaschen nicht mehr getan ist.

Sie muss gelassener werden und achtsamer und ihre Mitte finden. Ihre Cousine hat ihre Mitte gefunden und verkündet das flächendeckend und nervt Traut damit. Der hat sie gesagt: »Ich bin jeden Abend sieben Stunden auf den Beinen, da brauche ich keine Ausgleichsgymnastik, das kannst du mir glauben.« »Aber«, hat ihre Cousine gesagt, »wohin und wo da deine Energiesäfte fließen, das merkst du dabei nicht und es kann zu Stockungen kommen, von denen man nichts ahnt, aber wo man dann was hat. Deshalb muss man seine Mitte finden und fühlt sich dann angekommen in der Mitte.« Traut war sauer: »Kümmere du dich um deine eigenen inneren Säfte.« Und innerlich hat sie gedacht, ich weiß einfach nicht, wer meine Energien so blockiert, dass ich am liebsten alle Gäste umbringen möchte.

Wenn sie nun eventuell diese »Meditation in der Bewegung« lernt, könnte sie bestimmt das Weingelee servieren, ohne dass es zittert. Der Busen bebt nicht, aber das Weingelee, ein überaus beliebtes Dessert in der »Neuen Remise«. »Das geht immer noch rein«, aber es zittert ihr manchmal in der Hand, so steif ist es und so rasend hat sie einer gerade wieder gemacht, der, kaum hat sie das Weingelee in der Küche bestellt, doch lieber Käse will.

Und genau deshalb muss sie in diese Kurse gehen, wenigstens in einen. Sie schafft das nicht mehr, sie erträgt den Direktor-Arsch und den Werbefuzzi mit seinem ausgebreiteten Gestöhne nicht mehr. Sie erträgt die Zicke aus dem Theater nicht mehr, die immer sagt »aber ein bisschen heißer könnte der Teller schon sein oder?«, weil sie ihr unterstellen will, sie hätte ihn zu spät serviert und die immer zwei Stunden nach dem Hauptgericht wartet, bevor sie sich doch wieder kein Dessert bestellt, aber offensichtlich hofft, dass sie einen Schnaps umsonst bekommt – wie beim Griechen. Dabei ist die »Neue Remise« ein sehr gutes, ein ausgezeichnetes Restaurant, in dem Schnäpse auf Kosten des Hauses keinen Magen betäuben müssen, weil alles köstlich schmeckt, da soll mal Jemand was anderes behaupten von diesen reichen Ignoranten. Dafür berechnet ihr Traut immer einen doppelten Schnaps, obwohl der Sommelier nur einen einfachen ausschenkt, aber darüber hat die Zicke sich noch nie beschwert.

»Refreshing für Fortgeschrittene«, das verstehe ein Mensch! »Tibetische Klangmassage« klingt wiederum ansprechend, vielleicht wäre das was für ihre Füße.

Sie sagen jetzt, man soll den Füßen die Chance geben, frei zu atmen, weil da alles mögliche von der Seele drin sitzt und sich da viel ansammelt. Fussreflexzonenmassage ist der Hit bei vielen Kolleginnen, hat sie gehört, damit sich das Seelische da unten in den Reflexzonen nicht zusammenballt, anstatt zu fließen und für die Wellness zu sorgen. Was Reflexzonen genau sind, weiß Traut nicht, sie war von klein auf kitzelig an den Füßen und nicht nur, wenn sie Sorgen hatte. Irgendwie widerspricht sich da einiges von dem, was sie einem alles so raten zur Selbstverantwortung für seine Gesundheit.

Gut, morgen wird sie ins »Mercure« gehen und sich für übermorgen für etwas anmelden. Das kann sie gut vor der Schicht erledigen, 18 Uhr muss sie da sein, 19 Uhr wird geöffnet, Mistkerle und Gangster wie Ackermanns und Werbefuzzi bleiben gerne bis 1.30 Uhr. »Rituale für die Stille und gegen den Stress«, das klingt gut und außerdem soll man die bei einem »Frauenfrühstück« lernen. Das ist doch was, mit Frauen frühstücken, mit Männern hat sie seit Jahren nicht gefrühstückt und ist froh drum, es reicht, wenn die Abends in ihrem Beisein krümeln. Für dieses

Frauenfrühstück zum Stillerituale lernen wird sie sich anmelden.

Die Servietten stehen. 18.45 Uhr. Traut kontrolliert zum letzten Mal die Eindeckung mit einem Blick ins Anmeldebuch. Natürlich, heute ist ihr Glückstag, Werbefuzzi ist angemeldet für zwei Personen, also mit neuer Blondine. Auch sonst alles Zweiertische, bis auf einen Dreiertisch, den sie nicht kennt, aber viele Zweiertische sind gut, nicht so stressig in der Abstimmung, bei Dreien werden immer gerne einmal fünf, einmal drei und einmal vier Gänge mit plötzlicher Änderung kurz vorm Hauptgericht genommen.

Direktor-Arsch samt Gattin, na wunderbar. Theaterzicke immerhin nicht, leider auch die Schriftstellerin nicht, stattdessen aber sechs fremde Tische, ungewöhnlich. Vielleicht liegt das an der »Juister Woche«, die sie diese Woche anbieten. Neue Idee vom Chef, machen jetzt alle, sogenannte »Themenabende«. Letzte Woche gab es »Tessiner Wonnen«, davor »Österreichische Freuden«, bei »Juister Woche« ist ihm wohl die Poesie ausgegangen. Jedenfalls wird »neues Publikum« angesprochen, wie der Chef gerne sagt, viel Krabben und Fisch, das wird anstrengend, da muss sie viel vorlegen, weil es auch im Ganzen gebratene Fische gibt. Es kann aber sein, dass sich einige vom neuen Publikum nicht trauen, die zu bestellen, das wäre günstig. Nicht, dass Traut faul ist, im Gegenteil, aber sie weiß, wenn sie vorlegen muss, wird alles enger. Vielleicht sind nette Gäste dabei, es geschehen noch Zeichen und Wunder.

Der Dreiertisch hat ein Kind dabei. »Meine Enkelin«, strahlt eine lila Ergraute, »die soll früh lernen, was gutes Essen ist. Nicht wahr, Mausi?« Mausi ist ungefähr 7 Jahre alt und gehört nach Trauts kinderloser Meinung um diese Zeit ins Bett, aber bitte sehr. »Was möchtest du denn Feines essen?«, fragt sie, nachdem sie die Aperitife serviert hat und weiß, dass die mit Käsecreme gefüllten Blätterteigteilchen gleich fertig sind, die es zum Aperitif gibt und der Chef diskutiert das Überraschungsmenu mit dem

Werbefuzzi, dessen heutige Begleitung wieder hinreißend aussieht; wie Claudia Schiffer, findet Traut und guckt richtig hin und zieht den Bauch ein. Wahrscheinlich ist es Claudia Schiffer! Du meine Güte, das muss sie ihrer Cousine erzählen.

Mausi fegt derweil das Besteck vom Tisch, der Azubi läuft schon, um frisches zu holen und Mausi quietscht: »Ich will Pommes mit Mayo.« Natürlich kann der Koch wunderbare Pommes backen, die kriegt ihre Pommes.

Jetzt trommelt sie mit dem Messer auf dem Brottellerchen herum und kreischt: »Guck mal Opa, ich krieg' den kaputt«, und der eigentlich sehr distinguiert aussehende Opa lacht dröhnend, was gar nicht zu seinem Aussehen passt und sagt zu Traut: »Die haben Selbstbewusstsein heutzutage, die Kinder, das hatten wir nicht!«

Aber die hat mehr als gut für sie ist, findet Traut, die sich wundert, dass die Drahthaardackelfrisur gar nichts sagt am Nebentisch. Die lila Ergraute lächelt milde und sagt »pscht, Mausi!«, was Mausi nicht interessiert, da sie jetzt unter den Tisch kriecht und Opa und Oma offenbar in die Beine zwickt, denn die beiden kreischen laut und albern empört »autsch«!

Die anderen Gäste drehen sich nach ihnen um. Der Chef ist in der Küche. Traut serviert die Aperitive an den anderen Tischen, holt die Blätterteigtaschen, verteilt sie lächelnd und kann sich kaum mehr beherrschen. Warum hat sie kein Fleischermesser dabei, das sie in dieses geliftete Grinsgesicht der lila Ergrauten stechen könnte? Wahrscheinlich hat diese Landplage von Mausi eine Störung des körpereigenen Energiesystems und müsste dringend in einen Kurs. Sie zieht gerade gefährlich energisch an der Tischdecke und lacht gackernd. »Oma, ich guck der Tante unter den Rock«, kreischt sie, als Traut ihren Großeltern das Amuse Bouche serviert.

Traut sieht rote Kreise vor den Augen. Es brüllt aus ihr heraus, sie kann es nicht zurückhalten. »Jetzt kommst du auf der Stelle da unten raus, setzt dich anständig an den Tisch und hältst die Klappe, du verdammtes Biest.«

Tödliche Stille im Restaurant.

Traut möchte sterben. Auf der Stelle.

Da sagt plötzlich eine ältere Dame: »Bravo, junge Frau.« Einige Gäste lächeln, alle essen und plaudern weiter. Der Sommelier beginnt seine Beratung.

Traut steht mit hochrotem Kopf.

Ackermanns knallt seine Serviette auf den Tisch, steht auf, dass der Tisch vor seinem Wanst wackelt und sagt: »Das ist ja wohl das Letzte.«

Ackermanns als Kinderfreund? Aber er geht nicht hinaus, sondern nur zur Toilette und Kurzhaardrahthaarfrisur schüttelt zwar den Kopf, trinkt aber nur in einem Zug ihren Champagner aus, dann den Rest aus Ackermanns Glas und isst hastig alle verbliebenen Blätterteigteilchen.

Der distinguierte Opa zerrt seine verstummte Enkelin unterm Tisch hoch, lila Ergraut erhebt sich gleichfalls, die Drei verschwinden gruß- und wortlos, ohne den Aperitif zu bezahlen.

Der Chef kommt aus der Küche, eine Geste für das neue Publikum, serviert persönlich die restlichen Amuse Bouche, Krabben auf Minirösti. Er hat nichts von dem Skandal bemerkt, aber jetzt sieht er den fluchtartig verlassenen Tisch, zieht die Augenbrauen hoch, begrüßt immerhin noch sehr herzlich Claudia Schiffer mit Handkuss und winkt Traut in die Küche. Dort steht schon der Azubi und kriegt sich gar nicht mehr ein vor Schadenfreude und japsendem Lachen: »Und das Balg unterm Tisch und unsere Traut brüllt . . . « Und erzählt die ganze Geschichte, die Brigade spitzt die Ohren, arbeitet aber routiniert weiter.

Der Chef schüttelt den Kopf und sagt sehr leise zu Traut: »Das letzte Mal, hörst du, das war das letzte Mal. Morgen ist Ruhetag, da gehst du in einen Kurs oder du kannst deine Papiere abholen.«

Irgendwie schafft Traut den Abendservice. Sie beisst

wieder ganz fest die Zähne zusammen, als Ackermanns wie zufällig plötzlich eine Hand an ihrem Po hat; der weiß, wann man sich nicht wehren kann. Sie fegt die Scherben des Rotweinglases vom Werbefuzzi schweigend auf, serviert sechs Mal zitterndes Weingelee, heute als Hommage an Juist mit Sanddornsaft verfeinert, bringt ein siebtes – »aber gerne, selbstverständlich« – zum Kurzhaardackel, der gerne kostenlos ein neues hätte, weil das erste zu flüssig war, was er aber erst merkte, als die Schüssel leer war. Ackermanns hat abgewehrt, Juist hin, Juist her, gegen Sanddorn ist er extrem allergisch, schon als Kind war er das, der kommt ihm nicht ins Haus, lieber die Mousse von weißer Schokolade mit frischen Himbeeren, aber sehr gerne. Traut hält es ohnehin für eine Schnapsidee, Sanddorn in das schöne Weingelee zu tun, aber da sie keine Ahnung von Sanddorn hat, ist es ihr auch egal. Heute sowieso.

Es wird ernst, denkt Traut, als sie ihre letzte Zigarette im Kabuff raucht, ihren schwarzen Rock ausbürstet und in den Verschlag hängt. Ich muss zu dem Frauenfrühstück mit den Ritualen der Stille.

Traut betritt das wunderschöne Foyer des »Mercure« und möchte auf der Stelle in den tiefen Sesseln versinken und sich von einer der hübschen Kolleginnen einen Campari bringen lassen. Große Welt. Da braucht man keinen Gelassenheitskurs, tiefe Ruhe, warmer Frieden strömt in Trautes Bauch. Aber das wird ja nicht anhalten, es erscheint ihr sofort das Bild von gestern Abend, das kleine Biest unterm Tisch, Ackermanns Hand an ihrem Po, Werbefuzzis Scherben.

Der Chef und sein Ultimatum. Sie hat schon nachgesehen, dass morgen die Theaterzicke mit vier Personen gebucht hat. Da kann sie dann gleich üben.

»Lernen Sie, tief in Ihrem Inneren bei sich selber zu sein. Dort, wo Sie ganz mit Ihrem inneren Kind ein achtsames Gefühl haben. Und atmen sie tiiiiiiiiief in den Bauch, bleiben Sie bei sich.«

Traut ist außer sich. So ein Quatsch, »inneres Kind«, da denkt sie nur ununterbrochen an das Früchtchen unter dem Tisch, ihr Bauch ist ein Brett vor Wut, da atmet nichts. 82 Euro kosten die drei Stunden! Na gut, der Chef gibt was dazu, hat er jedenfalls vorgestern gesagt.

»Bleiben Sie eins mit sich und Ihren inneren Wünschen, Bedürfnissen und Sehnsüchten, sagen Sie 'nein' zu denjenigen, die nicht gut für Sie sind, trennen Sie sich von den Räubern Ihrer Gelassenheit.«

Ha, trennen, die hat gut reden, diese Heilpraktikertussi von einer Therapeutin. Trennen von den Räubern der Gelassenheit! Ackermanns, du Dieb, ich sage »nein« zu dir und deiner Kurzhaargattin!

Traut fühlt sich jetzt eigentlich ganz wohl, auch wenn sie das mit dem Bauchatmen vergessen kann und speziell keine Sehnsüchte spürt, außer denen nach einer Zigarette. In der Pause steht sie vorm Hotel und raucht und denkt, ich schaffe das, gelassen, ruhig, verbindlich und souverän. Der Chef wird sich wundern. Kinder kommt in die »Neue Remise«, Tante Traut empfängt euch mit Liebe und Achtsamkeit!

Traut hört im zweiten Teil kaum noch zu, sie freut sich schon auf morgen, wenn sie der Theaterzicke, dieser Räuberin ihrer Gelassenheit, sagen wird: »Nein, Frau Rohrschütz-Möbius, bedaure, der Framboise für 12 Euro ist aus, wir haben nur noch den Calvados von 1972 für 32 Euro.« Hach, Gelassenheit ist doch was schönes. »Nehmen Sie bitte umgehend Ihren Arm von meinem Busen, Herr Direktor.« Leise lächelnd und ganz sanft wird sie das sagen, eins mit sich und ihren Wünschen.

»Vertrauen Sie einfach der ganzheitlichen Begegnung mit Ihrer Mitte.« Dieser Schlusssatz, der fast schon im prasselnden Beifall der Frauen untergeht, ist für Traut eine echte Offenbarung. Genau das wird sie tun, ihrer Mitte vertrauen, ganzheitlich. Das hat ihre Cousine wahrscheinlich gemeint.

Traut verbringt noch einen halben Tag im »Mercure«, schaut hier rein und dort rein, hört zu und hat sich seit Jahren nicht so ruhig gefühlt. Schnuppert in einen Vortrag über Allergien, von denen sie bislang verschont geblieben ist. Schrecklich, was manche Leute alles haben! Ackermanns will gegen Sanddorn allergisch sein, das findet er wahrscheinlich interessant, heutzutage kommt man ohne Allergien kaum mehr aus. Theaterzicke hat einen Sack voll davon, nur Schnaps gehört nicht dazu.

»Eine allergische Disposition mit multiplen Allergien ist gar nicht selten«, hört Traut und denkt, na ja, typisch Zicke, hat sich wieder was ausgesucht, was in ist.

»Die meisten Menschen haben mehrfache Allergien. Sie reagieren beispielsweise allergisch auf synthetische Duftstoffe, zusätzlich haben sie aber auch noch eine Allergie gegen eine Pflanze, aus der eine Speise ist. Der Betroffene merkt das, wenn er die Speise isst, indem es sich pelzig im Mund anfühlt, hinzu kommt ein Kribbeln auf der Zunge, wahrscheinlich Durchfall. Wenn es wirklich schlimm kommt, kann es durch diese multiple Allergie zu asthmatischen Beschwerden, Kreislaufkollaps, Schock, Herzstillstand und ohne ärztliche Hilfe zum Tod kommen.«

Frohgestimmt beginnt Traut ihren Dienst am nächsten Tag. Strahlt die Theaterzicke an, ist umsichtig, versucht, in den Bauch zu atmen. Mit großer Gelassenheit lässt sie ihren Fuß eine Zeitlang auf dem Fuß eines Regisseurs stehen, der sich über ein angeblich zu stark durchgebratenes Entrecôte beklagt, mit ruhiger Hand kippt sie einen kleinen Schwall des Rote-Beete-Süppchens auf das weiße Röckchen der Theaterzicke, eilt hin und zurück mit heißem Wasser und tausend Entschuldigungen und bringt auf Geheiß des Chefs zur Beruhigung den alten Calvados auf Kosten des Hauses.

»Traut«, sagt der Chef am Ende des Abends, »ich sehe,

dass du dir Mühe gibst, ich habe auch kein Wort von dir gehört heute Abend in der Küche, keinen Fluch im Kabuff, aber diese neuen Ungeschicklichkeiten, die müssen sofort wieder aufhören, ist das klar?«

Traut wird vorsichtig, bleibt aber eins mit sich und sehr gelassen. In der folgenden Woche gießt sie heimlich ein paar Tröpfchen Nussöl über den Salat der Theaterzicke, die daraufhin während des Hauptgangs in roten Pusteln erblüht, niemand weiß, wogegen sie nun allergisch reagiert hat, denn alles ist von der Küche beachtet worden, der Abend endet für sie unschön und hastig.

»Die sehen wir nicht wieder«, sagt der Chef, »erst die Rote-Beete-Geschichte, jetzt das. Ich weiß, dass du heute nichts dafür kannst, Traut, aber wenn das mit dem Süppchen nicht passiert wäre, hätte sie vielleicht noch mal drüber weg gesehen. Sehr ärgerlich, sie hat immer viele Gäste mitgebracht. Ich hoffe sehr für dich, dass nichts mehr passiert.«

Traut macht sich zu Hause ein Weingelee. Sie mochte das immer schon gerne, das ist ein einfaches Rezept, sie mag das Wabbelige zwar nicht so gerne servieren, isst es aber gerne und der Patissier hält ihr oft ein Schüsselchen zurück. »Sagen Sie ‚nein' zu den Räubern Ihrer Gelassenheit«, summt Traut vor sich hin, während sie beim zweiten Mal großzügig Sanddornsaft statt Wein verwendet. Sie hat aber keine Lust, es zu probieren. Für ihre Zwecke muss es nicht gut schmecken.

Werbefuzzi hat diesmal zur großen Überraschung aller eine Brünette dabei und ist außer Rand und Band. Bestellt einen teuren Burgunder nach dem anderen. Der Sommelier kommt kaum nach, das Haus ist voll. Traut übernimmt zwischendurch das Einschenken und lässt kurz vor dem zu erwartenden Armeausbreiten und Orgasmusstöhnen die Flasche nahe am Tischrand stehen. Werbefuzzi, der nur Augen für das Dekollete der Brünetten hat, streckt seinen Wanst, breitet programmgemäß die Arme aus und fegt den teuren Burgunder nicht nur vom Tisch, sondern einen Teil seines Inhalts auch auf den Schoß der Brünetten. Gekreisch, Geschrei, Traut Scherben fegend, Azubi Servietten auf dem Brünettenschoß verteilend, Chef außer sich, Werbefuzzi peinlichst berührt.

»Der kommt nicht wieder«, sagt Traut und der Chef starrt sie an. »Du bringst uns neuerdings Unglück, Traut, auch wenn du nichts dafür kannst«, sagt er. »Aber das wird sich rumsprechen in Krefeld, dass hier den Gästen ständig was passiert. Du bist ruhiger, das stimmt, aber irgendwas stimmt nicht. Vielleicht solltest du dir jetzt doch bald einen anderen Arbeitsplatz suchen.«

Traut will nicht glauben, dass er sie damit quasi rausgeworfen hat. Sie hat doch so viel gelernt im »Mercure«, was sie in die Tat umsetzen kann, es muss ihn doch freuen, diese Arschlöcher los zu sein. Neues Publikum!

Wegen des großen Erfolges wird die »Juister Woche« wiederholt. Ackermanns kommt ohne Kurzhaardackelgattin, dafür mit drei anderen unbekannten Fettsäcken. Und spielt sich schon vor dem Hinsetzen mit seiner besonderen Beziehung zu Traut auf. »Das hier, meine lieben Freunde, ist meine allerliebste Lieblingskellnerin in meinem Lieblingsrestaurant, die immer was Süßes für mich in der Hinterhand hat, ha, ha.« Und legt Traut einen Arm um die Schulter, wobei seine Hand bis zu ihrer Brustwarze reicht und sie den Bruchteil einer Sekunde quetscht.

Traut entwindet sich ihm nicht ohne Charme mit großer Gelassenheit und einem souveränen Lächeln und sagt: »Bitte, meine Herrn, dieser Tisch ist Ihrer. Herr Direktor Ackermanns ist ein besonders gern gesehener Gast in unserem Hause.«

Dieses Schwein, dieses elende. Traut vergisst ihre schöne neue Gelassenheit und rast in die Küche. »Dieses Drecksschwein, dieses miese Stück hat mich in den Busen gekniffen. Den müssen Sie rausschmeißen, Chef.«

Der schüttelt traurig den Kopf. »Mensch, Traut, nimm

dich mal zusammen. Du hast ja Verfolgungswahn. Der Ackermanns ist unser bester Stammgast! Und wir haben in diesem Monat schon Frau Rohrschütz-Möbius und den van den Brock verloren, mit mehr oder weniger starker Nachhilfe durch dich. Zum 31. musst du gehen.«

Traut aber will durchhalten. ›Na, zum Abschluss noch etwas Süßes für die Herren?«, fragt sie nach dem Hauptgang das Ackermannssche Männerquartett lächelnd.

Fettsack preist seinen Freunden erfolgreich das berühmte Weingelee an, das wegen der ‚Juister Woche' speziell mit Sanddornsaft gemacht wird, für ihn aber bitte normal, ohne Sanddornsaft.

Traut gelingt es zu dieser Uhrzeit, wo zwei Drittel der Gäste ohnehin angetrunken und jedenfalls vollgefressen sind, ohne Aufsehen im Kabuff ihr persönlich zubereitetes Sanddorngelee mit dem in der Küche speziell für Ackermanns gefertigten Weingelee ohne Sanddorn auszutauschen. Ein paar Zitronenmelisseblättchen und ähnliches Zeug, das sie nicht kennt, hat sie aus der Küche vom Platz des Patissiers geholt, also muss es zu Desserts passen, und sie dekoriert großzügig und ohne dran zu riechen das Extra-Sanddorngelee damit. Es sieht ein bisschen anders aus als die Gelees aus der Küche, aber das ist ja in Ordnung, schließlich ist es ja das ohne Sanddorn, speziell für den allergischen Herrn Direktor. Traut kichert ganz leise. Sie kennt Ackermanns, der ist zu diesem Zeitpunkt meist so hinüber, dass es egal ist, wie etwas aussieht oder schmeckt.

Sie serviert dem Herrn Ackermanns formvollendet ihr spezielles Sanddorngelee als Weingelee ohne Sanddorn mit guten Appetit-Wünschen gemeinsam mit den drei anderen Weingelees mit Sanddorn für die drei anderen Fettsäcke.

Ackermanns fasst sich sofort nach dem ersten Löffel an die Lippen. »Scheiße«, sagt er, »das brennt ja wie Feuer, da ist Sanddorn drin, was ist das denn hier für ein Saftladen? Ich habe doch ausdrücklich. . . dicker Busen und nichts im Kopf, sorry, Jungs, ich muss . . .« Ackermanns rennt zur Toilette.

Der Chef stürzt aus der Küche: »Was ist hier los?«

Es gibt ein hastiges Durcheinander von Beschuldigungen, einen stechenden Blick vom Chef auf Traut.

Die zuckt gelassen die Schultern. »Ich habe keine Ahnung, Chef, ich habe aus der Küche drei Mal Weingelee mit Sanddorn und einmal ohne für den Herrn Direktor geholt. Das kann gar nicht falsch sein, ich irre mich nie im Service, das wissen Sie doch . . . ich probier' es einfach mal.«

Traut greift hinter sich auf die Anrichte, nimmt sich einen Löffel und isst rasch Ackermanns Weingelee auf.

»Anaphylaktischer Schock, da ist nichts mehr zu machen.« Der Notarzt kniet neben der Leiche. Jetzt erhebt er sich seufzend und kopfschüttelnd. »Gar nicht so selten heutzutage. Die meisten Menschen wissen überhaupt nicht, gegen was sie alles allergisch sind und wenn dann mehrere verschiedene Allergien zusammen kommen . . . dem Herrn geht's übrigens gut, der hat nur Durchfall.«

»Mit einem bisschen mehr Gelassenheit,« sagt der Chef traurig, »hätte die Traut doch wirklich bei mir alt werden können.«

Weingelee

ZUTATEN:

3/4 l Weißwein oder Apfelschorle

150 g Zucker

1/4 l Wasser

25 g weiße Gelatine

etwas Zitronensaft

Zucker und Wasser aufkochen und die Gelatine darin auflösen. Den Wein in eine Schüssel geben und die Zuckerlösung hinzufügen.

Mit Zitronensaft abschmecken.

Das Rezept kann auch mit Rotwein bzw. Heidelbeerwein variiert werden.

Das Blockflötenkonzert

»Paula, Finn, Jakob und Ole ernähren wir ohne Fisch, ohne Zucker, aber mit viel Getreide.«

So sehen sie aus, die vier kleinen verhärmten Wesen, findet Lisa Schweitzer, kritisch auf die Kinder am Nebentisch blickend: Farblos und verschreckt, wie sie da um ihre Mama herum auf den harten Plastikstühlen in der Schulmensa hocken und mit großen Augen in ihre Tassen mit hellgrünem Tee starren.

Ob einmal in der Woche Fleisch etwas Farbe in ihre blassen Kinderwangen gezaubert hätte? Hat das Getreide ihnen die Sommersprossen ausgetrieben?

Mama wirkt auf Lisa schwabbelig, blässlich und hat strähnige Haare. Was will sie ihrer Umgebung damit sagen? Ich arme gestresste Mutterkuh säugte meine vier Kinder, fütterte sie mit staubigem Getreide, beschützte sie mit meinem untrainierten, aber gebärfreudigen Leibe vor Fisch und Fleisch, Lebkuchen und Marzipan und konnte sie so zu Höchstleistungen auf der Blockflöte treiben?

Lisa Schweitzer muss sich sehr beherrschen, um nicht vor Häme und Verachtung in ihren Kaffee zu prusten. Sie hofft, dass die einseitige und reizlose Kost vor allem die womöglich vorhandenen musikalischen Talente der Kinder ihrer Tischnachbarin an jeder Entfaltung gehindert haben.

Lisa will nämlich vor allem, dass außer Friederike Clara Schweitzer kein anderes Kind in dieser Schule auch nur einen Funken Musikalität besitzt. Lisa will der Welt durch Friederike zeigen, dass eine alleinerziehende Mutter ein musikalisches Ausnahmetalent behutsam aufbauen kann, dass sie nicht verhärmt, gestresst und abgehetzt, sondern attraktiv und gelassen ein unneurotisches Kind aufziehen kann.

Er wird nicht kommen. Das wird er Friederike nicht antun.

Friederike hat, davon ist Lisa überzeugt, nicht nur nach ihrer mütterlichen Meinung ein überdurchschnittliches musikalisches Talent und die für eine Achtjährige ganz ungewöhnliche Fähigkeit, die Blockflöte wirklich zu blasen und nicht in sie hinein zu pusten, was neunzig Prozent aller Kinder tun.

Friederike Clara Schweitzer tut das nicht. Tat das von Anfang an nicht, denn sie ist Lisa Schweitzers außergewöhnlich begabte Tochter und hat zudem das Glück, in Lisa eine sie zwar umfassend und systematisch fördernde, aber keineswegs verbissen ehrgeizige Mutter zu haben. Findet Lisa, die diese sogenannten Eislaufmütter hasst, die von ihren Kindern erwarten, dass die ihre beruflichen Frustrationen, ihre unglücklichen Ehen und verpassten Chancen wieder gut machen. Die unbegabtesten unter ihnen werden gnadenlos von einem teuren musikalischen Früherziehungsworkshop in den nächsten geschickt, weil ihre Mütter kein Gefühl, vor allem kein Gehör für die vollkommene Unfähigkeit ihrer Kinder besitzen, einen vibratolosen, runden Blockflötenton zu erzeugen, geschweige denn ein sauberes Fis zu blasen, weil sie mit ihrem kleinen Finger nicht das rechtsseitige Loch abdecken können und quietschend knapp am Fis vorbei allen Hörgenuss verderben.

Nicht so Friederike Clara. Die kann sowohl ein sauberes Fis produzieren als auch exakte, gut artikulierte und fehlerfrei perlende Läufe spielen, ein glockenreines B intonieren und sowohl »Liese rieselt der Schnee« als auch »Ihr Kinderlein, kommet« und »Kommet, ihr Hirten« auswendig spielen. Wobei besonders die tiefen Töne in »Kommet, ihr Hirten« für jedes Blockflötenkind eine Herausforderung darstellen, weil sie mit sehr fein dosiertem Atem geblasen werden müssen, um den Ton nicht überschlagen zu lassen, was dieses erstaunliche Kind, ihre Friederike Clara, bravourös meistert; und zwar freiwillig.

Außerschulische musikalische Früherziehung kann eine geschiedene Arzthelferin sich nicht leisten.

Lisa Schweitzer hat Friederike Clara zwar mehr als einmal sagen müssen, dass man, wenn man öffentlich auftritt, besonders gut und absolut fehlerfrei spielen muss, weil die Zuhörer sonst beleidigt sind und vielleicht pfeifen und johlen und den Saal noch während der Weihnachtskonzerts verlassen. Aber sie hat ihr auch gesagt, dass Mama sie weiterhin lieb hat, wenn sie vor dem Weihnachtsblockflötenkonzert nicht jeden Tag zwei bis drei Stunden übt, obwohl Mama natürlich ein bisschen traurig wäre, wenn die teure Flöte ungespielt im Schrank läge und dass man die Begabungen, die einem der liebe Gott geschenkt hat, nicht einfach ungenutzt lassen darf, sondern sie gut behandeln und gut pflegen muss, denn dann hat einen nicht nur die Mama lieb, sondern auch der liebe Gott, ganz besonders zu Weihnachten. Und sie hat ihr erzählt, dass die Mama leider keine Chance hatte, ihr eigenes ungewöhnliches musikalisches Talent zu nutzen, weil sie keiner gefördert hat und dass die Mama Weihnachten immer ein Gedicht aufsagen musste, anstatt ein schönes Blockflötenkonzert geben zu können, bei dem kleine Mädchen von allen lieb gehabt werden.

Lisa merkt, dass sie vor sich hin lächelt. Sie ist doch wirklich gesegnet mit ihrem begabten, schönen kleinen Mädchen. Worte wie »gesegnet« denkt sie normalerweise nicht, aber heute ist der 23. Dezember. In einer halben Stunde beginnt das Weihnachtskonzert der Blockflötengruppe der Gemeinschaftsgrundschule Clara-Schumannstraße. Die Flötenkinder sind schon seit einer halben Stunde mit ihrer Lehrerin in dem Räumchen hinter der Aulabühne zusammen, um sich einzublasen und aufgeregt zu sein. Die besondere weihnachtliche Stimmung, die wie die Dämmerung am Heiligen Abend eine ist, die es nur am Heiligen Abend gibt, spürt Lisa trotz blasser Getreidekinder, schwabbeliger Urmütter und einem feinen Ziehen in der Magengegend vor ängstlicher Erwartung.

Er wird nicht kommen. Bestimmt wird er nicht kommen. Und wenn er kommt, wird Friederike Clara ihn gar nicht erkennen, sondern ganz in ihr Spiel versunken sein.

Wenn es noch erlaubt wäre, würde Lisa sich jetzt eine Zigarette anzünden, obwohl sie nicht raucht, nur um den entsetzten Schrei der Getreidemutter, die panikartige Flucht der fassungslosen Kinder, das wahrscheinliche Auftauchen von Polizei, Krankenwagen und Notarzt zu provozieren. Sie hat große Lust, ihre schmerzhaft wachsende Aufregung in andere Bahnen zu lenken, ihr andere Gründe zu geben, als das Konzert mit Friederikes erstem Soloauftritt und ihrer Angst vor seinem Erscheinen.

Wie viele Kinder hat wohl die graue Getreidemutter noch, die sich jetzt hinter der Bühne mit ihrer Friederike einblasen? Oder ist die ganze Familie nur gekommen, um sich anzuhören, wie andere Kinder Blockflöte spielen, solche, die Fleisch, Fisch und zu Weihnachten sogar Zimtsterne zu essen bekommen? Lisa Schweitzer achtet auf eine ausgewogene Ernährung ihres kleinen Wunderkindes und käme nie auf die Idee, sie mit Körnern zu quälen, denn hübsches Aussehen ist für eine Karriere genauso wichtig wie ein Ausnahmetalent und deshalb darf Friederike Clara in der Adventszeit täglich einen Zimtstern essen. So bleibt sie schlank und zart. Lisa hasst dicke Kinder genauso wie blasse Kinder, ganz zu schweigen von unmusikalischen Kindern mit reichen Eltern.

Sie ruckelt ein wenig auf ihrem Stuhl herum, um zu sehen, wem die Getreidemutter eigentlich eben ihre Fütterungsgrundsätze anvertraut hat. Isolde Bayer sitzt da mit ihrer schicken, teuren Föhnfrisur, in einem ihrer edlen

Hosenanzüge an ihrem Fitnessstudiobody. Sie ist die Mutter dieses peinlich unmusikalischen Anton, der jedes Mal, wenn Lisa ihre Friederike von der Flötenstunde abholt, heult, weil die Flötenlehrerin ihn ermahnen musste, doch ein einziges Mal mit den anderen gemeinsam den ersten Ton zu blasen und wenigstens ein einziges Mal mit den anderen gemeinsam ein Stück zu beenden, anstatt ständig mit den letzten Tönen hinterher zu klappern. Anderenfalls müsse er leider beim Weihnachtskonzert zuhören.

Lisa Schweitzer kann nicht verstehen, dass Isolde Bayer ihr überfordertes Kind Blockflöte lernen lässt, vielleicht wäre ein Xylophon seinen beschränkten Fähigkeiten und seinem offenbar stockenden Reifungsprozess angemessener. Lisa ist dagegen, dass musikalische und feinmotorisch fortgeschrittene Kinder wie ihre Friederike Clara durch unbegabte Trampel wie diesen Anton gebremst werden und hat deshalb schon häufig mit der Flötenlehrerin gesprochen, nachdem der heulende Anton von seiner Mutter in ihren Geländwewagen gezerrt worden ist. Die Flötenlehrerin hält viel von Friederike Clara und hat angedeutet, dass man es bei ihr im nächsten oder übernächsten Jahr vielleicht schon mit der Altflöte versuchen könnte und dass man auch mit Querflöte nicht zu spät beginnen dürfe.

Lisa hat sehr wenig Geld, keinen Geländewagen und keine teuren Hosenanzüge und die Kosten einer Querflöte liegen völlig außerhalb ihres Budgets. Lisa besitzt Friederike Clara und zwei sehr teure Blockflöten.

Er wird nicht kommen. Es kann auch einmal etwas gut gehen.

Paula oder Finn oder Jakob oder Ole, jedenfalls eines dieser getreidegefütterten Würmchen aus der Mensa darf fünfzehn Minuten später das Weihnachtskonzert in der Aula mit einem Blockflötensolo eröffnen und tut dies fehlerfrei, obwohl es sich nicht eingeblasen, sondern grünen Tee getrunken hat. »Ihr Kinderlein, kommet«.

Na ja, denkt Lisa missmutig und nervös, nun in der ersten Reihe zwischen der Mutterkuh und Isolde Bayer sitzend, das ist das Minimum. Wahrscheinlich hat diese schwabbelige Übermutter oder ihr offenbar abwesender Schwängerer vier Notenpulte gespendet. Lisa Schweitzer hat kein einziges Notenpult gespendet, das kann sie sich nicht leisten, wenn Friederike Clara eine exzellente Ausbildung bekommen soll und außerdem hat Friederike Clara Schweitzer es nicht nötig, sich ihren Soloauftritt mittels gespendeter Notenpulte erschleimen zu lassen.

Hinter dem kleinen Solisten sitzen die wartenden Kinder in braver Stuhlreihe auf der Bühne, die bunt bestrumpfhosten oder behosten Beinchen verdreht und verknotet, die Flöten in den schweißnassen Händchen; manche kauen auf ihren Unterlippen oder Fingernägeln herum, andere knäueln Haarsträhnen um den Zeigefinger, bis der weiß wird.

Ein echter Weihnachtsbaum am Bühnenrand spendet mildes Licht aus künstlichen Kerzen.

»Mildes Licht«, denkt Lisa, spürt weihnachtliche Sentimentalität im Bauch, in dem das Ziehen stärker wird und betrachtet gerührt ihre Tochter mit dem hübschen, jetzt ganz konzentrierten Gesichtchen, dem langen, blonden Haar. Friederike Clara wickelt keine Haarsträhnen um den Finger und stellt ihre Füße ordentlich nebeneinander, während Paula oder Finn oder Jakob oder Ole übertrieben enthusiastischen Beifall für die simple, einigermaßen ordentlich geflötete Melodie einheimst, worauf er oder sie vor Freude errötet, was seine oder ihre grundsätzliche Blässe grotesk hervorhebt.

Die Rektorin tritt an den Bühnenrand und hält eine erfreulich kurze Rede, von der Lisa nichts mitbekommt, weil sie sich mit inzwischen laut wummerndem Herzen auf Friederike Clara konzentriert, die als Zweite dran ist, mit »Kommet, ihr Hirten«.

Die Melodie hat rhythmische Tücken bei »Kommähät

ihier Hirtähän, ihier Männäher uhund Fraun« und bei
»geboren« nach »Christus der Herr ist heute« zum tiefen C
führt, das so schnell ins quietschend Grelle abgleiten kann
und dann alles verdirbt.

Geschätzte achtzigtausend Mal hat Friederike diese Stelle geübt und 79999 Mal hat sie es geschafft, hat mit ihrer
kleinen Fingerkuppe komplett das letzte Loch umschlos-
sen, den Ton behutsam mit der Zunge angestoßen und ihn
fließen lassen und auch nicht vergessen, dass sie ein B statt
eines H greifen muss.

Lisas Herz poltert, in ihrem Bauch tobt es. Alles wird
gut gehen, alles muss gut gehen, er wird nicht kommen.

Friederike Clara wird mit ihrem vierstrophigen Solo einen überwältigenden Eindruck machen, die weihnachtlich gestimmten Menschen zu Tränen rühren, sich als
zweite Stimme bei »O du fröhliche« als Ensemblespielerin
profilieren und sich dann in den Chor der Flötenkinder
bei »Am Weihnachtsbaume« harmonisch aber stimm-
führend einfügen. Dann wird die Flötenlehrerin für den
Altflötenunterricht eine Freistelle auf der Musikschule
empfehlen und niemand wird mehr auf die Idee kommen,
Lisa Schweitzer sei keine großartige Mutter.

Plötzlich zerbirst ein hoher, kreischender Ton die an-
dächtige Stille nach der ersten Strophe, die Friederike soeben einwandfrei absolviert hat. Der Ton kreischt wütend
auf, bleibt grellzitternd stehen, bricht mit einem klägli-
chen Winseln zusammen. Atemlose Totenstille.

In Lisas Kopf kreischt der Ton weiter. Ihr Kopf ist ein
kreischender Ton. Ein Schrei ist das, ein furchtbarer Schrei.
Ein Ton, den sie selber vor 36 Jahren produziert hat,
kreischt sich aus der Vergangenheit heraus. Sekunden später, in der anhaltend entsetzten Stille, dreht sie ihren Kopf,
sieht den Mann durch den Mittelgang kommen, den Mann,
den auch Friederike Clara trotz ihrer hohen Konzentrati-
on gesehen hat, den Mann, der Friederikes Vortrag zer-

stört, der Lisas Hoffnung, wahrscheinlich Friederikes Zukunft zerstört.

Isolde Bayer dreht sich um, die Mutterkuh dreht sich um, alle drehen sich um. Es ist ein Knistern von verdrehten Nacken in der Luft. Alle sehen den Mann an, einen großen Mann im schweren Mantel, der mit einem leichten Lächeln auf den Lippen, einem leichten, entschuldigenden Lächeln durch den Mittelgang kommt, sich zur ersten Reihe wendet, an Lisa Schweitzer und Isolde Bayer vorbeigeht und sich auf den von Lisa bislang nicht als leer registrierten Stuhl neben die Getreidefrau setzt.

Lisa öffnet mühsam die zur Faust verkrampfte Hand, achtet nicht auf die blutigen Einkerbungen durch ihre Fingernägel in ihrer Handinnenfläche. Alle Köpfe drehen sich wieder nach vorne, schauen erwartungsvoll auf das im milden Kerzenglanz stehende kleine Mädchen mit den cremeweißen Wangen, Friederike Clara, die mit nun gesenktem Kopf immer noch dort steht, die Flöte nicht mehr in Spielhaltung, sondern mit beiden Händen umklammernd.

Die Flötenlehrerin, die neben den wartenden Kindern gesessen hat, steht auf, legt Friederike die Hand auf die Schulter, beugt sich hinunter, murmelt etwas, schiebt das steife Kind sanft zu den Stühlen zurück, flüstert mit einem der Getreidekinder, das sich nun erhebt, errötend an den Bühnenrand tritt, mit einem ansatzlos geblasenen, glockenreinen C »Kommet, ihr Hirten« intoniert und das Lied ruhig und fehlerlos zuende spielt.

Während sich nun alle Kinder außer der paralysierten Friederike erheben und gemeinsam »O du fröhliche« zu blasen beginnen, versucht Lisa Schweitzer zu atmen. Ihr galoppierender Herzschlag will sich nicht verlangsamen, ihre Handinnenflächen brennen, während sie schluckt und schluckt, um nicht weinen zu müssen.

Das sollte ihr Triumph werden, ihre Siegesfeier, ihr Weihnachtsgeschenk an die Welt, eine Welt, die glaubt, sie sei eine überehrgeizige Mutter, eine vom überschätzten Talent ihrer Tochter besessene Mutter, die das überforderte, mittelmäßig begabte Kind zu für immer unerreichbaren Leistungen treiben will. Friederike Claras erster Soloauftritt als Beweis ihrer überragenden Begabung, der Stipendien, Preise, hervorragende Lehrer nach sich ziehen sollte – zerstört von einem gewissenlosen Mann.

Er ist gekommen.

Das ist seine Rache, weil er das Sorgerecht nicht bekommen hat. Jetzt hat er aller Welt bewiesen, dass das Kind unmusikalisch ist. Genau das, was er jahrelang behauptet hat.

Lisa Schweitzer weiß nicht, wohin mit ihrer rasenden Wut und ihrer maßlosen Enttäuschung. Alles war umsonst; es wird keinen Altflöten-Unterricht für Friederike Clara geben, keine kostenlose Querflöte, keine Freistelle, keine Bewunderung, keine Anerkennung für die Mutter. Weihnachten, das Fest der Liebe, Weihnachten, das Fest der Familie, Weihnachten, der Tag der Katastrophen.

Lisa umklammert die Piccoloflöte in ihrer Jackentasche, ihr Weihnachtsgeschenk für ihr begabtes Kind, mühsam über Jahre zusammengespart.

Nur um recht zu behalten, hat er sein Kind grauenhaft blamiert.

Ihr Leben lang wird Friederike Clara unter diesem Weihnachtskonzerttrauma leiden, nie wird sie unbefangen auf einer Bühne stehen können, immer wird sie, wenn sie ein B blasen will, das Licht des Weihnachtsbaumes sehen, den eisigen Schrecken spüren, der erst in ihre Finger fuhr, dann ihren Atem unkontrolliert in die Flöte presste, als sie ihren Vater durch die Aula kommen sah, diesen Vater, der nie an ihr Talent glaubte, das sie ab jetzt nicht mehr haben wird.

Das denkt Lisa.

Ob Friederike Clara etwas denkt, weiß sie nicht. Das

Kind sitzt zwischen den anderen Kindern, blass und starr, während ein Lehrer an das Klavier geht, »Macht hoch die Tür« intoniert und die Zuhörer zum Mitsingen auffordert.

Isolde Bayer raunt ihr zu: »So hätte unser Anton das niemals versaut«, bevor sie lauthals und falsch bei »derhalben jauchzt, mit Freuden singt« in den Chor der Eltern, Geschwister und Großeltern der Flötenkinder einfällt.

Lisa Schweitzer kann nicht mitsingen, obwohl sie gut singt, obwohl sie Friederike Clara seit deren Geburt immer vorgesungen hat, damit ihr musikalisches Talent stimuliert wird, obwohl sie Friederike immer weiter vorsingt, damit sie ein Gespür für Intervalle bekommt.

Das Blockflötenkonzert haben diese blassen, hässlichen, getreidegefütterten Kinder mit ihren scheußlichen Vornamen dominiert, deren schwabbelige Mutter neben dem andächtig singenden Verursacher der Katastrophe sitzt.

»Und jetzt«, sagt die Rektorin, »bitten wir Sie alle noch zu einem weihnachtlichen Plätzchenessen und einem Glühwein in die Mensa und Finn und Paula werden uns mit ,Es ist ein Reis entsprungen' erfreuen.«

Alle stehen auf.

Lisa Schweitzer hastet auf die Bühne, reißt ihre Tochter vom Stuhl, quetscht ihre Hand, zischt ihr ins Ohr: »Du verdammtes Biest, du elende Versagerin, ich habe dich gewarnt, dass er kommen könnte, wir haben das geübt und geübt und geübt, dass du dich beherrschen musst, wenn er kommt, tausende von Malen haben wir geübt, dass er kommt und du trotzdem das B spielst und weiterspielst und nun hast du alles verdorben, du undankbares Miststück. Niemand wird dich mehr unterrichten wollen, niemand stellt uns eine Querflöte zur Verfügung, niemand will dich in seiner Flötengruppe haben.«

Friederike Clara steht still mit gesenktem Kopf und weint nicht.

Niemand beachtet die beiden, alle drängeln hinaus in die Mensa zu den von den Kindern selbst gebackenen Plätzchen. Lisa Schweitzer hält ihre Tochter fest an der Hand, als sie mit ihr die Bühne verlässt.

»Aber das wird er uns büßen«, flüstert sie Friederike zu. In der drängelnden, lachenden, freudig schwatzenden Menge sieht sie seinen Kopf. Er soll ihr nicht entwischen, der Zerstörer ihrer Träume.

Lisa Schweitzer hält Friederike Clara mit der einen Hand fest, mit der anderen wühlt sie in ihrer Handtasche. Eine Waffe sucht sie, eine Waffe, auch er soll leiden, wenn sie leidet und sein Kind keine Zukunft hat. Lisa findet einen Brieföffner, drängelt sich mit dem willenlosen Kind an der Hand durch die Menge, immer seinen Kopf vor Augen.

Durch seinen Mantel kommt sie von hinten nicht durch mit dieser Waffe, sie muss vor ihn kommen, sich um ihn herumschlängeln im Gedränge, das wird niemand merken, sie kann dann seinen Bauch durchstechen, ohne dass Jemand das merkt.

In feierlich getragenem Tempo, gänzlich ohne die Kindern eigene Hast, erklingt mit ihren drei C der Anfang der Melodie von »Es ist ein Reis entsprungen« mit den perfekt gestimmten Flöten von Finn und Paula.

In Lisa Schweitzers Kopf gellt immer noch der grelle Blockflötenton ihrer Tochter, ihr alter und Friederikes neuer vereinen sich zu einem grellen Kreischen, als es ihr gelingt, sich mit Friederike an der linken Hand um den Mann herumzuschlängeln, in der rechten hält sie den Brieföffner, rammt ihn kraftvoll, ohne aufzusehen, in den hellblauen Bauch, zieht ihn unmittelbar wieder heraus, stopft ihn in die Handtasche zurück, wendet sich um, presst sich gegen den Rücken der nun vor ihr stehenden Isolde Bayer, kommt nicht weiter, hört hinter sich einen Schrei, der sich mit den Blockflötenschreien in ihrem Kopf vereint, hört weitere Schreie, ein Stöhnen, ein Wimmern, drückt sich an Isolde Bayer, damit die weiter geht, damit sie hinauskommt mit Friederike Clara an der Hand, aber stattdessen dreht Isolde Bayer sich um, wird ihrerseits von hinten geschoben, schreit nun auch, weil alle schreien, die schreiende Menge zwingt Lisa zurück, drängt sie gegen einen am Boden liegenden Leib.

Mit einem grässlichen Quietschen zerplatzt das D von »kal«, während die zweite Flöte es bis zum C von »ten« schafft, um dort zitternd zu verstummen.

Lisa und Friederike Clara Schweitzer werden von der sinnlos drängelnden Menge umgedreht, stürzen fast über den gekrümmt am Boden liegenden Körper.

Durch die Beine der Erwachsenen winden sich bleich und schreiend Paula, Finn, Jakob und Ole, werfen sich über den Mann und heulen auf: »Papa, Papa!«

Hella's Wolllädchen

Die erste Kundin kommt um 10.20 Uhr. Sie sagt: »Hallo.«

Hella sagt: »Einen wunderschönen guten Morgen, was kann ich für Sie tun?«

Die erste Kundin in Hellas Leben sagt: »Ich brauche mittelgrüne Nähseide und einem hellbeigen Reißverschluss, 18 cm lang.«

Was soll Hella dazu sagen? Grüne Näheseide ist gerade aus? Wozu brauchen Sie mittelgrüne Nähseide, die passt doch gar nicht zum hellbeigen Reißverschluss? Solche Kundinnen kamen in den »Existenzgründungsseminaren für Frauen ab 50« nicht vor.

»Zweifeln Sie nie die Wünsche Ihrer Kunden an! Gehen Sie immer auf deren spezielle Bedürfnisse ein! Sie können nur über Kompetenz und Ausstrahlung punkten.«

Hella will nicht punkten, sondern Geld verdienen.

»Auch Frauen können mit Geld umgehen. Frauen über 50 können ihr eigenes Geld verdienen. Glauben Sie daran!«

Hella möchte sagen: »Hören Sie, dies ist mein Wolllädchen! Mit diesem Wolllädchen werde ich mein eigenes Geld verdienen! Ich verkaufe keine Nähseide! Hier gibt es auch keine Reißverschlüsse. Können Sie denn nicht lesen? Es steht groß am Schaufenster: ‚Hella's Wolllädchen', mit drei l, beziehungsweise mit fünf l.«

Um Himmels Willen, denkt sie, reiß dich zusammen!

»Kundinnen werden nicht belehrt! Wirken Sie als selbstbewusste Existenzgründerin souverän in Ihrem Sortiment.«

Hella möchte die Kundin gar nicht belehren, sondern sie souverän mit Stricknadeln erstechen. Mit Häkelnadeln foltern. Mit Baumwollgarn erdrosseln.

Die Existenzgründungsberaterin hatte von dem Namen »Hella's Wolllädchen« abgeraten. »Zu viele l verwirren potenzielle Kundinnen. Es geht um leichte Wiedererkennbarkeit!«

Aber, hatte Hella gedacht und sich nicht getraut zu widersprechen, aber es gibt doch nur einen, nämlich meinen, Wollladen hier, sonst wäre ich gar nicht hier, wenn es hier schon einen Wollladen gäbe, also erkennt meinen Wollladen sowieso jeder wieder. Außerdem brauche ich Geld, Geld, Geld, das kann doch nicht von drei oder fünf l abhängen!

Aber die Erfahrung haben die Beraterinnen und Expertinnen für die Existenzgründung für alle Frauen über 50, die Geld verdienen müssen und wollen und die Spaß am Geldverdienen haben. »Geld ist sexy, Reichtum macht sexy, vergessen Sie das nicht.«

Sie hat keine Erfahrung. Sie ist 52 Jahre alt und hat 23 Jahre nicht gearbeitet, die Kinder sind groß, wie man so sagt, jedenfalls sind sie weg und der Vater dieser Kinder ist auch weg. Und sie hat kein Geld. Aber soft skills, das Kapital der Frauen: Kommunikations-, Konsens- und Teamfähigkeiten. Teamfähigkeiten braucht sie nicht, das Geld wird womöglich nicht einmal für sie alleine reichen, geschweige denn für ein Team.

Wahrscheinlich passiert jetzt gerade wegen der vielen verwirrenden l das Malheur mit der mittelgrünen Nähseide und dem hellbeigen Reißverschluss, weil die Beraterin im Recht war und Hella zu stur.

Aber sie heißt nun mal Hella! ›Moni' s Wolllädchen« hatte die Existenzgründungsberaterin vorgeschlagen. Aber das, fand Hella, klang zu sehr nach Nagelstudio. Niemals wollte sie ein Nagelstudio eröffnen. Jedes Mal denkt sie beim Anblick eines Nagelstudios, das das eine Art Puff ist und schämt sich sofort, denn die Nagelstudios betreiben doch bestimmt Frauen wie sie selber eine ist, solche peinlicherweise spät verlassenen Frauen, die Geld verdienen müssen, weil sie von dem Mistkerl, mit dem sie zu lange verheiratet waren, nichts nehmen wollen oder weil sie zu feige waren, das Schwein so geschickt umzubringen, dass sie vom Erbe und von der Witwenrente leben und selber täglich in ein Nagelstudio hätten gehen können, um andere Frauen bei ihrer Existenzgründung zu unterstützen! Niemals hätte Hella in einem Nagelstudio eine Fußpflege verlangt, so wie ihre erste Kundin Nähseide und Reißverschluss in einem Wollladen kaufen will!

Dies, denkt Hella tapfer, ist »Hella's Wollládchen« mit exquisiten Garnen samt ökologisch unbedenklicher Herkunftsnachweise, beziehungsweise mit Herkünften aus ökologischer Unbedenklichkeit. Dies ist meine Marktlücke, die mich reich machen wird.

Sie übt diese Worte seit Tagen, sie muss sie weiter üben, damit sie kundenorientiert individuell beraten kann.

»Ich hole Sie dort ab, wo Sie stehen mit Ihren Strick- und Häkelfertigkeiten und Ihrem ökologischen Bewusstsein.« Handarbeiten ist in. Häkeljäckchen sind der letzte Schrei im Sommer 2010.

»Frauen gründen anders, Frauen gründen kleiner, überschaubarer, aber viel solider als Männer.«

Und deshalb wird das Geld bald fließen. Das steht in allen Broschüren.

Klein und überschaubar stimmt, anders auch und prompt hat sie offenbar schon am ersten Tag das falsche Sortiment. Der Standort ist nach der Standortanalyse der Industrie- und Handelskammer vielversprechend. Viel inhabergeführtes Kleingewerbe, keine Kaufhäuser in fußläufiger Nähe, jüngere Familien mit dem ersten Häuschen, jüngere Frauen mit ihren ersten Kindern, die gerne häkeln oder stricken, aber nicht in die Stadt fahren können, weil die Kleinen um 12 Uhr aus der Krippe und dem Kindergarten abgeholt werden müssen oder weil sie ohnehin erst mal zu Hause geblieben sind. Erst mal, bevor der Mann mit der Sekretärin ein neues Leben beginnt, da tut Häkeln sehr gut. Und wenn der Wiedereinstieg in den Beruf nicht gelingt, hilft Stricken. Frauen dürfen sich auch nicht mehr langweilen, sie müssen Rhetorikseminare besuchen oder Verkaufsshows gucken oder beim Qigong des evangelischen Frauenfrühstücks ihre Hauptmeridiane finden oder eben Häkeln und Stricken mit individuell auf ihre Bedürfnisse abgestimmter, individuell fachberatend verkaufter ökologischer Wolle exquisiten, persönlichen Zuschnitts.

Hella erinnert sich rasend schnell an all diese Seminarworte: »Individuell, abgestimmt, auf Ihre Bedürfnisse, da abgeholt, wo Sie stehen ... und das Ergebnis sieht aus wie das sexy Häkeljäckchen aus der Edelboutique, ganz süß, ganz sexy, ganz süß, ganz sexy ... seien Sie offen, zugewandt, persönlich, ohne zudringlich zu werden.«

Hella sagt jetzt: »Dies ist ein Wolllädchen, das haben Sie vielleicht übersehen, ‚Hella's Wolllädchen', genauer gesagt, ich habe leider für Sie heute keine mittelgrüne Nähseide in meinem vielfältigen, aber exquisiten Angebot.«

»Das ist ja merkwürdig«, sagt die Kundin, eine gepflegte, gelangweilt und verhungert aussehende Mittvierzigerin mit einem fusseligen kleinen Hund an der Leine, der den Wollknäueln ähnlich sieht, die Hella in einem Weidenkorb vor der Verkaufstheke platziert hat.

Champagnerfarben, silbergrau, edelweiß. Die Farben würden diese Kundin gut kleiden. Sie sieht aus, als hätte sie Zeit zum Handarbeiten, sie kann doch nicht dauernd mit diesem Wollknäuel Gassi gehen. Was will sie nur mit mittelgrüner Nähseide?

»In Wollläden müsste es Nähseide geben, finde ich. Kurzwaren nennt man das. Wenn Sie so stur sind und auf diesem mageren Angebot bestehen, werden Sie hier kein Bein auf die Erde kriegen. Komm, Uwe.« Die Kundin zerrt an der Hundeleine, so dass das hundeartige Wollknäuel über den blank gescheuerten Holzboden rutscht.

»Rustikale Landhausatmosphäre weckt den Wunsch nach Handarbeit, ruft Assoziationen zu offenem Kaminfeuer hervor, zu Rotwein, Mozart, dem Gatten hinter der Zeitung. Das neue Häkeljäckchen entsteht, sehr süß, sehr sexy, da lässt er bald die Zeitung sinken.«

Die Kundin verlässt grußlos Hellas Geschäft.

»Auf Wiedersehen und einen schönen Tag noch«, sagt Hella zur geschlossenen Ladentür.

Sie hat immerhin nicht vergessen, einen »schönen Tag« zu wünschen, das darf sie nie vergessen, haben sie ihr beim allerletzten Seminar eingeschärft, als die finanziellen Fragen geklärt, das Konzept genehmigt, das Lädchen gefunden, die Ladeneinrichtung gekauft, die Ware geordert war. »Wünschen Sie immer einen schönen Tag, egal, ob etwas gekauft wurde oder nicht.«

Man bringt nicht gleich die erste Kundin um. Man bringt überhaupt keine Kundinnen um, man braucht sie. Aber diese war ja gar keine. Ich könnte sie also hinterrücks erschießen für ihre Frechheit, denkt Hella und ordnet die perfekt nach Farben und Qualitäten perfekt geordneten Garne neu. Und ihren hässlichen Wollhund, der über meinen Landhausfußboden ratscht, gleich mit.

Aber Geschäftsinhaberinnen bringen ihre Kundinnen nicht um, normalerweise werden sie selber überfallen. Wenn sie nicht diese wunderbaren teuren sicheren Eisenjalousien vor dem Schaufenster haben, die die Beraterinnen Hella empfohlen haben. »Sie dürfen nicht billig wirken, Geld kommt zu Geld.«

Hella verkauft an ihrem ersten Tag als Existenzgründerin ein 50-Gramm-Knäuel rotes Baumwollgarn an eine Zehnjährige, die einen Topflappen für ihre Mutter häkeln will.

»Jede fängt klein an.«

Hella fängt sehr klein an. In einem angesagten Vorort,

in dem es zwei Bäcker, einen Buchladen, zwei Supermärkte, eine Reinigung, zwei Eiscafés, eine Pizzeria, einen Imbissstand, einen Gebrauchtwagenhändler, zwei Tankstellen, einen Drogeriemarkt, eine Änderungsschneiderei, vier Friseure, vier Nagelstudios, fünf Sonnenstudios, sechs Kosmetikerinnen, sieben Kioske und zwei Feng-Shui-Beraterinnen gibt. 90 Prozent des inhabergeführten Kleingewerbes wird von Frauen betrieben.

Feng-Shui-Beraterin wollte Hella genauso wenig werden wie Nagelstudiobetreiberin, denn Handarbeiten kann sie.

»Schauen Sie in sich hinein, wo Ihre Fähigkeiten und Begabungen liegen, die Sie zu Geld machen können.«

Schon drei dieser sexy-süßen Häkeljäckchen, die sie sich aus einer superteuren Boutique in der Innenstadt abgeguckt hat, hängen in ihrem Schaufenster.

Am zweiten Tag verkauft Hella kurz vor Ladenschluss ein 100-Gramm-Knäuel braunes Mohairgarn an einen alten Herrn. Der Verwendungszweck des Knäuels bleibt im Dunkeln, da Hella nicht fragen mag.

»Seien Sie zugewandt, ohne zudringlich zu werden.«

Der Herr zeigt nur stumm auf das Knäuel im Schaufenster, zahlt 4,95 Euro und sagt überraschend beim Hinausgehen: »Und einen schönen Abend noch.«

Am dritten und vierten Tag verkauft Hella nichts und häkelt ein viertes sexy-süßes Häkeljäckchen in einer etwas größeren Größe, weil die Frauen, die Buggys und Kinderwagen an ihrem Schaufenster vorbeischieben, etwas üppiger wirken, als sie junge Mütter in Erinnerung hatte.

Sie schreibt kleine Handzettel.

»Selbstbewusste Selbstvermarktung ist das A und O beim Geldverdienen.«

Die Handzettel wirft sie in mehreren Nächten in die Briefkästen des Ortsteils.

»Hella's Wollädchen: Neu! Speziell in Ihrer Nähe. Ökologisch zertifizierte Wolle und Garne in berauschenden Farben, sexy-süße Häkeljäckchen. Wir helfen Ihnen weiter. (Keine Reißverschlüsse, keine Nähseide).«

Letzteres hat sie zur Sicherheit in kleinster Schrift darunter gesetzt.

Hella zählt ihr Geld und stellt fest, dass sie den Laden eigentlich sofort wieder schließen müsste. Aber die Existenzgründungsberaterinnen haben vor anfänglichen Durststrecken gewarnt und das Durchhalten zum schwersten Problem erklärt. Hella kann nicht lange durchhalten, weil sie außer den Raten für den Bankkredit und die Ladenmiete auch ab und zu essen muss. Sie schläft in einem winzigen Kabuff hinter dem Ladenlokal, was sie den Beraterinnen verschwiegen hat.

»Trennen Sie Arbeit und Freizeit!«

Es gibt eine Art Kochnische und ein winziges Bad. Von da aus geht es in einen Hinterhof, in dem Müllcontainer vor sich hin stinken.

Hella überlegt ernsthaft, den Drogeriemarkt zu überfallen, weil sie gelesen hat, dass es in den Läden dieser Kette keine Telefone gibt und dort immer nur eine Mitarbeiterin arbeitet. Deshalb werden diese Märkte gern und erfolgreich überfallen.

Sie strickt sich eine Überfallskimütze, traut sich aber vorläufig noch nicht, sie zu benutzen, weil ihr die richtige Waffe fehlt. Außerdem zahlt ja kaum noch jemand bar, außer bei ihr. 7,95 Euro insgesamt.

Am siebten Tag, Hellas Magen knurrt, weil ihre Knäckebrotvorräte zu Ende gehen, dekoriert sie die inzwischen acht sexy-süßen Häkeljäckchen im Schaufenster etwas um und legt einen braunen Mohairschal daneben, den sie am fünften Tag gestrickt hat. Vielleicht lässt sich der alte Herr damit noch einmal locken. Das Schaufenster wirkt jetzt etwas überladen, aber so kann auch niemand mehr in den Laden hineinsehen und merken, dass der immer leer ist.

»Wirken Sie offen und einladend.«

Am achten Tag, Hella hat im Supermarkt zwei Tafeln Schokolade gestohlen und 100 Gramm fette Leberwurst gekauft, strickt sie auf einer Rundstricknadel einen bunten, quergestreiften Schlauch, den sie anziehen will, wenn sie noch dünner wird.

Da betritt am späten Nachmittag eine Frau von etwa Mitte Dreißig den Laden. Hella erhebt sich für diese Vertreterin ihrer eigentlichen Zielgruppe zitternd von ihrem Höckerchen hinter der Ladentheke, aber bevor sie etwas sagen kann, sagt die Frau: »Entschuldigen Sie, aber ich möchte Sie wirklich bitten, den falschen und unnötig grassierenden Apostroph zwischen ,Hella' und dem ,s' zu beseitigen, es handelt sich um einen einfachen Genitiv, es gibt in der deutschen Sprache keinen Grund für diese grassierenden und völlig absurden Apostroph! Ich möchte Sie außerdem ernsthaft auffordern, eines dieser fünf l zu beseitigen! Tag für Tag kommen hier meine Schülerinnen und Schüler vorbei und werden ganz zappelig von diesen vielen l und bevor ich meine Schülerinnen und Schüler in Ihren Laden schicke, was ich mir durchaus vorstellen könnte, denn dann müssen sie nicht in die Stadt fahren, wenn sie sich mal einen Schal stricken wollen, was sie durchaus wollen, zumindest die Schülerinnen und es gibt heutzutage auch Jungs, die mal einen Schal stricken wollen, was ich sehr unterstütze, aber diese fünf l und diesen grauenvollen Apostroph, wissen Sie, in Zeiten von PISA dürfen solche falschen Vorbilder im öffentlichen Verkehr einfach nicht mehr sein.«

Hella schweigt und setzt sich wieder hin. Auch auf eine solche Situation haben die Seminare sie nicht vorbereitet. Erst mittelgrüne Nähseide und hellbeige Reißverschlüsse, dann alte Männer, die wer weiß was mit brauner Mohairwolle anstellen und jetzt zu viele l und einen grassierenden Apostroph! Das ist zu viel.

Hella sagt: »Die Beraterin war auch dagegen, aber es ist genau die richtige Anzahl l, weil ich nun mal nicht Moni heiße und meine Fingernägel immer selber mache. In

‚Wolllädchen' sind drei l vorhanden und ich heiße nun mal Hella. Was kann ich für Sie tun? Möchten Sie einen Reißverschluss kaufen? Oder ein süßes Sexyjäckchen?«

»Nein«, sagt die Frau schrill, stellt sich vor die Ladentheke und guckt auf Hella herunter, »ich möchte bei Ihnen nichts kaufen, haben Sie mir denn nicht zugehört? Nichts, solange Sie diese absurde Schaufensterbeschriftung beibehalten, die meine Schülerinnen und Schüler ganz verrückt macht. Dauernd muss ich mit denen über die Menge von kleinen l und den Genitiv diskutieren und komme mit meinem Lehrstoff nicht mehr voran. Auch Sie haben eine Verantwortung für unsere Jugend und können hier nicht einfach eine Goldgrube eröffnen und ohne gesellschaftliche Verantwortung den Leuten das Geld aus der Tasche ziehen. Einen schönen Tag noch.«

Die Frau dreht sich um.

Hella poltert ihren Hocker um, als sie aufspringt und hinter der Frau herläuft, die Rundstricknadel mit dem Strickschlauch in den Händen. »Aber hören Sie, ich bin gar keine Goldgrube, ich versuche nur, mein Geld . . .«

De Frau dreht sich mit erhobenem Kopf noch einmal um: »Wir erzielen sofort einen Konsens, wenn Sie sich entschließen, ein l weniger anzupreisen und den Apostroph zu beseitigen. Dann könnten Sie sich in unserem Stadtteil wirklich integrieren, so, wie das heutzutage erwartet wird.« Sie dreht sich wieder um und greift nach der Türklinke.

Hella reißt die Rundstricknadel hoch, umschlingt damit den Hals der Lehrerin, zieht die Enden zu sich und zieht und zieht und zerrt und zerrt.

Die Lehrerin versucht noch, mit den Fingern das Nylonseil von ihrem Hals zu reißen.

Aber sie hat keine Chance.

Hella ist überrascht, wie schnell jemand tot ist. Sie ist überrascht, wie stark ihre Hände trotz des Hungers sind. Kräftige, geschickte Handarbeitshände. Und natürlich Stricknadeln von exzellenter Qualität.

Sie guckt der Frau, die da jetzt mit verdrehten Beinen vor ihr auf dem Landhausboden liegt, nicht ins Gesicht. Immerhin gibt es kein Blut, denkt sie. Sie lässt die Jalousien herunter. 18.30 Uhr, welch ein Glück.

»Halten Sie sich an die im Ortsteil üblichen Öffnungszeiten. Das verbessert das Klima unter den örtlichen Geschäftsfrauen.«

Die Frau hat keine Handtasche dabei, wohl aber einen Bauchbeutel um ihre Taille geschlungen, in dem Hella 13,95 Euro und einen Hausschlüssel findet. Bestimmt wohnt die Lehrerin in der Nähe, sie hat sonst nichts bei sich und wollte offenbar für genau diese Summe etwas einkaufen, wahrscheinlich im Drogeriemarkt.

Hella geht über den Hinterhof hinaus zum Supermarkt und kauft sich für die 13,95 Euro Bananen, Kiwi, Olivenöl, Knoblauch und Nudeln, um wieder zu Kräften zu kommen.

Als sie sich in ihrem Kabuff satt gegessen hat, zieht sie der Lehrerin Jacke und Kleid aus und stopft die Leiche in den quergestreiften bunten Strickschlauch. Das geht ganz leicht. Eigentlich ist der Schlauch sehr hübsch, rein farblich. Hella hätte darin gut ausgesehen. Die Lehrerin ist ein bisschen dicker und kleiner, so sieht der Schlauch an ihr ein bisschen sexyer aus, als er bei Hella ausgesehen hätte und er reicht ihr bis über den Kopf.

Hella zieht die Schlauchwurst mit der Lehrerin über ihren glatten Landhausboden und den Steinboden des Kabuffs und wuchtet ihn im Schutz des dunklen, stinkenden Hinterhofs in eine der dunklen, stinkenden Müllcontainer.

Dann klettert sie in ihr Schaufenster und kratzt das mittlere l zwischen »Woll« und ›lädchen« ab, so dass nun »Hella's Wol lädchen« dort steht.

Am nächsten Tag kommt Hella kaum dazu, eine Banane zu essen. Nahezu ununterbrochen betreten Menschen ihren Laden. Männliche und weibliche, junge und alte, um ihr zu sagen, dass sie ein l verloren hat.

Manche schauen sich nur um, viele kaufen etwas.

»Führen Sie auch Nähseide?«

»Leider nein, aber hier habe ich ein wunderschönes rosa Häkeljäckchen, das bezaubernd zu Ihrem Teint passt.«

Manche plaudern mit ihr nur über die deutsche Orthografie und diskutieren untereinander, ob das dritte l eigentlich nötig ist. Den Apostroph bemängelt keiner.

Hella nimmt 398,37 Euro ein, geht in der Mittagspause zum Friseur und ins Nagelstudio und macht einen Termin mit der Feng-Shui-Beraterin, um ihre Kolleginnen beim Geldverdienen zu unterstützen.

Das dritte l bleibt ausgespart.

Nach drei Tagen ebbt der Kundenstrom etwas ab und pendelt sich auf ein gutes Maß ein. Hella nimmt etwas zu und strickt einen längsgestreiften Schlauch in gedeckten Farben mit tiefem Ausschnitt. Wenn sie ihren Umsatz der letzten Tage hochrechnet, wird sie richtig viel Geld verdienen.

»Vergessen Sie nicht: Reichtum macht sexy.«

Nach einer Woche wird Hella verhaftet.

Dem 87-jährigen Vater einer seit einer Woche vermissten Handarbeits- und Deutschlehrerin, so die Presse am nächsten Tag, sei erst jetzt eingefallen, dass seine Tochter ihn vor einiger Zeit beauftragt hatte, in dem neuen Geschäft »Hella's Wolllädchen«, einem dieser von der Kommune geförderten Existenzgründungsläden für Frauen über 50, ein Knäuel braune Mohairwolle zu besorgen, da sie das Geschäft nicht betreten wollte, um nicht einer Verrottung der deutschen Sprache Vorschub zu leisten. Er habe aber vergessen, worin nach ihrer Meinung diese Verrottung bestanden habe. Nach einigen Tagen aber hätte sie neue Wolle gebraucht und ihm sei es nicht gut gegangen, deshalb hätte sie gesagt, dann ginge sie eben doch selber und würde dann die andere Sache gleich mit erledigen.

Es sei richtig, dass sie seitdem verschwunden gewesen

sei und er habe sie auch nach einigen Stunden als vermisst gemeldet. Aber da die Presse immer über Sexualmörder schriebe, hätte er nicht daran gedacht, dass vielleicht »die andere Sache« in dem Lädchen etwas mit dem Verschwinden seiner Tochter zu tun haben könnte. Und überhaupt verstünde er nichts von Handarbeiten. Aber jetzt sei ihm etwas an dem Schaufenster des Lädchens aufgefallen: Zwischen »Wol« und »lädchen« fehle ein l.

Und da habe er sich erinnert.

Auf der Mülldeponie wird der Strickschlauch mit der Lehrerinnenleiche entdeckt. Die hübschen Farben hatten aus dem Müll herausgeleuchtet.

Hella schweigt.

Nach einiger Zeit wird ihr in der Untersuchungshaft das Häkeln unter Aufsicht erlaubt. Die psychologische Gutachterin glaubt, das beruhige die Angeklagte.

Während des Prozesses sagt Hella nur: »Auch Frauen über 50 können gründen und viel Geld verdienen und sexy werden. Und einen schönen Tag noch.«

Dieser Text wurde nominiert
für den Kärntner Kurzkrimi-Preis 2008.

Im Morgengrauen kam das Grauen

Gott, wie peinlich! Wie kam dieser Satz dahin? Hatte sie den wirklich geschrieben? Sabine nahm einen dicken schwarzen Filzstift und strich den Satz energisch durch.

Trotzdem blieb er in ihrem Kopf und tobte dort kichernd herum.

Im Morgengrauen kam das Grauen.

Warum hatte sie sich nur auf diese Reise eingelassen? Eitelkeit natürlich. Die wichtigste Eigenschaft einer Schriftstellerin. »Mehrere Studienaufenthalte im Ausland.« Das klang bedeutend, auch wenn es sich in diesem Falle nur um eine Juniwoche im äußersten Westen Irlands handelte und welche Studien sie hier treiben würde, stand noch in den Sternen, die immerhin am irischen Himmel nachts sehr gut zu sehen waren.

Sie hatte aber schon nach einem Abend und einer Nacht gelernt, dass sie, was Eitelkeit anbelangte, eine absolute Null war. Die hatte nur gereicht, um sich auf die Ausschreibung zu bewerben. »Muss es immer die Toskana sein?«, hatte es dort geheißen. Nein, natürlich nicht, hatte sie gedacht, nicht für sie, sie war noch nie in der Toskana gewesen und die Schriftsteller, die sie kannte, waren auch nicht immer in der Toskana, sondern zu »Studienaufenthalten« bei ihren Großtanten in Kamp-Lintfort und schrieben dann in ihre Biografie: »Mehrfache Studienaufenthalte im Niederdeutschen.« Niemand fragte sie, was das heißen sollte und genau wie sie wusste sowieso niemand, wo Kamp-Lintfort liegt.

Also Irland. Vielleicht meinten die Urlaubsspender – irgendeine Stiftung für aufstrebende Autoren – die bekannt feuchte Kälte der angeblich grünen Insel würde die Kreativität beflügeln. Immerhin wusste Sabine, dass aus Irland pro Kopf der Bevölkerung die meisten Literaturnobelpreisträger kommen, vielleicht färbte das auf ihr Schreiben ab.

Aber nicht mit einem solchen Satz! Im Morgengrauen kam das Grauen.

Der Satz verschwand nicht und deshalb setzte sie in der kargen Küche Teewasser auf. »Karge Küche«, du lieber Himmel, wahrscheinlich wollten die ihr Geld zurück, wenn sie das lasen.

Sabine erinnerte sich an diesem kalten frühen Morgen an den weiteren Text der Ausschreibung, während sie in dem typischen Tassensammelsurium einer Ferienhausküche eine ihr gefallene suchte.

»In der wildromantischen Abgeschiedenheit Connemaras im Westen der Grünen Insel bieten wir einen einwöchigen Ferienaufenthalt für vier Autor/innen. Gemeinsamer kreativer Austausch wird geboten. Die Erholung soll freilich im Vordergrund stehen.«

Na, Autorinnen, die Morgengrauensätze schrieben, waren gewiss erholungsbedürftig. Sabine jedenfalls war es, nachdem sie ihren dritten Ratgeber für zu neuen Ufern aufbrechende Frauen in der Lebensmitte geschrieben hatte. Ratgeber für zu neuen Ufern aufbrechende Frauen in der Lebensmitte sollten garantierte Bestseller sein, hatte der Verlag gesagt, da schließlich jeden Tag Frauen in der Lebensmitte irgendwohin aufbrachen, und immer wieder gab es originelle neue Wege zu originellen neuen Ufern, zu denen man »souverän und neugierig« oder »achtsam und behutsam« aufbrechen konnte, zumal sich die Definition von »Lebensmitte« auch immer wieder anders auslegen ließ, schließlich stieg die Lebenserwartung ständig.

Sabine war jedenfalls zu ihrer großen Verwunderung aufgrund ihrer Bewerbung für diese Woche in Irland ausgewählt worden. Wahrscheinlich hatten sich sehr wenige

Autoren entschließen können, eine nasse Woche in Irland zu frieren.

Sie setzte Teewasser auf dem Gasherd auf, nachdem sie Streichhölzer gefunden hatte. Keiner der anderen Gäste außer ihr hatte sich offenbar bislang mit den praktischen Gegebenheiten des Cottages vertraut gemacht. Sie war als Erste dort gewesen, sie hatte den Gashahn gefunden, die Wasserleitung aufgedreht. Die anderen waren nach und nach eingetroffen, an ihr, die kaum beachtet freundlich grüßend im Wohnzimmer saß, einfach vorbeigegangen, um die Zimmer zu inspizieren und sich die besten auszusuchen.

Sabine schaute müßig auf den grauen Horizont über dem grauen Meer vor dem grau-grün-braunen Küstenstreifen am Ende des Geländes, auf dem das Cottage stand. An diesem Ende ging es etwa 30, 40 Meter zaunlos steil hinab ins Meer.

Wildromantisch. Noch so ein Wort, das sie nicht schreiben durfte. Das Wasser kochte immer noch nicht und als sie nach der Flamme sah, merkte sie, dass die ausgegangen war. Sie hielt ein neues Streichholz an den Brenner, ohne den Schalter zu drücken und tatsächlich flammte die Flamme auf. Sehr romantisch, dass das Gas sich nicht automatisch abstellte, wenn die Flamme ausging.

Sabine wollte in Irland einen Kriminalroman schreiben. In der feuchten Kälte des Juni. Es war aber für das Leben hier im Cottage wohl auch nicht falsch, dachte sie, während sie aufmerksam die Flamme beobachtete, wenn man Ratgeber schrieb und sich ein bisschen im praktischen Leben auskannte.

Es graute ein tiefer, trüber Himmel, der Sturm fegte über die Küste und es regnete. Sie fand die Zuckerdose und beschloss, diesen Kriminalroman jetzt sofort zu schreiben. Alle schrieben momentan Kriminalromane, es gab kaum einen Beruf, der sich nicht dazu berufen fühlte, und wenn sie einmal über diesen Morgengrauensatz hinweg war, würde es von selber laufen. Allerdings: Der Wind fegte, der Regen fiel, die Schafe grasten, das Meer wogte. Das war alles schon geschrieben worden, millionenfach.

Die junge Lyrik betrat die Küche. »Hi«, grunzte er.

»Guten Morgen«, sagte Sabine zu laut und dachte, dass er müffelte und offensichtlich ungeduscht in die Küche geschlurft kam. Sie war jedoch nicht dazu da, jungen Lyrikern Benehmen beizubringen. Das letzte, was junge Lyriker auszeichnete, war vermutlich gutes Benehmen.

Ganz kurz hatten sie sich gestern alle vier sehr spät dann doch im Wohnzimmer vor dem kalten Kamin getroffen und sich vorgestellt. Sie kannte den Lyriker aus der Zeitung, wie man eben junge Lyriker kennt, die 26 Preise für zwölf Gedichte bekommen haben. Es gibt junge Lyriker, hatte sie gedacht, die verschwinden für Jahrzehnte, nachdem sie die junge Lyrik verkörpert haben und dann tauchen sie als die großen alten Meister des lyrischen Ausdrucks am Puls der Zeit plötzlich wieder auf. Dazwischen unterrichten sie wahrscheinlich Geographie und Sport an einem Aufbaugymnasium in Recklinghausen.

Jedenfalls hatte sie noch niemals einen Lyriker mittleren Alters kennengelernt.

Dieser, sie hatte ihn gestern Abend vom ersten Anblick an verabscheut, hatte einen schwarzen Rolli an (doch wirklich) und einen dunklen Blick (tatsächlich) und sehr kurz rasierte Haare (die stirnumwölkende Tolle war out), grüßte sehr kurz, mehr ein Nicken, murmelte, er habe noch zu schreiben und verschwand umstandslos im einzigen Zimmer mit Blick auf die nahe Küste. Wahrscheinlich brauchte er diesen Blick für die Lyrik und den nächsten Preis. Eigentlich hatte Sabine selber das Zimmer mit Blick nehmen wollen, weil sie solche Inspiration für ihren Krimi als vormalige Ratgeberautorin am nötigsten brauchte, aber sie war jetzt zu langsam und vorher hatte sie, noch alleine, sich zunächst alle Zimmer angesehen und dann im

Wohnzimmer gewartet, bis die anderen kamen und erwartete, dass man sich freundschaftlich oder per Los über die Zimmerverteilung einigte

Die schöne Senkrechtstarterin hatte immerhin ins Vage hinein gefragt, wer das Eckzimmer mit dem halben Blick auf die Küste wolle, sie würde selbstverständlich darauf verzichten, falls jemand ...

Aber der Geheimtipp hatte sie sofort unterbrochen und abgewunken und deshalb hatte Sabine auch abgewunken. Weil sie ohnehin zurückhaltend sein und möglichst lange verschweigen wollte, dass sie Ratgeber schrieb, denn natürlich hatte sie auch die schöne Senkrechtstarterin sofort erkannt, weil Senkrechtstarterinnen immer schön waren und das Lebensgefühl einer ganzen Generation verkörperten und in eine Sprache von seltener Filigranheit gossen, und sie schauten immer so wunderbar über ihren feinen weißen Hälsen, die von einer Fülle dunkler Locken umrahmt wurden, in die Ferne, wo sie die Sensation der letzten Buchmesse gewesen waren.

Merkwürdigerweise waren sie seltener blond als Senkrechtstarterinnen außerhalb des Literaturbetriebes.

Sabine hatte die Erzählungen der Senkrechtstarterin natürlich gelesen und zutiefst bewundert, dass alle sie bewunderten.

»Ich habe Ihre Erzählungen gelesen«, hatte sie deshalb mutig gesagt, als schon klar war, dass auch das zweitbeste Zimmer für sie verloren war, »ich fand sie sehr eigenwillig.«

»Ach?«, hatte die Senkrechtstarterin mit leicht hochgezogenen feinen Augenbrauen gesagt. »Ja, sie sind nicht jedermanns Sache. Wie war gleich noch Ihr Name?«

Womit sie erstens unmissverständlich klar gemacht hatte, dass eben nicht jeder ungebildete Dödel einen Draht zu ihren feinnervigen Ergüssen finden konnte und zweitens, dass sie sich nicht die Mühe gemacht hatte, sich einen Namen länger als drei Minuten zu merken.

»Sabine Drechsel«, hatte Sabine zu ihrem eigenen Ärger brav wiederholt, um nun endgültig die schöne Senkrechtstarterin genauso so glühend zu hassen wie die junge Lyrik.

Sie blieb mit dem Geheimtipp zurück, der seine Pfeife stopfte, weil er ein Geheimtipp war und aus dem gleichen Grund einen graumelierten Bart trug. Sabine hatte tatsächlich mal eine Lesung des Geheimtipps besucht, als er mit experimenteller Prosa ein Geheimtipp geworden war und sich zu seiner Prosa auf der Ukulele begleitete. Er schien sich allerdings nicht an sie zu erinnern, obwohl sie damals eine von nur vier Zuhörerinnen gewesen war.

Es blieben zwei Zimmer übrig, eines zur, freilich wenig befahrenen, Landstraße hinaus und eines direkt neben dem Gemeinschaftsbad mit Blick auf die fensterlose Mauer des Nachbarcottage, das nur einen schmalen Wiesenstreifen entfernt lag.

»Ich bin doch sehr erschöpft«, sagte der Geheimtipp, zog an seiner Pfeife und ging, ohne sich noch einmal umzudrehen, in das Zimmer mit dem Blick auf die Landstraße.

Während der Nacht wurde Sabine nur viermal wach, dreimal, weil jemand die Toilette abzog und einmal, weil es so still war. Jedes Mal lag sie über eine Stunde wach, bevor sie wieder einschlief und steigerte ihre Wut.

Sie goss jetzt, an diesem kalten ersten Morgen, den Tee auf und musterte den jungen Lyriker, der schweigend am Tisch saß, sich auf dem Kopf kratzte und offensichtlich darauf wartete, dass der Tee fertig wurde. In einem plötzlichen Anfall von Egoismus stellte Sabine die Kanne, den Becher und die Zuckerdose auf ein Tablett, das sie neben dem Kühlschrank entdeckte und ging damit wortlos aus der Küche in ihr Zimmer. Leider hatte sie nun keine Chance, den hoffentlich verblüfften Gesichtsausdruck der jungen Lyrik zu genießen. Sie war sehr stolz auf sich.

Im Morgengrauen kam das Grauen.

Über diesen Satz kam sie nicht hinweg. Wie sollte daraus ein Krimi werden? Vor dem Morgengrauen musste doch etwas passiert sein, das dieses Grauen auslöste. So funktionierten Kriminalromane.

Sie sah auf den schmalen Wiesenstreifen hinaus, auf den pausenlos der feine Regen fiel, der auch in Kamp-Lintfort hätte fallen können. Wenn sie wenigstens trotz der Wolken auf die Küste hätte schauen können, dann hätte sie sich die steil hinabstürzenden Felsen vorstellen können, deren Rand sie ja sah! Um das Lebensgefühl einer ganzen Generation auszudrücken, brauchte man doch wohl keinen irischen Küstenblick!

Die Teekanne war leer. Aus der Küche hörte sie seit geraumer Zeit Gemurmel und Stühlescharren, offenbar waren Geheimtipp, Senkrechtstarterin und junge Lyrik bei einem Frühstück vereint. Wie dumm von ihr, nicht dabei zu sein! Wenn Landschaft und Wetter keine Inspiration versprachen, hätten es doch diese Heroen der deutschen Literaturbetriebs tun können. Immerhin mussten sie heute Abend alle gemeinsam für die deutschen Touristen lesen, das war die einzige Bedingung, die die Spender gestellt hatten: Ein literarischer Abend in »Jack's Corner«, über die Landstraße rüber und einen halben Kilometer ins Dorf hinein.

Sie stand auf, nahm das Tablett und ging in die Küche, wo tatsächlich die anderen drei um den Tisch herum saßen.

»Er hat so eine echte Tiefe«, sagte die Senkrechtstarterin gerade und schüttelte ihre dunklen Locken nach hinten.

»Ja, eine echte, große Tiefe«, nuschelte der Geheimtipp in seine Pfeife. Die junge Lyrik, um die es offenbar ging, schlürfte, die Tasse mit beiden Händen umklammernd, Tee.

»Wirklich, das ist so selten geworden, dass man einer echten Tiefe begegnet.«

»Und dabei noch einer großen. Und er ist so klar dabei, bei dieser Tiefe.«

»Richtig, das wollte ich gerade sagen. Er hat so eine Klarheit in dieser echten Tiefe.«

»Das hat man heute selten, so eine tiefe Echtheit in der Klarheit.«

»Mir geht das sehr tief, das muss ich zugeben«, sagte die Senkrechtstarterin und raffte notdürftig den Ausschnitt ihres Satinmorgenrocks über ihrem weißen Busen zusammen.

Nein, dachte Sabine, ich glaube das nicht, das ist Satin, das ist ein weißer Busen und das ist ein Gespräch unter echten Schriftstellern.

»Ihnen auch?« Der Geheimtipp stützte seinen Kopf in die Hände und schloss nachdenklich die Augen. »Es gibt nicht mehr viele Menschen, denen echte Tiefe wirklich tief geht.«

»Aber er dringt doch tief, ich bitte Sie! Er dringt doch wirklich mit aller Klarheit in die Tiefe. Hinein, sozusagen.«

»Genau. Hinein. Das meine ich ja. Ganz tief fühlt man doch diese Klarheit.«

»Ich fühle sie.« Die Senkrechtstarterin sah die junge Lyrik zum ersten Mal richtig an. »Diese, ich will das mal ruhig so ausdrücken, tiefe Tiefe.«

»Tiefe Tiefe, Sie sagen das sehr klar jetzt.« Der Geheimtipp wirkte erschüttert.

»Aber viele, sehen Sie, viele außer uns, spüren das nicht so tief und klar.«

»Man muss eben tief sein wollen dafür.«

Sabine hatte den Eindruck, sie gehörte nicht zu diesen Tieffühlenden, obwohl keiner der drei sie ansah, geschweige denn überhaupt zu merken schien, dass sie da war.

»Ich, vielleicht auch Sie, war und bin einfach bereit für tiefe Tiefheit, ganz echt.«

»Klar.« Die Senkrechtstarterin erhob sich, man sah ihren rechten Schenkel.

Nein, dachte Sabine, das gibt es nicht, ich sehe ihren weißen Schenkel, das ist einfach nicht wahr.

An Sabine vorbei verließ die Senkrechtstarterin mit einem kurzen Nicken die Küche, der Geheimtipp folgte ihr und zum zweiten Mal an diesem Morgen war Sabine mit der jungen Lyrik allein in der Küche.

»Sprachen die gerade über Sie?«, traute sie sich zu fragen.

»Hm?« machte die junge Lyrik. »Keine Ahnung, ich war in Gedanken. Wir sehen uns heute abend.« Sprach's und verschwand durch die Küchentür.

Sabine spürte eine rasende Wut. Gut, sie schrieb nur Ratgeber, aber die waren für viele Menschen sicherlich lebenswichtiger als getiefte junge Lyrik oder Geheimtipps mit Ukulele und pornografisch argumentierende Senkrechtstarterinnen mit weißen Busen unter Satin!

Im Morgengrauen kam das Grauen, schrieb sie.

Das stimmt doch, dachte sie plötzlich! Das ist doch wirklich grauenhaft hier, windig, nass, kalt, grau und dazu diese aufgeblasenen Wichtigtuer, arroganten Arschlöcher, die mich behandeln wie Luft!

Und sie schrieb.

Gegen Mittag lief sie durch den grauen Nebelregen ins Dorf, trank im »Jack's Corner« ein Guinness und aß matschige Bratkartoffeln.

Das Plakat hatte sie natürlich sofort gesehen, auf deutsch, eingeborene Zuhörer waren offensichtlich nicht erwünscht: »Junge deutsche Literatur im irischen Westen. Heute Abend, 20.30 Uhr, Kober Schleiwitz liest junge, deutsche, neue Lyrik/Helwinde von Breiningen liest aus ‚Auch du unter meinen Wimpern'/Braas Pulschwerz liest unveröffentlichte experimentelle Kurzprosa an Ukulele/u. a.«

Sabine würgte die letzte Bratkartoffel hinunter. »u. a.« war offensichtlich sie.

Die örtlichen Veranstalter, ein älteres deutsches Ehepaar auf einem weitläufigen weißen Anwesen mit mehreren

Seen wohnend, wie Sabine informiert worden war, hatten offenbar mit ihrem Namen nichts anzufangen gewusst. Aber zumindest hätten sie den Namen hinschreiben können!

Auch ich, dachte Sabine, während sie in Gummistiefeln über die Pfützen der Landstraße zurückstapfte und versuchte, ihre Kapuze festzuhalten, werde in meiner Lebensmitte zu neuen Ufern aufbrechen.

Im Cottage war es still bis auf ein leises Ukulelegezirpe.

Sabine schrieb. Gelegentlich ging die Toilettenspülung.

Gegen 17.00 Uhr ging sie in die Küche. Keiner der anderen hatte mit ihr gesprochen, sie gefragt, ob sie mit zum Essen ginge, ob sie zusammen zur Lesung gehen wollten, was sie lesen würde. Das Bad war besetzt gewesen, als sie auf die Toilette wollte und sie hörte die Senkrechtstarterin unter der Dusche singen.

Danach hatte sie geschrieben und überhaupt nichts mehr gehört.

Sie stellte Teewasser auf.

Kurz bevor sie »Jack's Corner« betrat, hörte sie den Donnerschlag, mit dem das Cottage in die Luft flog.

Die Lesung fiel aus, die Feuerwehr hatte die ganze Nacht zu tun, weil der Nieselregen nicht ausreichte, um das Feuer zu löschen.

Sabine drückte unter dem Anorak ihr Manuskript mit dem Krimi an sich, sah den Löscharbeiten zu und wartete.

»Nothing«, hörte sie nach einiger Zeit den knappen Satz eines Feuerwehrmannes.

Im Morgengrauen kam das Grauen.

Sabine sah aus dem Fenster ihrer Dachkammer über »Jack's Corner« die kleine Prozession auf dem schmalen Pfad am Küstenstreifen. Geheimtipp Hand in Hand mit

Senkrechtstarterin, junge Lyrik mit ausgreifendem Schritt dahinter.

Sie lief ihnen entgegen, auf den Pfad zu, mit hämmerndem Herzen. »Wo wart Ihr nur? Ich habe mir solche Sorgen gemacht!«

»So?«, fragte die Senkrechtstarterin mit hochgezogener Braue.

»Warum nur?«, nuschelte der Geheimtipp in seine kalte Pfeife.

Die junge Lyrik schwieg und sah sie dunkel an.

»Wir haben uns gemeinsam nach einer guten Tasse Tee am frühen Nachmittag in der wunderbaren Landschaft an diesem felsigen Gestade innerlich auf die Lesung vorbereitet«, sagte der Geheimtipp und streichelte die Hand der Senkrechtstarterin. »Es dauerte ein wenig mit dem Tee, weil die Flamme immer ausging, aber letztlich sind wir gestärkt in Regen und Sturm hinaus. Und plötzlich flog das Cottage in die Luft.«

Alle drei sahen Sabine an.

Langsam gingen sie auf sie zu.

Sie wich zurück.

Sie kamen näher.

»Man sollte nicht so neidisch sein, ts, ts, ts«, sagte die Senkrechtstarterin.

»Man sollte nicht so egoistisch sein«, flüsterte die junge Lyrik.

Als sie fiel, hörte sie den Geheimtipp nachdenklich sagen: »Die tiefe Tiefe ruft sie zu sich. Was für ein Stoff!«

Das Manuskript, das die Ratgeberautorin Sabine Drechsel nach ihrem Selbstmord hinterließ, wurde nicht gedruckt. Es handelte sich um den Versuch eines Kriminalromans, in dem in absurder Weise mehrere Schriftsteller bei einem gemeinsamen Ferienaufenthalt durch eine von einer hochbegabten schönen Schriftstellerin aus Eifersucht auf einen jungen Lyriker mit Hilfe eines berühmten Romanciers ausgelösten Gasexplosion ums Leben kamen.

Der Geheimtipp schrieb später einen Welt-Besteller über eine Ratgeberautorin, die versucht, einen Kriminalroman zu schreiben und sich, verzweifelt über ihre Unfähigkeit, ins irische Meer stürzt.

Der junge Lyriker schrieb sofort nach seinem Studienaufenthalt in Irland ein Langgedicht in altem Versmaß über das innere Wesen von Gas und Neid und erhielt dafür einen bedeutenden europäischen Literaturpreis.

Die schöne Senkrechstarterin schrieb einige Wochen nach ihrem Urlaub im Westen Irlands einen überaus erfolgreichen Ratgeber für Irlandreisende.

Die einzige Malerin

Bunt, denkt sie wütend, sie wird immer so rasend wütend, wenn sie das denkt, bunt können sie alle! Und nur bunt!

Schon wieder hat einer dieser verdammten Buntmaler, dieser Buntkleckser, dieser Buntdilettanten eine Ausstellung im »Haus des Kurgastes« bekommen. Schon wieder werden die Bilder eines dieser einfallslosen, fantasielosen, dieser unbegabten, schmierenden, unfassbar peinlich buntmalenden sogenannten Künstler, dieser sogenannten Maler, nicht nur monatelang im »Haus des Kurgastes« hängen, nein, das reicht ihm nicht für seine Zumutungen, sondern er muss seine »Gemälde« auch noch im »Nationalpark-Haus« und im »Hotel Friesenhof« aufhängen lassen, weil seine angeblichen Kunstwerke, diese sturzbunten Katastrophen, dieser Mist, jawohl, Mist, Mist, Mist, weil dieser kunterbunte Mist hundertfach vorhanden ist, so dass man ihm nicht mehr Herr wird, deshalb muss dieser Mist auf der ganzen Insel verbreitet werden, genauso wie der von dem anderen Scharlatan im vergangenen Jahr.

Eine Pest ist das.

Eine Pest, diese schreiend bunten, verlogenen Meeres-Insel-Dünenbilder. Und auch dieser, dessen Namen sie weder denken noch aussprechen mag, ist ja nur einer von Tausenden, die so malen und sich dann auf der Insel ausbreiten mit ihren Bildern wie schreiendbunte Kraken. Als sei die Nordsee tatsächlich blau oder grün oder lila oder, Himmel, sogar rosa! Als habe sie überhaupt irgendeine malbare Farbe! Und darüber, über dieses bonbonrosa verfärbte Wasser malen sie einen dunkelblauen oder hellblauen oder lila-türkis-hellgrünen Himmel und vor dieses Wasser, das angeblich die Nordsee sein soll, davor malen sie einen weißgelben Strand und davor wiederum malen diese unfähigen Buntfetischisten mit knackgrünen Gräsern und quittegelbem Ginster bewachsene Dünen und davor wiederum leuchten grässlich die rot gepflasterten Wege, auf denen dunkelbraune und hellbraune Pferde braune und dunkelgrüne Fuhrwerke mit quietschgelben Planen ziehen, in denen Leute mit knallroten Anoraks und grellorangen Anoraks und türkisfarbenen Anoraks sitzen und von Männern mit zerfurchten Gesichtern kutschiert werden, die blaue Pudelmützen tragen.

»Das ist ein Verbrechen an der Kunst, das ist eine Vergewaltigung der Natur, dieser Mist, dieser Mist, dieser Mist!«, schreit Frauke in den Wind und stapft durch den feuchten Sand. Sie kann hier soviel rumschreien gegen den Sturm, gegen die Möwen und ins Meer hinein, wie sie will, sie kann stapfen und wütend sein, soviel sie will, jetzt nach 22 Uhr in den ersten Apriltagen wird niemand ihr unterhalb der Dünen am Strand begegnen und selbst wenn, würde der Sturm ihre Worte wegzerren und ihren Inhalt verschlucken und wenn überhaupt jemand hier entlang käme, vielleicht mit einem dieser widerlichen kleinen Hunde, die sich auch ausbreiten wie die Pest der bunten Bilder, dann würde dieser Jemand eine übergewichtige, große Frau mittleren, also unbestimmbaren Alters durch den Strandsand stapfen sehen, beziehungsweise würde er sie nicht sehen, weil sie zu dieser Gruppe, dieser zweifellos wachsenden Gruppe, das hat sie registriert in den letzten Jahren, zu dieser zweifellos immer größer werdenden Gruppe übergewichtiger Frauen mittleren und höheren und also unbestimmbaren Alters gehört, die man gerne übersieht, von der man sich jedenfalls keine Frau individuell merkt.

Zu Hunderten fallen sie im Frühjahr und im Herbst auf der Insel ein, immer zu zweit oder zu dritt in diesen riesigen, formlosen, sattbunten Anoraks und mit festen Schuhen und mit ihren gewaltigen Rucksäcken voller zuckerfreier Apfelschorle rasen sie mit Skistöcken über die Dünenwege und klappern durch den Ort und laufen einem vor das Fahrrad, weil sie denken, wo es keine Autos gibt, gibt es überhaupt keinen Straßenverkehr und man muss nicht gucken und auf nichts achten.

Und dann rasen sie hinüber zur »Domäne Bill«, stopfen dort riesige Stutenstücke in sich hinein und spülen sie mit riesigen Mengen Milchkaffee hinunter und rasen wieder zurück über die Wilhelmshöhe hinaus bis zum Flugplatz und über den Deich zurück in den Ort, weil sie hoffen, dass ihr Fett dabei kiloweise verbrannt wird im Kampf gegen den zehrenden Nordweststurm, und dann gehen sie ins »Haus des Kurgastes« und starren dort verzückt diese schreiend bunten Bilder an und fallen ins »Nationalpark-Haus« ein und stürmen den »Friesenhof« und kriechen mit ihren Nasen und ihren Lesebrillen in diese schrecklichen, diese grauenhaft bunten Bilder und stöhnen »oh, wie echt« und »nein, wie realistisch« und »ach, wie romantisch«.

Dabei sind sie doch gerade erst am Meer vorbeigestürmt, dabei hätten sie doch selbst sehen können, dass die Nordsee nicht blau ist und nicht grün und dass der Himmel nicht blau ist und der Strand nicht weiß!

Und in jedem Hotel und in jeder Galerie hängen solche bunten Machwerke, bald bestimmt auch im Rathaus und bald bestimmt auch auf dem Postamt und auch in der Polizeistation und man wird keinen Schritt mehr tun können auf der Insel, ohne einem dieser Gräueltaten zu begegnen.

Frauke denkt und murmelt vor sich hin und schreit all dieses, es muss raus aus ihr hier, fast in der Nacht am Strand, und sie fühlt sich eigentlich wohl und erfrischt. Sie stapft weiter, sie muss einfach stapfen, weil sie nicht weiß, wohin mit ihrer Wut und ihrem Zorn. Sie ist ganz alleine mit sich und mit ihrem Hass auf den Maler und auf alle, die wie er malen, und auf die Frauen, die sich diese Bilder ansehen und kaufen. Sie kaufen sie auch noch! Frauke hat das gehört. »Sehr preiswert«, hat gestern eine dieser Frauen beim Frühstück gesagt, »sehr preiswert, das muss man sagen, für so ein großes Bild«.

Frauke hätte am liebsten geschrieen: »Du dumme Kuh, du blöde Pute, du hast ja keine Ahnung, du müsstest Geld dazu bekommen, wenn du diesen Mist von den Wänden des ‚Hauses des Kurgastes' und aus dem Treppenhaus des ‚Friesenhof' und dem Flur des ‚Nationalpark-Hauses' abnimmst, guck dir das Meer doch mal richtig an, du dämliche Tussi!«

Aber Frauke ist nicht blöd. Sie hat liebenswürdig gelächelt und gefragt, ob noch Kaffee oder Tee gewünscht sei, denn die Konkurrenz ist groß, alle Leute vermieten Zimmer und man muss immer freundlich sein und sich Stammgäste heranziehen, die immer wieder kommen wollen, das kann sie, das hat sie gelernt.

Fraukes Eltern haben in ihrer Pension »Seehecht« schon vor sechzig Jahren vermietet und die Plastikblumen auf den Frühstückstischen sind wahrscheinlich noch dieselben wie vor sechzig Jahren, aber das ist Frauke egal. Sie sorgt für frische Bettwäsche und saubere Handtücher und neue Prospekte und den Veranstaltungskalender und aufgebackene Brötchen aus dem Tiefkühlfach, aber niemand beschwert sich, und sie serviert das Frühstück natürlich auf blau-weißem Porzellan, auch wenn es nach sechzig Jahren ein bisschen angeschlagen ist, und es gibt natürlich Sanddornmarmelade und sogar lose Butter und ostfriesische Teemischung mit Sahne und Klümpjes und sie mäht den Rasen vorm Haus und hinterm Haus und stellt ab April Töpfe mit roten Begonien auf die Fensterbänke im Frühstücksraum zur Straße hin, wie das alle machen.

Und vor einiger Zeit hat sie Stoffservietten eingeführt. Das hat die Stammgäste sehr gefreut, denn die können sie in die Serviettentaschen hineinfalten und während ihres gesamten Aufenthaltes benutzen. Das komme auf Dauer billiger als Papierservietten, hatte Frauke ihrer Mutter erklärt und es habe Stil und wirke persönlich, das hat sie in einer der Zeitschriften gelesen, die im Lesesaal vom »Haus des Kurgastes« ausliegen.

Ihre Mutter wischt den Staub von den Schiffsmodellen auf den Fensterbänken in der Frühstücksveranda und plaudert mit den Stammgästen und geht jeden Morgen einmal langsam um den Kurplatz herum und bringt den »Ostfriesischen Kurier« aus dem Supermarkt mit und nachmittags geht sie einmal langsam die Strandstraße hoch und guckt mal eben über die Düne, ob das Meer noch da ist, und sagt allen, die sie kennt »Moin«, und bestätigt ihnen, dass es Frauke gut gehe. Und nein, von Tobias haben sie nichts mehr gehört. So ist das manchmal. Man weiß es nicht. Manche Sachen passieren.

Fraukes Mutter ist eine freundliche Frau und die Gäste sind austauschbar und meistens friedlich und selbst die Frauen, die seit einigen Jahren mit den Skistöcken kommen, lassen diese Stöcke in der Diele stehen und nehmen sie nicht mit auf ihre Zimmer und machen damit nicht den Fußboden kaputt.

Nur wenn Frauke sie in den Ausstellungen sieht, dann hasst sie sie genauso wie sie die Maler hasst.

Natürlich weiß Fraukes Mutter so gut wie Frauke und alle anderen, dass Tobias in Braunschweig lebt und irgendwas an der Universität zu tun und drei Kinder hat und allem Anschein nach nicht Frauke hinterher trauert, mit der er vor sehr vielen Jahren Sandburgen gebaut hat, was manche, auch Frauke und ihre Eltern, zweifellos überbewertet haben. Genauso wie die Ausflüge vor vielen Jahren nach Norden und einmal sogar nach Aurich, als man über das Sandburgenbauen hinaus war.

Immerhin hätte Tobias den Fuhrbetrieb seines Vaters mit acht Gespannen übernehmen sollen, ein risikoloses Geschäft, denn Fuhrwerke werden immer gebraucht, und später gab es Reitunterricht für Kinder dazu, aber da war Tobias schon aufs Festland gezogen, wollte den Fuhrbetrieb nicht haben und nicht Frauke mit ihrer Pension, die auch risikolos gewesen wäre.

Dass Tobias aufs Festland ging und riskierte, dass Fremde den Fuhrbetrieb übernahmen, haben ihm damals viele übel genommen, nicht nur Frauke und ihre Eltern, wenn auch aus anderen Gründen. Den Betrieb gibt es aber immer noch, sogar mit mehr Pferden als früher, weil Tobias' Schwester sich mit einem Kapitän verheiratet hat, dem es recht ist, dass sie das Geschäft weiterführt, weil er sowieso nie da und froh ist, dass sie etwas zu tun hat.

Gar nicht schön war, dass Tobias nicht allein nach Braunschweig ging, sondern die Hotelierstocher Gesche mitnahm, die auch nicht blonder war als Frauke, aber mehr Geld zu erwarten hatte und vielleicht, das glaubt jedenfalls Frauke bis heute, keinerlei künstlerische Ambitionen.

Frauke hatte sehr früh künstlerische Ambitionen, obwohl das niemand so nannte, das wusste sie selbst erst später, dass das schon damals ihre künstlerischen Ambitionen waren, die die anderen, am wenigsten Tobias, verstanden, denn schon ihre Sandburgen waren über das von den gewöhnlichen Insulanern als kindgerecht empfundene Maß hinaus überaus scharfkantig, streng und akkurat gebaut, alberne Muschelverzierungen, Türmchen und Erkerchen lehnte sie ab und behauptete, das entwerte die Schönheit des Sandes und die Licht- und Schattenspiele auf seiner Struktur. Damit konnte nun Tobias wenig anfangen und seine Einladungen nach Norden und einmal nach Aurich hatten deutlich auslaufenden Charakter.

Es macht Frauke bis heute so wütend und hasserfüllt, weil nach Tobias nie wieder ein Mann Einladungen aufs Festland aussprach und in den letzten Jahren die meisten jungen Männer lieber junge Polinnen aus dem »Friesenhof« heiraten als Juister Mädchen.

Sie selbst ist nun nicht mehr jung und es ist ihr völlig egal, wer wen und warum heiratet und was und mit wem Tobias irgendetwas in Braunschweig tut. Sie ist außerhalb ihrer Wirtinnenpflichten und dem gelegentlichen Aushelfen beim Putzen in öffentlichen Gebäuden völlig ausgelastet und beschäftigt mit ihrem Lebenswerk, mit ihren Bildern, die so zahlreich im Keller ihrer Pension entstehen, in den die Mutter schon seit Jahren nicht mehr geht, weil sie die Treppe zwar hinunter, aber nicht wieder hinauf schafft.

Frauke weiß, dass sie als einzige auf Juist das echte Meer, die wahre Nordsee, malt, dass sie den echten Himmel malt, den richtigen Strand, die echten Möwen und die richtigen Dünen. Dass sie eine wahre Künstlerin ist mit dem richtigen Blick, dem durchdringenden Blick, dem durchschauenden und sezierenden Blick, der das sieht, was wirklich da ist und es auf ihren Bildern wiedergeben kann.

Allerdings hat sie noch niemals Jemandem eines ihrer Bilder gezeigt. Ihre Mutter würde nur sagen: »Ach, Frauke«, und den Kopf schütteln.

Frauke hat zu lange die Ausstellungen auf der Insel verfolgt und die Maler gesehen und die Bilder, von denen es immer mehr gibt, weil die Touristen angeblich Kultur wollen, mehr Kultur als die Theatergruppe des Heimatvereins und ab und zu das Kurorchester ihnen zu bieten haben, sie wollen angeblich bildende Kunst, du lieber Himmel! Dass niemand sich für ihre Bilder interessieren würde, dass alle sie übersehen würden, vielleicht verächtlich machen würden, da ist sich Frauke sicher, denn die anderen sind doch gar nicht in der Lage zu bemerken, dass es sich um Kunst handelt! So versaut sind alle von dieser bunten Kakophonie.

Man müsste sie zwingen.

Plötzlich, Frauke wäscht am späten Vormittag das Frühstücksgeschirr ab, es kommen ihr die Tränen des Zorns, wenn sie an die Ausstellung denkt, die morgen vormittag eröffnet wird und die sie gestern abend ja schon gesehen hat, weil sie abends im »Haus des Kurgastes« putzt, sie braucht ja Extrageld für Leinwände und Pinsel und für alles, was eine Malerin braucht, und deshalb putzt sie zwischendurch im »Haus des Kurgastes«, wenn besondere Ereignisse anstehen wie beispielsweise Ausstellungseröffnungen.

Heute abend muss sie noch einmal durchwischen, denn am Nachmittag probt die Theatergruppe des Heimatvereins und bei der Vernissage soll schließlich alles blitzen. Das hat natürlich keiner so deutlich gesagt, aber so, glaubt Frauke, meinen sie es, die diese Bilder lieben und das sind alle Juister und alle Touristen, eigentlich alle Menschen außer Frauke.

Sie wird tatsächlich alles besonders sauber machen, damit die schreienden Farben der ausgestellten Bilder besonders hässlich glühen und vielleicht doch der eine wahre Kunstkenner, der vielleicht unwahrscheinlicherweise unter den Gästen ist, die Scheußlichkeit der Ausstellungsstücke erkennt.

Man müsste sie zwingen.

Frauke wedelt sinnlos mit dem feuchten Feudel über den Boden, der schon ganz sauber ist. 21 Uhr ist es und schon ganz dunkel. Frauke wischt im Dunkeln, damit sie die Bilder nicht so genau sehen muss.

Man müsste sie zwingen.

Plötzlich weiß Frauke, was sie tun wird.

Sie wird endlich ihre Bilder allen zeigen, sie wird allen zeigen, wie die Nordsee, wie der Himmel und die Dünen gemalt werden müssen. Morgen früh werden alle da sein, irgendein Professor, der kluge Sachen über die grässlichen Buntdinger sagen soll, der Bürgermeister, der Reporter des »Ostfriesischen Kuriers«, die Touristen, die Ratsmitglieder, die Freiwillige Feuerwehr, wahrscheinlich auch der Polizist, die Leute vom Heimatverein und der Buchhändler. Alle, die sie ihr Leben lang kennt, alle, die nicht ahnen, welch großartige und unverwechselbare Künstlerin sie ist, alle werden sie fassungslos vor ihrem grandiosen Werk stehen und vergessen, was sie eigentlich sehen sollten.

Frauke läuft zu ihrem Fahrrad und rast nach Hause. In der Pension ist es fast dunkel, die vier Frauen, die zu Gast sind, trinken wahrscheinlich irgendwo ein Bier, die Mutter sitzt bei funzeliger Beleuchtung vor dem Fernseher und hört nichts.

Frauke läuft in den Keller, sammelt ihre Bilder ein, siebenunddreißig Stück sind es, das weiß sie, weil sie das siebenunddreißigste erst vorgestern fertig gemalt hat, das erste hat sie mit siebzehn gemalt, dann jedes Jahr eines vollendet, so war es nicht schwer, den Überblick zu behalten. Siebenunddreißig Bilder, sie trägt sie in Fünferstapeln die Kellertreppe hoch und stellt sie in ihren großen Fahrradanhänger. Einen Moment muss sie verschnaufen und es fällt ihr ein, dass sie etwas braucht, worin sie die bunten Scheußlichkeiten abtransportieren kann, die fast alle größer sind als ihre Gemälde und sie weiß auch noch gar nicht, wohin und natürlich wird sie nur die Bilder im »Haus des Kurgastes« austauschen können, nicht die im »Friesenhof«, da ist Betrieb und sie wird nicht unbemerkt bleiben können, und auch nicht die im »Nationalpark-Haus«, das steht zu frei und ist einsehbar, aber um das »Haus des Kurgastes« herum ist es um diese Zeit und zu dieser Jahreszeit menschenleer und sie kann hinein und hinaus so oft, wie es nötig ist, weil sie als Putzfrau natürlich den Schlüssel hat.

Wenigstens ein Zeichen kann sie setzen! Dort, wo die offizielle Eröffnung ist!

Ein Fanal wird es sein, eine Befreiung, nicht nur für Frauke!

Sie geht noch einmal in den Keller, um die letzten beiden Bilder zu holen, da sieht sie den Stapel dünner brauner Wolldecken, die sie früher den Gästen aufs Bett legten als zusätzliche Decken, als die Heizung noch nicht so gut funktionierte, und natürlich haben sie diese braunen kratzigen Dinger aufgehoben, man weiß ja nie, und jetzt sind sie gerade richtig und werden gebraucht.

Frauke stopft die Decken sorgfältig um ihre Bilder im Fahrradanhänger herum und radelt ohne übertriebene Hast die Wilhelmstraße entlang, biegt links in die Strandstraße ein, vorbei am »Friesenhof«, tritt kräftiger in die Pedale die Düne hoch, die Bilder sind schwer, sie biegt rechts ab, radelt am Meerwassererlebnisbad und am Wasserturm vorbei und steht schon wieder vorm »Haus des Kurgastes«.

Frauke macht den Anhänger los, zieht ihn ins Treppenhaus, nimmt liebevoll und behutsam ein Bild nach dem anderen heraus, lehnt eines neben das andere an die Flurwand. Dann breitet sie die Wolldecken auf dem Boden aus und nimmt mit abgewandtem Blick ein Bild nach dem anderen von den Wänden im Flur und im Lesesaal und wirft jedes Bild absichtlich heftig und achtlos mit der bemalten Seite nach unten auf die Wolldecken. Dann rafft sie die Ecken der Decken zusammen, hebt die schweren Bündel an, sie hat die Bilder nicht gezählt, es ist ganz egal, wie viele es sind, jedes einzelne von ihnen ist eines zu viel. Sie presst und drückt die sperrigen Wolldeckenpakete in den Anhänger. Alle passen so gerade eben hinein. Dann geht sie wieder hinein und hängt behutsam ihre eigenen Bilder auf, rückt sie sorgfältig gerade, streichelt die Rahmen.

Frauke geht hinaus, verschnauft einen Moment, guckt am Wasserturm hoch, der ein paar Schritte vom»Haus des Kurgastes« entfernt aufragt. Auch zu ihm besitzt sie einen Schlüssel, manchmal geht sie nachts hinauf, um neue Inspirationen für ihre Bilder zu bekommen, indem sie auf das Meer hinaussieht. Den Schlüssel hat sie sich genommen, als der Hüter des Wasserturms ihn einmal, und bestimmt war es das einzige Mal in seinem Leben, außen auf der Tür hat stecken lassen.

Wohin nun mit den Drecksbildern? Ins Meer wird sie

sie nicht werfen, eine Seebestattung wäre zu viel der Ehre, außerdem würden sie bestimmt mit der nächsten Flut wieder angeschwemmt.

In den Wasserbehälter des Wasserturms mag sie sie auch nicht werfen, sie will ja nicht ihrem Dorf schaden, indem sie Trinkwasser verunreinigt, sie will die Machwerke vernichten. Was ist das für eine Straftat, die sie da gerade begeht?, denkt sie und hält einen Moment inne. Sie stiehlt die Bilder ja nicht, um sich zu bereichern, sondern um die Insel von ihnen zu befreien; eigentlich ist es eine gute Tat, die freilich niemand würdigen kann, bevor er nicht ihre eigenen Gemälde gesehen hat, um dann erst die Größe ihrer Tat erkennen zu können.

Unschlüssig steht Frauke am Lenker ihres Fahrrades, der Wind zerrt an ihren Haaren, sie starrt auf den vollbepackten Anhänger hinter sich und starrt auf die Dünen.

Plötzlich fällt ihr die Lösung ein: Die Goldfischteiche! Jene über einhundert Jahre alten Süßwasserteiche, die erst vor drei Sommern restauriert worden sind, man kommt jetzt auf gepflegten Wegen ganz nahe an ihre Ufer heran, weil das undurchdringlich wuchernde Gestrüpp aus Jahrzehnten der Vernachlässigung beseitigt worden ist.

Sie wird die verdammten Buntbilder in den Goldfischteichen versenken! Welch göttliche Idee! Süßwasser, nicht Salzwasser wird die Farben vernichten, mit denen das Salzwasser so grauenhaft falsch dargestellt wurde. Welch wunderbare Ironie! Und welch ein Jammer, dass niemand von dieser genialen Tat erfahren wird. Denn sollte jemals ein Schimmer, ein Restflimmern von einer dieser Farben vom Grund der Goldfischteiche heraufleuchten, dann wird doch jeder dieses Flimmern und Schimmern für einen Goldfisch halten, niemand wird vermuten, dass da unten Gemälde liegen!

Frauke lacht laut und fröhlich, ihr ist ganz leicht zumute, die ganze Wut, ihr schrecklicher Kummer scheinen wie weggepustet.

Frauke schwingt sich fast graziös auf ihr Fahrrad, fährt den schön gepflasterten Weg hinunter, biegt am »Hotel Buchhaus« links ab und ist schon ein paar Minuten später bei den Goldfischteichen. Sie zerrt das Wolldeckenpaket aus dem Anhänger, hoffentlich geht es unter, erst jetzt fällt ihr ein, dass die Wolldecken sich voll saugen werden und so die Pakete zum Grund ziehen werden, es ist eine solche Freude und ein solches Glück, dass sich alles so ineinander fügt.

Vergnügt schaut sie zu, wie die Pakete mit dem verhassten Inhalt langsam versinken.

Frauke kommt am nächsten Morgen fast zu spät zur Ausstellungseröffnung. Ihre Gäste trödeln beim Frühstück herum, erst als sie sie fragt, ob sie denn nicht zur Ausstellungseröffnung gehen wollten, werden sie plötzlich hektisch, doch, doch, natürlich, das hätten sie ganz vergessen, es sei spät gewesen gestern, aber natürlich wollten sie, bildende Kunst sei etwas Wunderbares und dann auf dieser Insel und diese Farben überall und dann wirft eine Frau ihre Kaffeetasse um und Frauke muss erst alles aufwischen, und jetzt kommt sie außer Atem im »Haus des Kurgastes« an und die Menschen drängeln sich im Lesesaal und schauen zur Fensterfront, vor der ein kleines Pult und dahinter ein grauhaariger Mann stehen und rechts und links an den Wänden hängen Fraukes Bilder. Aber niemand scheint sie zu sehen, alle schweigen schon in Erwartung der Eröffnungsrede, niemand stutzt, niemand reagiert.

Frauke zwängt sich nach vorn und zittert innerlich heftig.

»Meine sehr verehrten Damen und Herren, lieber Herr Bürgermeister, liebe Freunde von Juist. Ich freue mich außerordentlich, dass ich heute als Professor für Kunstgeschichte mit dem Schwerpunkt ‚Zeitgenössische Kunst' die besondere Ehre habe, in meiner geliebten alten Heimat heute hier diese grandiose, um nicht zu sagen, einmalige

Ausstellung eröffnen zu dürfen und ein paar einordnende Worte sagen darf. Es ist mir eine ganz große Freude und tiefe innere Beglückung, dass ich gerade diesen Künstler, den ich seit vielen Jahren bewundere und verehre und in seiner künstlerischen Entwicklung verfolge, hier vorstellen darf, leider ist er heute persönlich nicht bei uns, weil er in Mailand einen bedeutenden Preis, den er mehr als verdient hat, entgegennehmen darf, aber er wird sicher in den nächsten Monaten die Zeit finden, hier zu uns nach Juist zu kommen und seine Werke in dieser . . .«

Frauke blinzelt gegen das durch die Fenster hereinströmende Sonnenlicht, das den Redner wie einen schwarzen Schatten aussehen lässt, sie kneift die Augen zusammen, sie kennt die Stimme dieses Menschen, der über Bilder spricht, die gar nicht hier hängen.

». . . mit einmaliger Leuchtkraft der Farben, auf dieses spezielle Türkis, das mit seinem Namen verbunden ist, möchte ich Sie besonders aufmerksam machen . . .«

Frauke wendet den Kopf, ganz vorsichtig, nach rechts und nach links. Dort hängen wirklich und wahrhaftig ihre Bilder, die von ihr gemalten Bilder und nicht die bunten Bilder des Menschen, von dem der Redner spricht.

». . . ein wirbelnder Strudel unermesslichen Farbenreichtums . . .«

Der Redner blättert eine Seite in seinem Manuskript um. Alle schauen ihn an. Frauke versteht in diesem Moment, was der Satz bedeutet: »Alle hängen an seinen Lippen.«

Sie sehen die Bilder nicht. Der Redner sieht die Bilder nicht. Niemand sieht hin! Niemand hat ihre Bilder angesehen!

». . . das einmalige Kaleidoskop der prachtvollen Farbexplosion im Lichte des Nordseemeeres und seiner kostbaren Naturschönheit . . .«

Der Redner hebt einen Augenblick den Blick von seinem Manuskript und schaut scheinbar intensiv auf die Bilder an der Wand.

»Die verborgene Leuchtkraft ist«, fährt er fort, die Augen wieder auf sein Manuskript gerichtet, »das Geheimnis, das uns berührt und verzaubert und mitnimmt auf eine Reise durch die Geschichte der Farbe . . .«

Tobias. Das ist Tobias. Endlich hat Frauke seine Stimme erkannt und jetzt kann sie ihn auch klar sehen, da sie nicht mehr geblendet wird, denn eine Wolke hat die Sonne einen Moment verdeckt und der Redner sieht nicht mehr aus wie ein Schatten.

Frauke dreht sich abrupt um und drängt hinaus. Sofort hinaus. Weg hier. Niemand hat hingesehen! Niemand hat ein einziges ihrer Bilder beachtet! Sie glauben, es hängen immer noch die bunten Bilder dort!

Tobias hält seine Rede, als ob nichts geschehen wäre, als ob genau die Bilder dort hängen, über die er seine Rede geschrieben hat.

Alle sind blind.

Sie hat gewusst, dass sie keine Chance hat gegen diese Mafia der Buntbildermaler. Nie wird sie eine Chance haben, da die Leute doch noch nicht einmal hinschauen.

Frauke hastet zum Wasserturm hoch, zittert den Schlüssel ins Schloss, niemand ist ihr gefolgt, sie stolpert schluchzend die Wendeltreppe hinauf, öffnet das Fenster, drängt sich hinaus, hinaus, schaut aufs Meer und springt.

Der Redner hat seinen mitreißenden Vortrag beendet, herzlicher Beifall dankt ihm. Man wendet sich den Wänden zu.

Und schreckt zurück.

Und wendet sich dem Nachbarn zu.

Und schüttelt den Kopf.

Die Wände hängen voller schwarzer Bilder. Alle Bilder sind schwarz, mit einem feinen weißen Querstrich.

Manchmal verläuft er durch die Mitte, manchmal befindet er sich im unteren Drittel, manchmal im oberen. Auf keinem der Bilder ist der feine weiße Strich an derselben Stelle.

77

Es herrscht größte Verwirrung und Ratlosigkeit.

Tobias schaut sich die Bilder genau und aus der Nähe an, dann strahlt er. »Das ist ja großartig«, sagt er, »diese Entwicklung konnte man nicht voraussehen, das ist eine Sensation, wir sind Zeugen eines unglaublichen künstlerischen Ausbruchs. Da hat dieser geniale Künstler uns alle gefoppt und uns auf seine unnachahmliche Art einen Quantensprung in seinem Schaffen als Überraschung präsentiert.«

Alle bestaunen die unsignierten Bilder und diskutieren lebhaft mit den Sektgläsern in der Hand. Man ist entzückt, bei dieser Sensation dabei gewesen zu sein.

Huhn auf Genueser Art

Man sollte doch hier eigentlich endlich so eine Art »Deutschen Club« gründen, was meinst du? Ich ergreife da vielleicht mal die Initiative, sonst tut das ja keiner.

Nein, nein, nicht gegen die Einheimischen! Neulich sagte Luise »Eingeborene«, das fand ich lustig, wenn auch etwas übertrieben, ich meine, wir sind ja nicht im Dschungel. Also nichts gegen die Einheimischen, ich finde Einheimische klingt eigentlich gut, Ureinwohner wäre auch wieder eher so dschungelmäßig.

Nein, ich mache mir gar keine Gedanken über die richtige Bezeichnung, reg' dich doch nicht auf, ich fand das nur lustig. Wir unterhielten uns neulich in der einen Bar darüber, wie wir Deutschen eigentlich die Italiener nennen sollen. Also, jedenfalls würde so ein Club nicht gegen die Einheimischen gehen. Das wäre ja das letzte, wo man doch nun mal etwas mehr miteinander ins Gespräch kommt, nach so vielen Jahren.

Warum ich das glaube?

Na, ich jedenfalls komme jetzt mal ins Gespräch. Schließlich kann niemand erwarten, dass man perfekt Italienisch spricht, wenn man hier ein Haus kauft, die können ja schließlich auch kein Deutsch! Der italienische Mensch mit seinem Eiscafé bei uns in Köln, kann der denn etwa richtig deutsch?

Siehste! Ich gebe mir wirklich Mühe, was man nun wirklich nicht von allen sagen kann, Luise kann mal gerade »grazie« und »prego« sagen, stell' dir vor. Neulich auf dem Wochenmarkt traf ich diese eine Blondine von der unteren Gasse, diese unangenehme magere Blondine, du weißt schon, die mit dem BMW und dem komischen Mann, die konnte nicht mal ein Huhn kaufen! Ich meine, sie konnte es kaufen, weil sie drauf zeigte und auf dem Preisschild steht ja »Pollo« und das hat die noch nicht mal ausgesprochen!

Wieso laut? Ich bin nicht laut, ich finde das nur unmöglich, wie manche Leute sich benehmen. Bloß weil sie den besten Meeresblick haben, glauben sie, sie brauchen nicht mal »Pollo« zu kennen.

Da gibt' s nichts zu lachen, finde ich. Reich mir doch mal bitte die Tomaten rüber, danke.

Wenn so viele Deutsche hier im Dorf Häuser haben, könnte man doch eigentlich erwarten, dass die Einheimischen einem etwas entgegen kommen. Man ist doch im Grunde auch eine Bereicherung. Zu Hause bei uns sagen sie uns immer, die Ausländer sind eine Bereicherung für uns! Kulturell und sprachlich und überhaupt. Aber wenn wir im Ausland sind, müssen wir uns immer zurückhalten. Schließlich und endlich könnten wir für die Italiener auch eine Bereicherung sein. Deshalb finde ich, wir gründen mal einen »Deutschen Club«. Der Name ist ja ganz egal, eben einen Club, in dem man sich austauscht.

Wie, worüber?

Über das Leben hier! Wo man die billigsten Fliesen kriegt und den billigsten Wein und das beste Öl, das gibt's ja leider nicht billig und wer am wenigsten fürs Putzen nimmt und fürs Anstreichen und Mauern und so weiter und wie wir uns mit den Italienern auseinandersetzen und wie wir sie bereichern können. Vielleicht kann man dann Luise und der mageren Blondine auch mal ein paar Worte Italienisch beibringen. Leider gibt es im Moment ziemlich viele Engländer hier, komisch. Was ausgerechnet die Engländer plötzlich alle hier in Ligurien wollen! Und Holländer! Immerhin wenig Belgier.

Wieso?

Nein, ich habe nichts gegen Belgier, warum sollte ich

etwas gegen Belgier haben? Aber müssen die nun auch noch nach Ligurien kommen? Ich finde, es gibt eine ganz besondere und traditionelle Verbundenheit zwischen Deutschen und Italienern, jedenfalls sind die doch zuerst, als allererste, zu uns nach Deutschland gekommen und jetzt kommen wir eben zu ihnen.

Was meinst du mit Goethe und Mozart?

Na, hör mal, das ist doch was anderes, das waren deutsche Künstler und Genies, die sind natürlich nach Italien gegangen, weil sie sich inspirieren lassen wollten. Die Italiener sind ja nicht nach Deutschland gekommen, um sich inspirieren zu lassen, sondern um zu arbeiten.

Na und? Wieso sagst du »na und«?

Ich habe doch nichts dagegen, die sollen auch ihr Auskommen haben. Jetzt ist mir der ganze Zusammenhang verloren gegangen, das ist auch so was Italienisches, immer drumherum reden und am Thema vorbei und jetzt lasse ich mich davon anstecken. Das ist das Unangenehme, man fühlt sich eigentlich als Bereicherung, nimmt aber auch nach und nach viele unangenehmen Eigenschaften mit an, wenn man nicht aufpasst.

Nein, das sage ich nicht, dass das alle machen mit dem Drumherumreden und ja, ja, ich habe das auch manchmal schon gemacht, bevor wir das Haus hier gekauft haben, aber es hat sich unter dem italienischen Einfluss sehr verstärkt.

Reg' dich doch nicht gleich auf, sie haben uns nach Deutschland die Pizza gebracht, das weiß ich, obwohl ich Pizza nicht mehr sehen kann, das liegt irgendwo auch so drin in den Italienern, dass sie es immer übertreiben müssen, eine Pizzeria neben der anderen! Hier bei sich halten sie sich zurück, aber bei uns konnten sie kein Ende finden.

Womit anfangen?

Ach so, ja sicher, ich bin doch schon dabei. So, die Tomaten sind überbrüht, bring' mich doch nicht raus, ich häute sie doch gerade! Das geht ganz fix, guck mal, das macht dir keine italienische Hausfrau schneller, Kerne weg, so.

Eigentlich ärgere ich mich, dass ich »Pollo Genovese« mache. Dieses Messer müssen wir auch mal schleifen lassen. So, die Keulen sind ab. Ich hätte doch etwas Deutsches kochen sollen, das ist doch keine Bereicherung und es wirkt irgendwie so anpasserisch, was meinst du? Es hätte ja nicht Sauerkraut sein müssen, es isst niemand Sauerkraut in Deutschland, aber die Italiener essen wirklich dauernd Nudeln und Pizza, komisch. Über uns stimmen die Vorurteile gar nicht, über die Italiener stimmen sie.

Nein, nein, nicht alle! Ich weiß das, fang' nicht schon wieder an! Ich liebe Italien, ich liebe die Italiener, wer liebt sie mehr als ich?

Wo sind die Sardellen? Hast du die Sardellen gesehen? Nun bleib doch mal hier, wo willst du denn hin?

Meinst du, ich sollte ein paar Sardellen mehr nehmen, damit die Gäste auch merken, das welche dran sind? Das ist ja der Clou, die Sardellen zum Huhn, ziemlich raffiniert, das muss man sagen. Die italienische Küche ist ja die beste der Welt, wusstest du das? Ja?

Diese Vielfalt! Und diese Phantasie! Regionale Vielfalt sagt man jetzt. Ob die das selber wissen?

Na, manchmal weiß man doch nichts über sich selber, bis die Ausländer kommen und das zu schätzen wissen! Vielfältiger ist die italienische Küche als die französische Küche auf jeden Fall, die französische hat das alles von der italienischen Küche gelernt. Das habe ich übrigens neulich erst unserem Bürgermeister erklärt, wirklich gut habe ich ihm das erklärt. Er war richtig beeindruckt.

Woher ich das weiß?

Er hat immer genickt und sich gefreut, du weißt doch, der Italiener ist fröhlich, deshalb sind wir Deutschen doch eine Bereicherung für sie mit unserem etwas ernsteren Charakter, das ergänzt sich eigentlich gut.

Ich sage doch gar nicht »seriös«! Das sagst jetzt du, das ich das denke, das stimmt gar nicht, von »seriös« war keine Rede. Du musst aber zugeben, dass sie sogar sonntags bauen und Lärm machen und dass die Engländer nicht an sie vermieten, weil sie angeblich zu laut sind. Doch, doch. Ich persönlich finde Engländer mindestens genauso laut, da muss ich die Italiener wirklich in Schutz nehmen, außer mit dem Bauen am Sonntag.

Gib mir mal bitte den Knoblauch rüber, grazie. Nun bleib doch mal hier!

Ach, da sind die Sardellen. Das ist ja französischer Knoblauch, na, das wird keiner merken. In Deutschland gibt es viel mehr Brotsorten, das wird von den Italienern nicht anerkannt, dass die vielen Brotsorten in Deutschland einmalig in der Welt sind. Ich hätte eigentlich viele verschiedene Brotsorten mitbringen sollen, da hätte ich unsere Gäste mehr bereichern können als mit ihrem eigenen Essen.

Sicher kann ich selbstkritisch sein, das brauchst du gar nicht so ironisch zu sagen. Ich sage doch schon die ganze Zeit, dass das eigentlich eine Fehlentscheidung war, unserem Bürgermeister und seiner Familie ausgerechnet »Pollo Genovese« vorzusetzen, das ihnen wahrscheinlich aus den Ohren raus kommt, weil sie es ständig essen. Aber ich wollte ihnen doch zeigen, dass wir ihre Küche zu schätzen wissen und dass wir uns auskennen mit ihren Gebräuchen und sie nicht mit unserer eigenen Küche belästigen! Und vielleicht schmeckt mein Pollo sowieso irgendwie deutsch. Oder international, wegen dem französischen Knoblauch.

Warte mal, ich muss die Tomaten kleiner stellen, bleib doch mal hier!

Es könnte eigentlich besonders interessant werden. Was die sagen, wenn sie ihr eigenes Gericht vorgesetzt bekommen und sogar richtig ausgesprochen, »Pollo Genovese« und nicht »Huhn auf Genueser Art«. Stell dir vor, diese Nürnbergerin, die immer so braun ist, die sagt »Huhn auf

Genueser Art«. Schrecklich sind diese Leute, die sich nicht um die Kultur der Eingeborenen kümmern.

Ja, ist ja gut, »Einheimischen« wollte ich sagen! Ich meine das positiv.

Ich koche das Pollo durch meine deutschen Augen gesehen, sozusagen von mir mit deutscher Kultur bereichert.

Ich bin gar nicht albern, sag das nicht! Ich meine das ganz ernst, man muss sich einbringen, Mensch! Vielleicht nehme ich grüne Oliven statt schwarze? Guck mal, hier ist ein Glas mit griechischen grünen Oliven, die gab es neulich in Köln, die habe ich mitgebracht, zur Sicherheit.

Na, manchmal hat man doch Lust auf was anderes als immer nur auf diese schwarzen Oliven von hier.

Was meinst du dazu? Ich nehme mehr Sardellen als sonst, französischen Knoblauch und griechische Oliven, die Tomaten sind aber von hier und das Huhn ist übrigens aus dem Piemont. Das muss man ihnen lassen, von Hühnern verstehen sie dort etwas. Saftige Wiesen und so und Käse und Kühe. Hoffentlich merken die das hier in ihren Bergen und ihren Olivenhainen, dass ich darauf geachtet habe, gute Qualität aus ihrem eigenen Land zu kaufen, auch wenn es eine andere Provinz ist, aber das ist ja diese Vielfalt.

Ja, weiß ich, das hatten wir schon, die Italiener sagen auch immer alles dreimal.

Nein, ich will dich gar nicht ärgern, das war lustig gemeint! Laß' die Finger aus dem Olivenglas!

Die schmecken nach Benzin?

Gib mal her. Quatsch, die schmecken griechisch, das wird die Gäste sehr überraschen, dass ich das Gericht mit grünen statt mit schwarzen Oliven koche und dass aber die Oliven aus Griechenland sind, das sagen wir natürlich nicht. Versprochen?

Na, immerhin, bist ein Schatz.

Hör mal, in dem »Deutschen Club« oder wie der dann heißt, da könnte man sich austauschen über die Bereicherung der italienischen Rezepte durch uns. Ich könnte erzählen, dass »Pollo Genovese« mit griechischen grünen Oliven und ganz vielen Sardellen . . . wo sind die eigentlich her? Tunesien? Hm. Die habe ich aber im Supermarkt in Ventimiglia gekauft, also wirklich, diese Italiener, unglaublich, Sardellen aus Tunesien, das stand nicht dran, das sehe ich jetzt erst hier auf dem Glas.

Ja, ja, steht drauf, habe ich aber nicht gesehen.

Na, ist egal, das wird doch spannend, hör mal! Mach mal das Glas auf. Bitte.

Danke. Grazie. Ich übe schon mal. »Buona sera. Benvenuto! Ecco, il Pollo!« Wie findest du das?

Bleib doch mal hier, du kannst doch den Tisch decken.

Den Weißwein habe ich schon im Kühlschrank. Aber das ist ja Quatsch, der kommt ja ins Essen. Hihi, hi, ich bin ganz aufgeregt wegen dieser Idee mit dem Club. Ich hacke jetzt erst mal die Petersilie klein, das dauert immer so lange, aber da werden die sich wundern, wie fein wir das machen.

Wer wir?

Na, wir, die Deutschen. Die Italiener, die schmeißen doch die Kräuter immer so rein. Schneid' mal die Sardellen klein oder nein, lass mal, du sollst ja den Tisch decken, nun warte doch mal!

Die kennen das nur mit schwarzen Oliven und plötzlich komme ich und nehme grüne Oliven, das muss doch viel Gesprächsstoff geben nachher. Ehrlich gesagt, weiß ich nicht, worüber wir eigentlich mit denen reden sollen um das eigentliche Thema herum, man kann ja nicht mit der Tür ins Haus fallen, das mag der Italiener gar nicht, wenn man alles gleich offen und direkt sagt, das muss so mehr um die Ecke gehen.

Wie der Kölner? Also, wirklich, heute hast du aber Vorurteile! Der Rheinländer und »um die Ecke«, der ist doch ganz offen!

Lass mich mal überlegen, was es für Themen geben

könnte außer dem Dachausbau. Dass hier immer die Sonne scheint, wissen die selber und ihre Landschaft kennen sie auch in- und auswendig und mehr fällt mir gar nicht ein, über das man reden könnte, weil man doch sehr verschieden ist. Ich meine, die leben immer hier und sind geprägt. Vom Meer und von den Olivenbäumen und den Blumen, wusstest du, dass das hier »Blumenriviera« heißt?

Ja? Schon immer? Komisch, mir ist das neulich erst aufgefallen, nach sieben Jahren, guck mal an, das ist ja das Schöne, das einem immer noch was Neues auffällt, sonst wäre es doch auch auf die Dauer langweilig.

Wie ich das meine?

Na, wie der Mensch eben geprägt ist von seiner Landschaft, Herrgott noch mal, wir sind doch auch geprägt von der deutschen Großstadtkultur, von der Urbanität, so nennt man das jetzt. Ich habe keine Ahnung, wie das auf italienisch heißt. Und überhaupt sind wir von der deutschen Kultur geprägt und die sind geprägt von der Sonne und den Bergen und dem Meer und ihren Oliven und ihrem Wein und ihrem einfachen Leben. Da kann man doch jetzt keine hohen Ansprüche an die Gesprächskultur stellen und ich versuche doch nur, einen Gesprächsstoff zu finden. Leider ist Italien kein Entwicklungsland mehr, das war doch früher anders, als man noch was beitragen konnte. Aber nun könnten wir mit ihnen vielleicht über meine Variationen des »Pollo Genovese« reden, was meinst du?

Na gut, Schulterzucken ist auch eine Form der Kommunikation, aber ein bisschen besser gelaunt musst du nachher schon sein, sonst bleibt mal wieder alles an mir hängen, das Lächeln und Plaudern und so weiter!

Guck mal diesen Sonnenuntergang, einmalig! Guck mal bloß das Licht! Lila, rosa, orange und pink, göttlich! Ob die das überhaupt zu würdigen wissen? Ich meine, wenn man irgendwo immer lebt, sieht man das irgendwann gar nicht mehr. Ich werde das nachher mal sagen, dieses Licht, la luce, il sole ist einmalig, buona, buonissimo, dann merken sie erst mal wieder, wie toll und wunderbar sie es hier haben.

Nicht so klein schneiden die Sardellen! Und dann mit diesem großen Messer! Wenn überhaupt, nimmt man das kleine. Aber ich hab' doch gesagt, du sollst lieber den Tisch decken, gib mal her.

Nein, nimm das weiße Tischtuch, doch ist doch wichtig, dass die sehen, wir essen mit Tischdecken, hier kriegst du selten Tischdecken und Silber. Das heißt ja auch »Osteria« oder »Trattoria«, das weiß ich sehr wohl, dass man dort keine Tischdecken erwarten soll. Ich meine das doch nicht böse, nun mach' schon.

Ja, die guten Gläser, was denkst du denn? Nachher sind sie beleidigt und wir werden ermordet, weil das gegen die Ehre ist, wenn sie schlecht behandelt werden. Hi, hi.

Ja, ich weiß, dass das mit der Ehre die Islamisten sind, Mensch, du bist aber heute völlig humorlos. Guck doch nicht so, das weiß doch aber jeder, dass die Mafia überall ist.

Das war ein Scherz, du meine Güte, nun krieg' dich wieder ein.

Korruption bei uns?

Das ist aber was ganz anderes, also entschuldige mal, bei uns passiert das in den Banken und in den Rathäusern und nicht auf der Straße und mit Mord. Aber das ist kein Thema, das ich mit denen besprechen würde. Das ist mir zu riskant, auch wenn das nur der Bürgermeister und die Blumenbauern sind. Außerdem kann ich zu dem Thema keine Worte außer »Mafia« und das ist nun mal italienisch, es gibt ja nicht mal einen deutschen Ausdruck dafür. Fünf plus wir sind sieben. Eigentlich blöde, wir könnten vielleicht noch die Nachbarin einladen?

Zu spät?

Ist doch egal, ganz spontan, man sagt doch, der Italiener ist spontan und fröhlich, darüber wundert die sich doch nicht, die soll sich doch freuen, dass sie schon nach sieben Jahren bei uns eingeladen wird und dann gleich mit dem Bürgermeister und zu diesem köstlichen Essen und mit weißem Tischtuch! Also, weißt du, das ist eine wirklich gute Idee, die mir da jetzt gekommen ist. Sie hat doch auch einen Balkon mit Meeresblick und du weißt, dass Gretel und Herbert auch gerne ein Haus kaufen wollen und unverbauter Meeresblick ist nicht mehr zu bekommen.

Ja, ich weiß, dass die noch lebt, ist ja nur so eine Idee. Man könnte einfach mal so darüber plaudern, ob sie schon mal überlegt hat, zu den Kindern runter nach Bordighera zu ziehen, weil die Beine nicht mehr so mitmachen . . .

Unterbrich mich doch nicht! Ist ja schon gut, laden wir sie eben nicht ein, ich dachte nur, sieben ist eine blöde Zahl.

Ich könnte auch einfach mal Kapern dran tun. Das haut die um, was meinst du?

Ich meine, wir müssen uns ja nicht stur an alles halten, nur um nicht aufzufallen, wir fallen sowieso auf. Obwohl die Italienerinnen jetzt alle blond sind, hast du das gesehen?

Klar, nicht alle. Heute legst du jedes Wort, das ich sage, auf die Goldwaage. Und sie haben mit die niedrigste Geburtenrate, habe ich gelesen. Das stimmt niemals, die zweite Tochter vom Metzger ist schon wieder schwanger, das dritte. Das sitzt da drin, das Katholische hier auf dem Dorf. Diese Statistiken stimmen einfach nicht. Und es laufen ja auch, na, du weißt schon, Inzucht und so, frei rum. Die lassen sie hier ja frei rumlaufen, bei uns sieht man die nicht oder es gibt einfach weniger.

Ich sag' ja gar nichts, reg' dich doch nicht auf, du bist heute so empfindlich, du meine Güte. Ich finde das doch toll, dass die die hier frei rumlaufen lassen, die tun ja auch keinem was! Ich sag' ja nur, hier ist auch nicht alles nur toll, nur wegen des Sonnenuntergangs.

Guck mal, guck mal, dieses Licht! Cezanne, ich sage nur

Cezanne. Gibt es eigentlich italienische Maler? Ich meine, warum haben die ihr Licht nicht selber gemalt? Eher machen die in Musik und Fußball, viele Komponisten gibt's und auch ein paar Schriftsteller, glaube ich, die kann ich aber nicht behalten.

Sag mal, Rosmarin auf jeden Fall? Ich muss mich mal konzentrieren. Die Tomaten schmecken hier einfach besser, das ist wahr. Die aus Hamburg mit den drei Terrassen, was ich übertrieben finde, die vermietet nie an Italiener, das weiß jeder. Sie sagt nicht, warum, aber an Engländer. Ja, ich weiß, dass ich das schon mal gesagt habe, fällt mir nur gerade ein wegen der Tomaten, die können sie wirklich. Reich mir mal das Rosmarin, per favore, das riecht auch anders als Zuhause, grazie.

Das habe ich aus dem Garten von diesem einen kleinen Alten.

Giovanni? Wenn du es sagst. Die heißen doch alle Giovanni oder Mario. Das kann ich mir nicht merken, wirklich nicht, das kann mir keiner übel nehmen, wenn die alle gleich heißen.

Nein, das sage ich nicht, dass sie alle gleich aussehen! Also hör mal, ich bin doch nicht rassistisch, das geht zu weit. Das würde ich nie sagen. Ich habe nur gesagt, die heißen alle gleich. Das gibt es bei uns natürlich auch, dass bestimmte Jahrgänge gleich heißen.

Was trinken wir denn? Warte mal, so, jetzt noch Pfeffer, den Sugo, oder heißt das »das« Sugo? Und die Sardellen und Oliven rein, das sieht hübsch aus mit den grünen Oliven, rot die Tomaten, weiß das Huhn und der Knoblauch, das ist doch eine Reverenz an die italienische Fahne. Oder?

Gar nicht albern, ich finde das wirklich hübsch, sei doch nicht so misstrauisch.

Habe ich was vergessen? Knoblauch. Weißwein. Backofen ist an. Prima, jetzt deck' mal den Tisch, ich trinke schon mal was. Was trinken wir denn? Ich habe französischen und chilenischen Wein, den italienischen habe ich jetzt am Pollo dran.

Nun schimpf' doch nicht gleich!

Ja, das ist blöde, das wir keinen italienischen mehr haben, der ist jetzt an der Soße. Ich kann mir das einfach nicht merken, was die hier anbauen, die sind nicht so berühmt, diese Weine von hier, das hat man nicht so im Kopf, also habe ich mal die französischen mitgebracht und den chilenischen aus dem Supermarkt, das passt doch prima und die merken das nicht, das sind Blumenbauern.

Jetzt bist du schon wieder sauer, man darf wirklich nichts sagen heute!

So, ich mache mal den Tisch fertig. Das sieht nicht gut aus mit sieben Gedecken, ich hab's irgendwie geahnt. Hör' mal, geh doch mal die Nachbarin fragen, bitte! Das wäre so günstig wegen Gretel! Wenn man ihr was Gutes vorsetzt und nett mit ihr redet. Das kannst du doch!

Nun warte doch mal! Wir müssen noch besprechen, wie du das dem Bürgermeister mit dem Aufstocken beibringst.

Sicher machst du das. Ich koche schön und bediene und bin nett und du redest mit ihm wegen des Ausbaus, dass er den Denkmalschutz mal eine Weile vergisst. Dafür laden wir ihn zu diesem guten Essen ein. Bleib' hier, habe ich gesagt! Wir müssen das noch genau planen wie das Gespräch laufen soll!

Wieso verwandt?

Mario!

Das hast du mir noch nie gesagt, dass diese Nachbarin deine Cousine ist. Hast du doch?

Wer soll sich denn in diesen riesigen italienischen Familien auskennen! Ich habe das nicht behalten. Du mit deinen Cousinen. Und ihr redet immer so schnell, damit ich nichts verstehe. Und immer so indirekt. Du willst das nur nicht wahrhaben. Also, mit dem Bürgermeister . . .

Was machst du denn da? Fuchtel' doch nicht mit dem Messer so rum.

Mario! Tu das weg, damit macht man keine Witze.
Mario! Tu das Messer weg, verdammt noch mal!
Mario? Mario!!
Das weiße Tischtusch . . . Nein!!
Mario?
Nein!!!!
Mario, der Backofen . . .
So viel Blut . . .
Wie die Tomaten.
Mario?
Mario . . .

Pollo Genovese

ZUTATEN FÜR 4 PERSONEN:

*6 - 8 Knoblauchzehen, Olivenöl, gut 1 Kilo
enthäutete und entkernte Fleischtomaten,
1 Glas gesalzene Sardellenfilets, 1 Bund glatte
Petersilie, 1 Hähnchen oder 4 Hähnchen-
keulen, 2 Handvoll schwarze Oliven, 2 Zweige Rosmarin, 250 ml trockener italienischer
Weisswein, Salz und Pfeffer.*

*3 - 4 Knoblauchzehen in Öl anziehen lassen,
die Tomaten dazugeben, kräftig salzen und
ca. 1 Stunde köcheln lassen.
Die Sardellen abspülen, fein hacken und
mit der fein gewiegten Petersilie vermischen.
In den letzten 10 Minuten zum Tomatensugo geben.
Backofen auf 200 Grad vorheizen.
Die Keulen oder das ganze Hähnchen zerteilt
in eine geölte Kasserolle geben und gut
pfeffern. Den Tomatensugo auf das Huhn
geben (es sollte bedeckt sein). Oliven, restlichen Knoblauch und Rosmarin zugeben.
Ca. 45 Minuten braten, in der letzten Viertelstunde den Weisswein zufügen. Rosmarin-
zweige vor dem Servieren entfernen.*

Das Schokoladenschwein
von Herten

»Ein Schwein ist ein Schwein ist ein Schwein ist ein Schwein.«

Na, Klasse. Grandios sozusagen, genial geradezu, Büchner-Preis mindestens.

»Eine Rose ist eine Rose ist eine Rose ist eine Rose.«

Das hat eine französische Dichterin gedichtet, obwohl man das wohl kaum ein Gedicht nennen kann, aber jeder, der sich für gebildet hält, kann diese Worte zitieren, obwohl er den Namen der Dichterin meistens nicht kennt.

Helga weiß ihn auch nicht.

Helga interessiert momentan, dass diese Französin mit diesem blöden Satz weltberühmt geworden ist. Niemand weiß vermutlich, was dieser Satz mit der Rose eigentlich bedeuten soll, aber Helga, die das auch nicht weiß, ist soeben der Satz »ein Schwein ist ein Schwein ist ein Schwein ist ein Schwein« eingefallen – vielleicht ein Zeichen dafür, dass aus ihr jetzt endlich eine Dichterin wird, dass sich das lyrische Ich in ihrem Inneren Bahn bricht.

Helga schauert es. »Das lyrische Ich Bahn bricht.« Das muss sie aufschreiben.

Welcher Frau, wenn nicht einer außergewöhnlich begabten Lyrikerin, würde in ihrer Lage ein solcher Satz einfallen? Eigentlich will sie nämlich ihren Ehemann ermorden, umbringen, töten, vierteilen und aufessen oder wenigstens seine fette Geliebte beseitigen, seine rosa Betthäsin, diese völlig unzeitgemäß übergewichtige Schokoladentussi, diese Hure, ihre Chefin.

»Eine Hure ist eine Hure ist eine Hure ist eine Hure.«

Helga kichert unkontrolliert. »Hure!« Das sagt doch heute kein Mensch mehr.

Helga ist völlig durch den Wind. Sie hat ihren Laptop nur angestellt, weil sie sich von der Phantasie ablenken will, die ihr ununterbrochen in sehr bewegten Bildern ein sich wollüstig übereinander wälzendes, ekstatisch stöhnendes Paar zeigt, dessen männlicher Teil der eigentlich ihr und nur ihr gehörende Horst ist.

Man kann sich in so etwas wahnsinnig reinsteigern, denkt Helga und schluckt heftig, weil sie ihr Augen-Make-up schon aufgetragen hat und Tränen es ruinieren würden.

Man steigert sich in solche Phantasien hinein, fängt an zu heulen und schmiedet altmodische Mordpläne, obwohl man sich doch einfach scheiden lassen könnte!

Oder großzügig über außereheliche Kopulationen hinwegsehen könnte! Oder sich selber einen Liebhaber nehmen könnte!

Aber über diese vollgefressene Schokoladentussi in Horsts virtuellen Armen kann und will Helga einfach nicht hinwegsehen. Sie will sich nicht scheiden lassen und einen Liebhaber will sie auch nicht.

Sie will nur ihren Horst behalten.

Vielleicht bezahlt diese Tussi Horst dafür, dass er mit ihr ins Bett oder wohin auch immer steigt?

Horst, der doch an seiner Seite eine attraktive Frau, eine zweifellos kommende Lyrikerin hat und trotzdem unerklärlicherweise die intime Bekanntschaft mit einer figurmäßig ausladenden Schreckschraube pflegt?

Helga ist nicht nur attraktiv, sondern vorläufig auch noch eine leidlich gute Werbetexterin. Mit einigen ihrer Slogans ist sie in der Branche recht bekannt geworden, sie haben ihr den Job in der Agentur neben Horst eingebracht, obwohl sie schon fast 45 Jahre alt ist und damit eine Art Greisin in der Szene und sie kann sowohl ihren Aufwand zugunsten der Nichtsichtbarkeit diese ihrer fast 45 Jahre als auch Horsts nicht unbeträchtliche kulinarische Ansprüche mitfinanzieren.

Helga hackt noch einmal »ein Schwein ist ein Schwein ist ein Schwein ist ein Schwein« in die Tastatur, drückt auf »Speichern unter« und den Ordner »Die Schokoladenhasserin – Lyrik aus Herten« und knallt ihren Laptop zu.

Eine Überraschung sollen ihre zarten Liebesgedichte für ihren Horst sein. Sie werden ihm beweisen, dass wahres Genie gedeihen kann, ohne dem allgemeinen Zuckerwahn, dem angeblich Glückshormone auslösenden Schokoladenhype anheim gefallen zu sein. Wenn sie einen Verleger gefunden haben wird, wird sie ihm das schmale bibliophile Bändchen auf den Esstisch legen, dann wird er nie wieder jammern, dass es keine Schokoladenspeisen zum Nachtisch gibt, dann wird er strahlen vor Stolz auf eine der aufregendsten Lyrikerinnen der Gegenwart, nie wieder wird er bei zuckersüchtigen Frauen zwischen schokoladenverschmierten Seidenlaken landen, er wird ihr wie früher vor Entzücken die Kleider vom Leibe reißen und sie werden sich lieben und glücklich sein bis an ihr Lebensende. Amen.

Das ist ihr Traum und diesen Traum zerstört diese verdammte Marzipansau.

»Du könntest doch, vielleicht einmal monatlich, etwas Süßes, etwas Schokoladiges zubereiten, nur mir zuliebe, deinem Horsti-Liebchen zuliebe! Schokolade macht nämlich glücklich, meine Süße!«

Dazu hatte er, dessentwegen sie von Kamp-Lintfort nach Herten gezogen ist, zuckersüß gelächelt, so dass ihr schon von dem Lächeln schlecht wurde, obwohl sie doch sein Lächeln liebt. Von den Worten »Schokoladiges« und »Süßes« wurde es völlig verdorben. Das weiß es natürlich genau, dieses 35-jährige Schokoladenschwein, mit dem sie seit sechs Jahren zusammenlebt und arbeitet und dem sie, als es anfing nach Schokolade zu jammern, gerade ein exzellentes Boeuf Bourgignon nach einem köstlichen Kartoffelkürbissüppchen mit Trüffelspuren und vor einem sensationell zart-schaumigen Käsesoufflé serviert hatte.

Helga kichert wieder unkontrolliert. Wahrscheinlich wirkt sie ziemlich irre, wie sie da vor dem zugeknallten Laptop sitzt, perfekt geschminkt, mit dem leeren Weinglas neben sich und albern vor sich hin kichernd. Dichterinnen sind ja angeblich oft und gerne betrunken und kichern irre vor sich hin.

»Ein Marzipanschwein ist ein Marzipanschwein ist ein Marzipanschwein ist ein Marzipanschwein.«

Helga kichert weiter, während sie diesen Satz vor sich hin sagt und denkt, ich muss sofort damit aufhören. Eine berühmte Lyrikerin werden ist gut und schön, aber eine durchgeknallte, ständig kichernde Dichterin ist eine Figur aus früheren Zeiten. Hier und jetzt bin ich eine wahrscheinlich, bestimmt sogar, moderne betrogene Frau, die mit einem zehn Jahre jüngeren Marzipanschwein zusammenlebt, das unsere gemeinsame Chefin vögelt.

Seine rosige, weiche, unmännlich zarte Haut, die immer so gut riecht, wenn er keine Schokolade gegessen hat . . .

Helga verschluckt sich beim Kichern an ihrem eigenen Speichel, der sich beim Gedanken an Horsts Samthaut in ihrem Mund sammelt und gießt sich zur Sicherheit noch ein wenig Rotwein ein, damit sie den Empfang gleich souverän überstehen kann.

»Und dann
in deiner Marzipanhaut
verloren.
Eingewickelt
in deine
Liebesmühle.«

Dieses Gedicht, dieses Poem von unvergleichlicher lyrischer Ausdruckskraft wollte sie ihm nach dem grandiosen Menu neulich schenken, sie wollte es ihm vortragen, es sollte ihn ablenken von seiner Sucht, von seinem Geifern nach ekelerregenden Gelüsten. Aber er war nach dem Käsesoufflé, das er scheinheilig in den höchsten Tönen lobte, noch einmal aus dem Haus gegangen, »wichtige Besprechung«, und da war ihr der Verdacht zur Gewissheit geworden.

»Ich mache mir jetzt ein Leberwurstbrot als Gegengift gegen das Marzipanschwein mit seiner Tussi«, sagt Helga laut, sehr laut, »weil es nachher mit Sicherheit wieder nur Mousse au Chocolat und Tiramisu und Tarte Chocolat und Creme Caramel und Sorbet mit was weiß ich gibt. Rotwein passt jedenfalls ausgezeichnet zu Schwarzbrot mit Leberwurst und Gewürzgurken.«

An den Wochenenden kocht sie mit Liebe, Phantasie und Sorgfalt die wunderbarsten Menus für Horst und sich. Nur eben keine Desserts und sie backt auch keinen Kuchen. Sie hasst diesen Süßkram schon immer abgrundtief und das könnte man doch in einer gleichberechtigten, modernen Partnerschaft akzeptieren, wenn man sich ansonsten innig liebt.

Sie weiß, dass Horst sich täglich Schokolade kauft und sie heimlich isst, wenn sie es nicht sieht. Sie riecht die Schokolade an ihm. Aber nie hätte sie sich vorstellen können, dass er seine nur mühsam in ihrer Gegenwart kontrollierte Gier auf Schokolade, Marzipan, Nougat und kandierte Früchte, sexuell auslebt.

Helga hat Angst, kotzen zu müssen, wenn sie nur daran denkt, dass er diesem Charakterfehler jetzt, in dieser Minute, frönt, indem er sich einem ähnlich verfressenen weiblichen Subjekt widmet.

Schlucken, schlucken, schlucken.

Helga nickt sich im Spiegel zu und zupft eines dieser immer eleganten, zu jedem Anlass passenden schwarzen Kleider an seinem diskreten Dekolletee zurecht. Das Kleid endet knapp über ihren nach wie vor schmalen Knien und ihre von keinerlei Schokoladenorgien deformierte Figur kommt wunderbar zur Geltung, die Highheels strecken ihre ohnehin schlanken Waden. Sie muss Horst einfach zeigen, was ein wenig Disziplin, keinesfalls Askese, ausmacht und es muss ihm heute Abend endgültig klar werden, dass schokoladefressende Tussis keine Alternative zu schlanken, werdenden Lyrikerinnen sind.

Andernfalls kann sie für nichts garantieren.

Sie ist entschlossen, sich ihren wunderbaren, marzipanhäutigen Horst nicht wegnehmen zu lassen.

Verlassene Lyrikerinnen sind nichts als ein Klischee.

Helga findet sich schick und ist sicher, beim Neujahrsempfang ihrer Agentur im »Hotel am Schlosspark« eine im wahrsten Sinne glänzende Figur zu machen – auch wenn der Mistkerl erst dort zu ihr stoßen wird, weil er angeblich vorher noch einen wichtigen Termin hat, wahrscheinlich bei der Schokoladentussi, die ihn mit Pralinen im Bauchnabel überrascht.

Helga muss würgen und ihre Wimperntusche nun doch noch einmal erneuern. Tante Marlies aus Kamp-Lintfort hatte Helga davor gewarnt, einen Mann namens Horst zu heiraten, der noch dazu zehn Jahre jünger ist.

»Helga und Horst, weißt du, das klingt doch wirklich sehr albern und, ehrlich gesagt, ein so viel jüngerer Mann macht dich selber nicht jünger, meine Liebe, ganz im Gegenteil.«

Scharfe Urteile sind Tante Marlies Spezialität. Sie ist nur neidisch, weiß Helga, weil Onkel Peter keine Haare mehr hat und seine Mittagspausen im Puff verbringt. Das, da ist sich Helga sicher, würde ihr Horst niemals tun, schließlich hat er sie – und die Chefin.

Helga guckt aus dem Fenster. Die bronzene Schweineherde auf dem Otto-Wels-Platz passt in einem zynischen Sinne zu ihren derzeitigen Gefühlen für ihr Hausschwein. Sie mochte diese freundlichen Tiere immer gerne, inzwischen erinnern sie sie zu sehr an Horsts Betrug: ein Eber mit drei Sauen! Sie macht, wenn möglich, einen Bogen um sie herum, wenn sie durch die Rathausgalerien hinüber zum Schlosspark geht.

Ständig macht Horst angebliche Überstunden, ständig hat er alleine etwas mit der Chefin zu besprechen, ständig starrt Helga in der Dämmerung alleine auf die Bronzeviecher. Früher standen sie oft eng umschlungen und freuten sich an den Skulpturen, die sichtbar das Leben genossen wie Helga und Horst. Helga geht jetzt entschlossen und aufrecht zu Fuß durch den Park, am Schloss und seinem Wassergraben vorbei, durch die Allee bei den Kliniken, über die breite Straße zum Hotel.

Eine Tussi ist eine Tussi ist eine Tussi ist eine Tussi und ein Marzipanschwein plus Tussi ergibt? Nudelsalat. Kalte Nudeln und Pralinen im Bauchnabel, was ist aus ihrem Horst geworden? Nur mühsam kann sie das Kichern mit einem großen Schluck aus ihrem vierten Glas mit Prosecco unterdrücken, bevor es aus ihr herausbrechen will. Stattdessen steigt ihr der Prosecco in die Nase und sie muss das Glas absetzen und in ihrer großen Handtasche nach einem Taschentuch suchen.

Niemand sollte gezwungen werden, kalte Nudeln zu essen. Wobei von Zwang im engeren Sinne keine Rede sein kann. Natürlich gibt es die unvermeidliche Mousse au Chocolat, die Creme Caramel und das unvermeidliche Tiramisu, die seit Jahren auf allen Buffets vor sich hin stinken und ihr wird schon wieder übel, während sie alleine mit ihrem fünften Prosecco am vorderen Teil des Buffets steht, während alle Welt sich auf das Ende des Buffets stürzt, wo die ekelhaften Süßspeisen und Schokoladencremes warten.

Helga steht vor dem Nudelsalat und denkt, das kann er doch wirklich nicht ernst meinen, mit einer Frau ins Bett zu steigen, sich auf eine Person zu legen, die sich nicht dafür zu schämen scheint, öffentlich Schokolade zu essen, sondern ihren Gästen auch noch kalte Nudeln vorsetzen lässt! Kalte Nudeln wie in den fünfziger Jahren und dazu Schokoladenspeisen, die keine vernünftige Frau in den Vierzigern auch nur ansieht! Wahrscheinlich ist das Retroschick!

Dicke Frauen, denkt Helga und nimmt sich ein wenig von dem marinierten Räucherlachs, tragen grundsätzlich zu eng geschnürte Armbanduhren. Immer, wirklich immer, sind ihnen ihre Uhrenarmbänder sichtbar zu eng. Ihr Armfleisch quillt wulstig um das Uhrenarmband herum. Warum, fragt sich Helga, und nimmt noch einmal vom Lachs, den offenbar niemand außer ihr anrührt, warum gibt es keine weiten, keine für dicke Unterarme geeigneten Uhrenarmbänder? Oder brauchen Uhrenarmbandträgerinnen das Einschneiden des Uhrenarmbandes als stetige Mahnung, ihren Armumfang irgendwann einmal dem Umfang von gängigen Uhrenarmbandumfängen anzupassen?

»Und weh
erstarrt
das Fleisch in Banden.
Wo du
die Zeit verlebst
in trügerischem
Zuckerwahn.«

Helga merkt, dass sie, als sich diese Zeilen von selber in ihr formen, auf den eingequetschten Unterarm ihrer Chefin starrt, die zusammen mit ihrem derzeit offenbar liebsten und engsten Mitarbeiter Horst am Ende, natürlich am Ende, des Buffets steht und Mousse au Chocolat in sich reinstopft.

Helga nimmt sich stattdessen noch einmal von dem ausgezeichneten Räucherlachs, während sie zusieht, wie ihr Horst, ihr Schweinepriester von scheinheiligem Lebensgefährten, dieser Marzipanliebhaber und Schokoladenfanatiker, dieses miese Subjekt, seine schmale gebräunte Hand mit dem Ehering sanft auf den gequetschten Fleischwulst am Tussiunterarm legt und seinen Mund an ihr Ohr schmiegt; nun ja, nicht ganz an das Ohr schmiegt, sich ihm aber doch nähert und etwas flüstert, worauf sich die feisten Züge der Tussi zu einer Grimasse verziehen, die sie wahrscheinlich selber als Lächeln bezeichnen würde. Die beiden beachten Helga mit ihrem sechsten Prosecco und dem zum vierten Mal mit Räucherlachs gefüllten Teller offenbar gar nicht und flüstern vertraulich miteinander.

Das »Schoko-Rum-Töpfchen« ist eine überraschende Alternative zum masochistischen Zugucken, entdeckt Helga plötzlich, als sie sich unauffällig näher an das peinliche Paar heranschleicht. »Schoko-Rum-Töpfchen« steht auf dem Schildchen vor den Schüsselchen. Eine ungewöhnliche Kombination, denkt Helga, die wegen des Rumanteils ihren Interessen durchaus entgegen kommen könnte. Na ja, warum nicht, das bisschen Schokolade kann man sich vielleicht geschmacklich wegdenken oder wegschmecken und Rum auf Prosecco ist mal was Neues.

Helga nimmt eines der mit Schlagsahnehäubchen verzierten Schälchen, kratzt die Schlagsahne mit dem Löffelchen ab, schmiert sie unauffällig unter den Rand des Buffettisches und kostet. Gut, das ist nicht die feine Art, das ist schon klar, aber der Prosecco macht sie mutig und alle anderen Gäste sind beschäftigt, Horst mit ihrer und seiner Chefin, die Kolleginnen und Kollegen und etliche wichtige Kunden mit dem Tiramisu und der Creme Caramel. Niemand achtet auf Helga, die, immer noch elegant, wenn auch schwankend, das Schälchen auslöffelt. Mhm, erstaunlich, man merkt die Schokolade kaum. Helga findet, dass sie mit dem lächerlichen Schwarzbrot und mit den Fitzelchen von dem Lachs wirklich nicht genug gegessen hat und nimmt sich ein zweites Schälchen dieses köstlichen »Schoko-Rum-Töpfchens«, das überflüssigerweise Schokolade enthält.

Vielleicht muss sie in ihrer Situation doch anfangen, Schokolade zu essen, um ihren Horst aus den pummeligen Ärmchen ihrer Chefin auszulösen. Vielleicht wird er dann wieder sie lieben, seine schöne, dichtende Helga, die bald berühmt sein wird, in deren Glanz er sich bald sonnen kann. Vielleicht kommt er zurück, wenn sie anfängt, Schokoladentörtchen für ihn zu backen und »Schoko-Rum-Töpfchen« mit viel Rum für sich und viel Schokolade für ihn zu rühren und sie muss ihn gar nicht umbringen, obwohl sie vorhin vorausschauend schon mal das lange, dünne, biegsame Fischmesser von der Lachsplatte genommen und eingesteckt hat.

Helga kommen wieder die Tränen, sie dreht sich um, um nicht länger auf dieses schreckliche Paar starren zu müssen und geht ein paar Schritte auf die kleine Terrasse hinaus, vor der die Autos vorbeirasen.

Sie spürt sofort, dass sie entschieden zu viel getrunken hat, selbst für ihre Verhältnisse sind zwei Gläser Rotwein auf nüchternen Magen, sechs Gläser Prosecco und unbekannte Mengen Rum ein massiver Angriff auf ihr Gleichgewichtssystem.

Helga steckt sich eine Zigarette an, drei Zigaretten pro Tag erlaubt sie sich, davon bekommt man keine Falten.

Sie raucht hektisch. Sie muss handeln, bevor sie völlig betrunken ist.

Sie wirft ihre Zigarette auf den Terrassenboden, zermalmt die Kippe mit dem Schuh, bis die Tabakkrümel einzeln verstreut auf dem Beton liegen wie kleine arme braune Würmchen.

Ich armes Würmchen, denkt sie. Sie schnieft, bloß nicht heulen. Am besten geht sie ein paar Schritte durch den Schlosspark, das beruhigt. Aber worüber soll sie sich beruhigen?

Aus, Ende, das war's. Sie wird berühmt werden, ja, aber einsam und verlassen sein. Oder wird ein großes Werk aus Schmerz entstehen?

»Schokolade
war dir
Alles.
Liebe.
Ich
nun
war dir
nichts.
Und rum.«

Helga zittert, ihre Knie sind wackelig wie Weingummi, sie schwankt auf den hohen Absätzen. Sie rülpst und schmeckt unangenehm den Rum.

Helga ist erschüttert von den ergreifenden Zeilen, die ihr eben so plötzlich eingefallen sind. Nichts mehr von Werbelyrik, vielmehr wahres Empfinden, tiefes Erleben durchwühlt sie. Plötzlich erkennt sie: Wenn sie Horst am Leben lässt, wenn er zurückkommt, weil sie schwört, ihm Schokoladendesserts zu kochen, wenn er abends wieder neben ihr auf die Bronzeschweine schaut und dabei Zartbitterschokolade lutscht – dann wird diese ihre poetische Kraft, die jetzt aus ihrem Kummer geboren ist, wieder verschwinden!

Helga fühlt sich besoffen vor Glück. Das ist es!

Sie muss leiden, um Großes zu schreiben!

Sie wird noch einige Schälchen von diesem wunderbaren »Schoko-Rum-Töpfchen« essen. Dann wird sie jenen Alkoholpegel erreicht haben, den man vermutlich braucht, um als absolut unzurechnungsfähig durchzugehen.

Und sie wird berühmt werden!

Helga schwankt nicht einmal unelegant zurück in das Restaurant, man knubbelt sich dort vor dem Desserttisch.

Aber es gelingt ihr mühelos, sich zwei Schälchen zu sichern, unbemerkt die Schlagsahne abzukratzen und einem vor ihr stehenden Herrn an den Jackettsaum zu schmieren.

Horst und seine Praline sind nirgends zu sehen, wahrscheinlich bumsen sie auf dem Klo.

Helga kichert und rülpst wieder, der sechste Prosecco war wohl doch einer zu viel. Sie löffelt die beiden Schälchen leer und holt sich ein Glas Rotwein vom Tresen.

An der Tür des Restaurants entsteht eine leichte Unruhe, wahrscheinlich wird gleich jemand eine Rede halten. Gut, das hält sie auch noch aus. Sie muss warten, bis Horst sie findet. Es wird ihm schrecklich peinlich sein, dass sie mal wieder betrunken ist, er wird einen Skandal fürchten und versuchen, sie schnell zum Gehen zu überreden. Sie wird ihm nachgeben, dann kann sie ihn, scheinbar schwankend, an das Ufer des Schlossgrabens bugsieren, dort mit dem Lachsmesser niederstechen, in seiner Marzipanhaut wird es wie in Butter leicht und geschmeidig verschwinden, sie wird ihn in das trübe Wasser stoßen und dann zu Hause mit Blick auf die Schweinefamilie in unvergleichlichen Versen ihren unermesslichen Verlust beweinen.

Den Stiel des Rotweinglases fest umklammernd, sich mit dem Hintern am Buffet abstützend, sieht Helga ihren rosigen Horst und ihre schwabbelige Chefin Arm in Arm den Restaurantraum betreten.

Tussichefin strahlt, Horsti-Liebchen strahlt.

Das Gemurmel verstummt, schnell nimmt sich jeder noch ein Dessert, längere Reden werden befürchtet.

Helga stürzt den Rotwein hinunter, wühlt das leere Glas in die Mousseschüssel, nimmt sich rasch ein neues und spürt einen Schwindel vom Magen in konzentrischen Kreiselwirbeln in ihren Kopf hochsteigen.

».. . Erweiterung unseres Spektrums«, hört sie die Chefin quietschen, ».. . dank innovativer Mitarbeiter, besonders meines überaus geschätzten Horst; den ich heute als .. .«

Ich glaube, denkt Helga und überlässt sich dem Wirbelsturm in ihrem Kopf, ich glaube, die verkünden jetzt hier ihre Verlobung! Gleich verteilen sie Lebkuchenherzen mit Zuckerguss und ich hier, ich hier, ich hier, ich . . .

». . . neue Wege beschreiten. . . andere Pfade erkunden. . .«
Helga hat ihre Attentatspläne für den Schlosspark längst im Rotwein ertränkt, diese Rede ist einfach zu viel für sie.

Sie öffnet ihre Handtasche, reißt das Lachsmesser heraus.

». . . in unserer emotionslosen Zeit . . . einer empfindsamen Stimme wider den Mainstream . . .«
Helga macht drei konzentrierte Riesenschritte auf das glückliche Paar zu.

Mit ihrer ganzen betrunkenen Wut, ihrem manischen Hass auf die betrügerischen Schokoladenfresser, in der grimmigen Gewissheit, jetzt ihrer wahren Bestimmung ein für allemal entgegen zu stürzen, holt sie schwungvoll mit dem Arm aus, stößt das schmale, lange Messer in den Bauch ihres Horst, der seine Augen entsetzt aufreißt, schon zusammenbrechend stammelt, »aber, Helgalein, mein Mäuslein, die Idee war doch so schön . . .« und nun niedersinkt zu ihren Füßen, mit der flehentlich ausgestreckten Hand das Tischtuch unter dem Dessertbuffet umklammert, mit dem Tuch die Mousse, das Tiramisu, die Creme Caramel, die »Schoko-Rum-Töpfchen« herunterreißt und im Schokoladen-Scherbenmatsch versinkt.

Sprudelnd blutet seine Wunde auf Helgas Schuhe.

Die steht mit tropfendem Messer und starrt die Chefin an.

»Welche Idee?« schreit sie und lässt das Messer fallen.

»Einen Lyrik-Verlag«, stammelt die Chefin zitternd, »einen Lyrik-Verlag wollten wir gründen und Ihre Gedichte sollten der erste Band dieses Verlages sein, das sollte unsere Überraschung für Sie sein zum neuen Jahr und . . .«
Die Chefin bricht in Tränen aus.

»Wir waren so stolz darauf, dass Sie nichts gemerkt haben. ‚Der Triumph einer Schokoladenhasserin' wollte Horst das Buch nennen und . . .«

»Ein Schwein ist keine Rose ein Schwein ist keine Rose ein Schwein ist keine Rose«, lallt Helga, bevor sie ohnmächtig über den »Schoko-Rum-Töpfchen« zusammenbricht.

Schoko-Rum-Töpfchen

ZUTATEN FÜR 6 PORTIONEN:

225 g Zartbitterschokolade
4 Eigelb
75 g Feinstzucker
4 EL brauner Rum
4 EL Crème double
4 Eiweiß
Schlagsahne oder Schokoladengarnierung nach Geschmack

ZUBREITUNG:

Die Schokolade im Wasserbad schmelzen und leicht abkühlen lassen, Eigelb und Zucker schaumig rühren. Nacheinander die Schokolade, den Rum und Crème double dazugeben. Das Eiweiß steif schlagen und vorsichtig unter die Masse heben.
Dessertschalen heiß ausspülen und die Masse auf sechs Portionen verteilen.
Mit Frischhaltefolie abdecken und 3 Std. im Kühlschrank ruhen lassen.
Dessert nach Geschmack mit Schlagsahne und Schokodekor servieren.

Die Ungerächte

Immer wieder wunderte sie sich über die Unwissenheit. Über die Blindheit.

Dabei war alles ganz einfach und absolut erklärlich. Nur hier konnte es doch so sein. Sie konnte nur so sein. Und die anderen. Beileibe nicht alle, die eigentlich so hätten sein müssen. Es waren nicht alle geeignet. Einige wenige, aber genug.

Niemand wollte es wahrnehmen. Sie war schon einmal vergessen worden. Jetzt war sie schon lange wieder vergessen.

Niemand wusste davon, dass sie die war. Sie selber natürlich, sie hatte es immer schon gewusst, früher noch unbewusst, vage geahnt, doch bald Gewissheit erlangt. Natürlich war es die weiße Taube, sie hätte fast gelacht, es war so einfach, so eindeutig. Wie auch sonst hätte das Zeichen aussehen können? Und dann hatte sie die Schwestern erkannt, sie hatten sie erkannt und umgekehrt.

Es war gar keine Frage, dass etwas geschehen musste.

Humbug, natürlich hätten es alle Humbug genannt, Aberglaube, Mystik, Unwissenheit. Oder Esoterik. Sie lachte heimlich. Was für ein verblendeter Unsinn.

Deshalb behielt sie es für sich, erst dieses unbewusste Gefühl, das Strahlen im Inneren, dann die vage Ahnung, als sie ihr so nahe war und ausschließlich alles erkannte, die Botschaft, das Vertrauen, das in sie gesetzt wurde. Wie sie lächelten, dort in der Goldenen Kammer, warmherzig, zuversichtlich, freundlich, auch erwartungsvoll. Und sie, die jungfräuliche Prinzessin, die Königin des Tempels so vieler Jungfrauen, manche sprachen von 11000. Sie, die ungerächte Jungfrau auf dem Blutfeld, grausam und wunderbar.

Die Männer hatten jahrhundertelang über sie geforscht, geschürft, gewühlt, zerstört, auseinandergerissen, gegraben, gehäuft, gebaut, verbaut. Und erklärt und erklärt und geschrieben und sich gestritten und Jahreszahlen verglichen und verworfen und übersetzt und zusammengesetzt. Und nichts begriffen. Theoderich war einer dieser Fälscher gewesen. Hatte ein Kind aus ihr gemacht, acht Jahre nur alt. Und andere Forscher und Geldschneider im Mittelalter, Reliquienschänder und –ausbeuter hatten sie ausgebeutet und ausgestellt und auseinandergenommen und neu zusammengesetzt und berührt. Vor allem berührt. Und viel Geld verdient mit ihr und ihren Jungfrauen und der grausigen Geschichte des Niedermetzelns durch die Hunnen, auf den Schiffen, auf dem Weg zu ihrem heidnischen Bräutigam.

Und immer hatten sie alles falsch verstanden.

Die Frauen hatten irgendwann neu geforscht und verglichen und verworfen und ein bisschen was erkannt und noch mehr erklärt. Immerhin hatten sie den Himmel erklärt, La grande Urs, ihre funkelnden Gefährtinnen erkannt, immer sichtbar am Sternenhimmel. Selbstverständlich hatten auch sie nichts unternommen, um sie zu rächen, nur Sinnloses aufgeschrieben, Erklärungen gesucht, wo es keine gab. Kamen sich wichtig vor; wissenschaftlich.

Sie lächelte dieses feine, dieses sanfte, geduldige Leidenslächeln, das sie auf allen Darstellungen, Fresken, Gemälden immer schon gelächelt hatte.

Manchmal ließ sie sich jetzt nachts in der Kirche einschließen, damit sie eine ganze Nacht mit ihr auf dem Sarkophag alleine war, sie berühren konnte, damit ihr die Kraft nicht erlosch, die Hand am warmem Marmor. Damit sie ihr sagen konnte, dass nun sie und ihre Kölner Schwestern, die, die sich gegenseitig erkannt hatten, ihre rächende Aufgabe nun nach Jahrhunderten des Nichtstuns und der bewusstlosen Verehrung begriffen hatten.

»Hier«, sagte sie und machte eine das ganze Viertel um die Kirche St. Ursula herum umfassende Armbewegung, »hier erleben wir seit einiger Zeit die meisten davon. Das liegt nahe, im weitesten Sinne.«

Sie lächelte etwas vage.

Der Reporter notierte. »Und«, fragte er drängend, »Frau Professor, wie äußert sich das Phänomen generell, bevor es zu den Angriffen kommt?«

»Nun«, sagte sie, und sah aus dem Fenster ihres Büros, das auf den Turm von St. Ursula hinausging, als sortiere sie ihre Gedanken für ihn, »am häufigsten ist natürlich eine Errettungsphantasie, die unter Frauen ohnehin stark verbreitet ist und sich beim verhängnisvollen oder glücklichen – je nachdem – Zusammentreffen des Namens ‚Ursula' mit dieser Stadt und dieser Kirche sozusagen potenziert. Verstärkt, wenn Ihnen das lieber ist, obwohl es unschärfer ist als ‚potenziert', wenn Sie mich verstehen.«

Der Reporter seufzte lautlos.

Diese Professoren, besonders die Professorinnen, machten ihn mitunter wahnsinnig. Aber sie waren wichtig, wurden immer wichtiger, als Instanz für die Leser, da alles im Alltag inzwischen so unübersichtlich war. Expertinnen und Experten waren das Non plus ultra, alle beneideten ihn in der Redaktion, dass er nun eine echte Professorin gerade für dieses Phänomen gefunden hatte, dort, ganz zufällig, als sie vor dem Sarkophag der Heiligen Ursula in St. Ursula stand und aussah wie er sich eine Professorin vorstellte, eine von diesen neueren, nicht mit Dutt oder Brille, sondern weißhaarig und sehr attraktiv und schick, er musste unbedingt noch einen Fotografen zu ihr schicken. Weibliche Experten, die gut aussahen, waren selten und deshalb war er eigentlich ganz glücklich.

Wenn sie nur nicht so merkwürdig geredet hätte. Er musste das glätten nachher, und ihr das Interview dann

noch einmal vorzulegen, würde er eben einfach vergessen.

»Sehr häufig beobachten wir auch die Erleuchtungs-
phantasie«, fuhr sie fort und zögerte einen Moment, als
hätte sie bemerkt, dass er nicht aufmerksam war, und er
schrieb sofort weiter mit. »Dass heißt, die Betroffenen, obwohl ich diesen Ausdruck nur für Sie benutze und für Ihre
Leser und Leserinnen, denn von Betroffenheit im Sinne
von Leiden kann natürlich keine Rede sein, also die Er-
leuchteten . . .«

Sie verstummte und blickte wieder aus dem Fenster, vor
dem auf der Fensterbank eine weiße Taube saß und sie
still betrachtete.

»Ja?« fragte der Reporter sanft.

Er war ja nicht gefühllos, er merkte schon, dass sie zwischendurch nachdenken musste. Eigentlich war sie ihm
lieber als viele andere Experten, die immer so schnell alles parat hatten und so schnell redeten, und es fielen ihm
dann keine Fragen ein, er konnte nicht nachhaken, sie
waren so sicher und so kompetent. Kompetent war sie
gewiss auch, aber sie dachte offensichtlich sehr viel nach
und bestimmt wollte sie, dass er sie verstand.

Der Auftrag war ihr zunächst nicht klar gewesen, sie
war nur sicher gewesen, dass es diesen Auftrag für sie gab.
Wozu sonst die Kraft, die Erkenntnis, dieses Nahesein? Sie
würde es sicherlich erfahren, daran hatte sie keinen Zwei-
fel gehabt, aber sie musste gelegentlich ihre Ungeduld zü-
geln, musste wachsam sein, damit sie nichts übersah, was
ein Zeichen sein könnte. Die Taube war das Zeichen ihrer
Erwählung gewesen, danach musste das Zeichen für den
Auftrag kommen. Denn sie sah ja die anderen, es wurden
immer mehr. Einige hatten noch nicht dieses Lächeln, aber
sie konnte es schon erahnen. Sie sah sie, wie sie vor den
Bildern des Freskos mit dem Leben und Leiden der Heiligen standen, mit offenen Mündern, versunken, mit sich
selber sprechend, sie hatte zwei, drei des nachts wie sich

selber in der Goldenen Kammer gesehen, ohne dass sie miteinander gesprochen hätten. Bis ihr der Auftrag blitzartig klar wurde, dort, vor den Bildern von der letzten Tat, als sie Ursula in die Augen sah, während der tödliche Pfeil die Brust der Jungfrau durchbohrte.

Danach begann sie zu üben, wie die Prinzessin es vor vielen Jahrhunderten wohl auch, wenn auch vergeblich, getan hatte auf den Schiffen mit ihren Gefährtinnen. Sie spannte den Bogen und traf. Nicht tödlich, aber immer häufiger schmerzhaft.

»Nun«, sagte die Professorin, wandte sich dem Reporter wieder zu und lächelte, sehr hübsch fand er, war dieses Lächeln, das wäre etwas für das Foto. »Nun, sie empfinden sich als mit weit über dem Gros der Menschheit liegender Erkenntnisfähigkeit über den Sinn und Ziel des Lebens begabte Personen.«

Sie sah ihn mit ernsten Augen an. Sie trug einen weiten Mantel, neulich, als er sie dort in der Kirche stehen sah. Er fand den Mantel ungewöhnlich und schön. So war sie ihm aufgefallen, als er nach dem Phänomen geschickt wurde, Experten suchen, noch besser eine Expertin, weil es um Frauen ging, sie wollten sich nichts vorwerfen lassen. Die Opfer waren Männer, den Bogen spannten die Frauen.

»Und der Bräutigam«, sagte sie unvermittelt. »Vergessen Sie nicht den Bräutigam. Natürlich hat sie den nie gewollt, sie war viel zu klug für einen gewöhnlichen Mann. Und vergessen Sie nicht Elisabeth, sie hat geholfen. Aber das war später. Und sie hieß nicht Elisabeth, aber damals war es besser, das nicht zu sagen, wie es auch heute besser ist, nicht alles zu wissen.«

Sie schien jetzt mehr mit sich selbst zu sprechen als mit ihm.

Die Taube war weg.

Der Reporter notierte verwirrt. Jetzt wurde sie doch so unverständlich wie die anderen. Elisabeth, gewiss, er war auf dem Elisabeth-von-Thüringen-Gymnasium gewesen und hoffte, sie meinte diese Elisabeth. Er hatte keine Lust und keine Zeit gehabt, sich alles noch einmal durchzulesen, diesen archaischen Quatsch. Auch wenn in der Stadt natürlich jeder wusste, was für eine Geschichte das war. Im Prinzip wusste das jeder. Aber nicht so genau, das war bislang auch gar nicht nötig gewesen. Obwohl jetzt alle von Heiligen sprachen, alle die Geschichte wieder lasen, die Legende neu erzählten, angesichts der Bogenschützinnen, die niemand je richtig sah, aber von denen alle wussten, dass sie schön waren und lächelten, angesichts der vielen Männer, die mit Pfeilwunden in den Krankenhäusern der Stadt lagen. Die offensichtlich einverstanden waren auf eine merkwürdige Art, sich nicht beschwerten, staunten, aber schwiegen.

Der Bräutigam der Heiligen Ursula, das war klar, davon wusste er noch aus dem Schulunterricht, ein Engländer, eine Art Heide oder so etwas. Und es gab Bedingungen. Das war ja immer so, in weiß Gott wie vielen Opern hatte er das gesehen, gehört, erlebt, dass es immer die Bedingungen gab, unter denen die Liebe und die Ehe überhaupt entstehen durften.

Aber darum ging es jetzt nicht. Er brauchte sein Expertinneninterview. Aber mit dem Bräutigam hatte das Phänomen bestimmt zu tun. Frauen waren so, der Mann löste alles aus. Wahrscheinlich alle unbefriedigt. Aber nein, er wollte das gar nicht denken, er wollte sich ernsthaft mit dem Phänomen auseinandersetzen, nicht sexistisch. Obwohl ihn die immer schon beschäftigt hatte, diese Jungfrauengeschichte, es sollten auch Männer auf den Schiffen der Jungfrauen dabei gewesen sein, aber darum ging es jetzt nicht und ihm war ja auch klar, dass es wahrscheinlich sowieso die Verehrung nur verstärkt hatte.

Er sah auf seine Notizen. Er musste langsamer vorgehen, er musste sie wieder zurückholen zu ihren klaren Sätzen. »Was, Frau Professor«, fragte er, »meinten Sie vorhin genau mit ‚Erleuchtung‘ und ‚Erkenntnis‘?«

»Das«, antwortete sie, jetzt liebenswürdig und geduldig, »sind altmodische Begriffe, das ist mir klar. Sie, möglicherweise, würden von einem Highlight, von Kick oder Anturnen oder dergleichen sprechen. Vielleicht von Kult. Obwohl, wie Sie vielleicht wissen, gerade Kult ein sehr, sehr altes Wort ist. Unser Phänomen hat ja in gewisser Weise durchaus mit Kult zu tun, obwohl es mehr ist, viel mehr. Sagt Ihnen das Wort Offenbarung etwas?«

Sie wollte es tatsächlich wissen, sah ihn offen an, ein bisschen streng vielleicht.

»Klar«, sagt er und lachte ein bisschen verlegen, wie in der Schule, du meine Güte, die Frau war irgendwie doch witzig. »Fatima und derlei Dinge und blutige Male in den Händen und heiliges Wasser.« Er lachte. »Und Kult. Sagen Sie, könnte dieses Phänomen im weitesten Sinne etwas mit so etwas wie diesem Diana-Kult zu tun haben, Sie wissen, damals diese tote Princess of Wales, ‚Prinzessin der Herzen‘?« Er verstummte; Blödsinn, die war ja keine Jungfrau mehr gewesen und es war ohnehin völlig falsch von ihm, die Frau Professor dauernd auf andere Geleise zu bringen.

»Seien Sie nicht albern«, sagte sie offensichtlich gelangweilt, und plötzlich hatte er Angst, sie würde das Interview abbrechen. Vielleicht war sie gläubig, wirklich fromm, gar nicht nur streng wissenschaftlich, dann war er seinen schönen Aufmacher los.

Spinnerinnen gab's genug, deshalb war er doch letztendlich hier, damit sie psychologisch-wissenschaftlich seinen Lesern das Phänomen und diese Spinnerinnen erklärte.

»Entschuldigen Sie«, sagte er und probierte ein jungenhaftes Lächeln, das er selten benutzte, »mir ist das alles etwas fremd, aber deshalb bin ich ja hier, und wir sind wirklich interessiert daran, das Phänomen unseren Lesern zu erklären.«

»Nun ja«, sagte sie und war wieder geduldig und nachsichtig, wenn sie sich auch wirklich zu langweilen schien, »beispielsweise wurden die Inschriften der Grabsteine quasi durch Offenbarungen wieder hergestellt. Theoderich war anwesend, aber geholfen hat Elisabeth, sie hatte die Visionen. Wunderbare Visionen, wissen Sie.«

Er fand, sie kam nicht mehr zum Thema. Er verstand nichts von Visionen, aber die Phänomen-Verursacherinnen mussten wohl welche haben. Er hatte das Gefühl, sie war ganz woanders. Sie starrte jetzt wieder aus dem Fenster, wirklich, sie starrte. Vermisste sie die weiße Taube? War es ihre Taube gewesen?

Er versuchte noch einmal, sich zu konzentrieren. Auf diese Frau, auf diese Frauen, die sie ihm erklären sollte. Auf das Phänomen, dass diese Frauen, junge Kölnerinnen, mit diesem Lächeln durch die Stadt gingen, mit Pfeil und Bogen auf Männer schossen, seit gestern die Kirche St. Ursula besetzt hielten, nur für sich, niemand kam mehr hinein, seitdem er dort gewesen war, kurz, nachdem er seine Expertin gefunden hatte. Das Phänomen, dass sie auf etwas zu warten schienen. Wie auf eine Aufgabe.

Sie forderten ein Schiff.

Er versuchte es mit einem Scherz: »Na, ja Hunnen haben wir nicht mehr hier zum Vertreiben.« Und lachte.

Jetzt sah sie ihn voller Verachtung an, eindeutig mit Verachtung.

Er versaute tatsächlich dieses Interview, obwohl alles so einfach erschienen war. Er hatte sich vorher schon Fragen ausgedacht, die ungefähr so lauteten: »Was halten Sie aus wissenschaftlicher Sicht von dieser Besessenheit junger, körperlich gesunder, gebildeter Frauen? Wie erklären Sie sich in diesem Zusammenhang ihre Weigerung, die Kirche zu verlassen, die Goldene Kammer freizugeben? Wie ist ihre Gewaltbereitschaft zu erklären? Kommt das vom Fernsehen? Warum sind Pfeil und Bogen so in Mode? Wie beurteilt die Psychologie die Forderung der Frauen, ihnen freies Geleit auf einem Schiff zu gewähren? Welche Therapien schlagen Sie vor?«

Er hatte schon ein telefonisches Kurzinterview mit dem zuständigen städtischen Dezernenten über eventuelle polizeiliche Maßnahmen geführt – »wir schließen zum derzeitigen Zeitpunkt nichts aus, die Forderung nach Pfeilen und Bögen wird nicht erfüllt, wir haben Psychiater vor Ort« und ja, es stimme, dass die Mädchen alle den selben Vornamen hätten . . . – und mit dem Büro des Kardinals, aber da wollte man nicht mit ihm sprechen und bestätigte nur, dass seelsorgerische Betreuung der jungen Damen gesichert sei, die sie aber abgelehnt hätten.

Beim Jugendamt hatte er nur einen unfähigen Berater erwischt, man halte das Ganze für ein vorübergehendes Phänomen, wie junge Mädchen eben gelegentlich über die Stränge schlügen und von Pfeil und Bögen wisse man nichts, der Sport sei auch ganz aus der Mode.

Und hier lief alles ganz anders als geplant. Vielleicht hätten sie seine Kollegin schicken sollen, die mit dem hübschen Lächeln, die immer sagte »das versteht Ihr nicht« und die Männer meinte, und nun hatte er sich endlich entschlossen, selber zu verstehen und alles ging schief.

Wieder lächelte die Professorin, aber nicht liebenswürdig, sondern ein bisschen überlegen. Nun gut, sollte sie sich so fühlen, davon verstand sie mehr, da war sie ihm überlegen. Er ließ seine Bemerkung über die Hunnen, mit der er eigentlich nur zeigen wollte, dass er durchaus im Bilde war, auf sich beruhen, sie war wirklich dumm gewesen. Aber merkwürdig war das schon.

»Kult wäre schon wunderbar, liebe Frau Professor«, sagte er freundlich, nicht schmeichlerisch, dafür war sie sicherlich nicht empfänglich. »Würden Sie sagen, das Phänomen, das die Frauen heimsucht, ist so eine Art Verfallen? Ich meine, dass sie diesem Kult verfallen, wie einem Star und dann dieses Phänomen erleben?«

Er merkte, dass die Frage nicht gut war, zu wenig auf

den Punkt. Ja, nicht auf den Punkt. Sie schwieg und sah ihn aufmerksam an.

Dann holte sie Luft und antwortete auf eine Frage, die er ihr schon vor langer Zeit gestellt hatte. »Mir, wenn Sie erlauben, ist ‚Erkenntnisfähigkeit' lieber, obwohl es Menschen gibt, die vom ‚Zweiten Gesicht' sprechen, vom ‚Siebten Sinn', was Ihnen vielleicht vertrauter ist. Aber das Phänomen oder die besagten Phänomene, sind naturgemäß altmodische, wobei ich die Errettungsphantasie als die nach wie vor aktuellste bezeichnen möchte. Das Erleuchtungs- und Erkenntnisphänomen tritt am häufigsten bei Frauen auf, die den vollständigen Namen mit sich tragen, also verniedlichende und praktische Abkürzungen ablehnen. Sie glauben«, sagte sie und lächelte ihn mit einer gewissen hochmütigen Nachsicht an, »dass sie einfach besser wissen, was sie tun müssen, was sie noch vollenden müssen, was gefehlt hat in dieser Geschichte, von der so viel vergessen und umgedeutet worden ist, denn Frauen, davon gehen sie aus, sind mit dem verstärkenden Element durch diesen Namen grundsätzlich erkenntnisfähiger und bedürfen nur der Hilfe durch andere Namensträgerinnen.«

Der Reporter starrte stumm auf seine Notizen, die ihm wirr und unvernünftig erschienen. Was sollte er bloß daraus machen? Seine Leser wollten keine Erklärungen für komplizierte psychiatrische Krankheitsbilder. »Erkenntnis- und Erleuchtungsfähigkeit«, du lieber Himmel, was für ein verquaster Unsinn.

Die Frau fuhr fort, während sie ihn intensiv ansah, so dass er den Blick wieder von seinen Notizen erheben musste. »Wir leben auf heiligem Boden, wie selbst Sie wissen werden. Dass heiliger Boden ist wie er ist, auch wenn er vergewaltigt worden ist seit Jahrhunderten, möglicherweise Jahrtausenden, dürfte selbst Ihnen einsichtig sein.«

Der Reporter wurde unruhig. Die Frau versuchte offenbar, ihn zu überzeugen. Er wollte nicht überzeugt werden, es war ihm unangenehmen, er wollte zuhören, er wollte eine spannende, eine anrührende Geschichte.

Anrührend? Was für ein Wort! Er war offenbar schon angesteckt von dieser merkwürdigen Sprache, die diese eigenartige Frau benutzte.

Sie war eigentlich jung, bemerkte er jetzt erst erstaunt, jünger als er, aber gleichzeitig wirkte sie alt, irgendwie auch uralt.

Er schüttelte unbewusst den Kopf. Was für ein Blödsinn, welch ein poetischer Mist, dachte er. Er musste das Ganze noch einmal überdenken, vielleicht lieber doch vergessen, behaupten, das Interview sei nicht zustande gekommen. Oder einen dieser Psychoonkel oder noch besser eine Psychotante anrufen, die so gerne mit einem einzigen, verständlichen, schlichten Satz zitiert wurden. Manchmal dachte er sich diese Sätze selber aus, das war nicht weiter schwierig, und er ließ sich einen solchen Satz dann von einem seiner Zitatgeber autorisieren.

Er hatte verpasst, dass sie weiter sprach und schrieb aus purer Höflichkeit noch ein wenig mit.

»Das Phänomen, das unsere Stadt und die Kirche derzeit erleben, ist für Kölnerinnen und Kölner eigentlich keineswegs unerklärlich. Nur der Blick dafür ist abhanden gekommen. Dass hier, wo das Blut, ihr Blut, das jungfräuliche Blut ihrer Schwestern den Boden tränkte, wo ihre liebliche Gestalt uns, wenn auch unvollkommen von Künstlerhand gestaltet, ständig begegnet, wo wir in der Goldenen Kammer in die liebenswerten Antlitze ihrer Gefährtinnen blicken dürfen . . .«

Der Reporter hörte auf mitzuschreiben. Er erhob sich langsam und vorsichtig, vollführte eine sanfte Drehung, versuchte, unauffällig den Weg zur Tür anzutreten.

Sie hatte nicht auf ihn geachtet, sondern sprach weiter ». . . wo wir wissen und seit Jahrtausenden weitertragen, dass sie geschändet und getötet wurde, die Kluge, die Schöne, die Tapfere, die Vergessene und Wiedergefundene, die ungerächte Ursula. Wir alle, die wir ihren Namen tragen,

117

sind nun angetreten, sie endlich zu rächen, auf diesem heiligen Boden . . .«

»Vielen, vielen Dank, Frau Professor«, sagte er herzlich, wenn auch etwas hastig. Sie wurde ihm zu guter Letzt entschieden unheimlich. »Sagen Sie mir dann noch Ihren Vornamen?«

»Dies, junger Mann«, antwortete sie und sah ihn spöttisch an, »ist eine ungewöhnlich dumme Frage.«

Er sah sie noch einmal an. Wusste endlich Bescheid. »Ursula«, sagte er scheu.

Er spürte den Pfeil, bevor er die Tür schließen konnte.

Die Elefantenhose

Marie Nobbers steht neben den Briefkästen am Fußende der Treppe und tut so, als ob sie etwas in ihrer Handtasche sucht. Angeblich suchen alle Frauen ständig etwas in ihren Handtaschen – Marie nicht – also wird der Typ aus dem 2. Stock das auch glauben. So ist der, vollgestopft mit Vorurteilen über Frauen und blöden Sprüchen über Frauen.

Obwohl der Typ das wahrscheinlich sowieso nicht gemerkt hat, dass sie da stand, als er ins Haus gekommen ist. Der tut immer so, als wüsste er nicht, dass Marie Nobbers überhaupt über ihm wohnt! Der grüßt nicht, der stapft mit seinen riesigen Klumpfüßen in den bootsgroßen Turnschuhen die Treppe hoch wie ein Elefant, nee, nicht wie einer im Porzellanladen, aber auf den knarzenden roten Holzstufen dröhnt sein Stampfen wie das Trampeln einer Herde von Elefanten. Die Holztreppen in dem gut hundert Jahre alten Wohnblock an der Lindenstraße sind auf Elefanten nicht eingerichtet. Marie Nobbers hat noch nie in ihrem Leben Elefanten trampeln hören, aber genauso muss das klingen, da ist sie sich ganz sicher.

Marie kann einfach nicht bis zum 2. Stock hinter Jupp Hüsken her die Treppe hinaufgehen. Sie kriegt sofort Atembeklemmungen, selbst wenn sie mehrere Stufen Abstand hält, obwohl sie normalerweise keinerlei Konditionsprobleme hat, wenn sie in den 3. Stock zu ihrer Wohnung hinaufsteigt. Aber Hüsken wirkt auf sie wie ein riesiges graues Massiv, ein gefährliches, bedrohliches, unüberwindbares Massiv. Was würde passieren, wenn er plötzlich stehenbliebe, um sich am Hintern zu kratzen? Einer von dieser Sorte ist das doch, der bleibt unmotiviert mitten im Treppenhaus auf einer Stufe stehen, um sich am Hintern zu kratzen, weil er gar nicht wahrnimmt, dass hinter ihm Marie Nobbers aus dem 3. Stock leichtfüßig die Treppe hinaufhüpft und urplötzlich abstoppen muss.

Es ist ihm sicherlich sowieso egal. So einer pinkelt doch auch an den Wasserturm, auf den Marie aus ihrem einen Wohnzimmerfenster schauen kann. Sie hat ihn zwar noch nie dort pinkeln sehen, sie würde ihn schließlich in seinem Elefantenaufzug sofort erkennen, aber so ein Typ ist das, der pinkelt an denkmalgeschützte Jugendstilwasserürme, wahrscheinlich ist dem das ein zusätzliches Vergnügen, wenn er sich dabei auch noch vorstellt, dass Marie Nobbers ihm am Fenster dabei zusieht.

Marie wird tatsächlich knallrot bei diesem Gedanken und wühlt immer noch in ihrer gut aufgeräumten Handtasche herum, weil der Typ immer noch nicht seine Wohnungstür zugeschlagen hat. Das ist doch unfassbar, was dieser Mensch für grässliche Phantasiebilder in ihr auslöst!

Marie Nobbers hat normalerweise überhaupt keine Phantasien, nur diese eine, dass der Jupp Hüsken plötzlich auf der Treppe stehen bleibt und sie in ihn hineinhüpfen muss, in den schlaff herunterhängenden Hintern dieser hellgrauen, riesenhaften, dickstoffigen Jogginghose, deren Schritt dem Hüsken auf der Höhe seiner Knie hängt und vor dessen Geruch sich Marie fürchterlich fürchtet.

Ein Alptraum ist das, den Marie immer wieder durchleidet: Der Typ bleibt plötzlich stehen, kratzt sich am Hintern; Marie, in der Gefahr gegen ihn zu prallen, beziehungsweise mit dem Gesicht in dieses hängende, graue Hosenhinterteil zu fallen, weil er natürlich in dem Moment kratzen muss, wenn Marie aus Gedankenlosigkeit zu nahe aufgeschlossen hat, fällt rückwärts die Treppe hinunter und schlägt sich den Kopf auf oder bricht sich den Oberschenkelhals, weil Frauen sich angeblich immer den

Oberschenkelhals brechen, genau wie sie angeblich immer ihre Taschen durchwühlen.

Oder, sehr wahrscheinlich, sie bricht sich gleich das Genick, dann hat die Mönchengladbacher Stadtverwaltung eine Schreibkraft weniger, was die vermutlich gar nicht merken würde. Und im 3. Stock des alten Klinkerbaus an der Lindenstraße wäre eine preisgünstige Genossenschaftswohnung mit Blick auf die alten Bäume des evangelischen Friedhofs und den Jugendstilwasserturm frei.

Denkt Marie, der vor Wut die Tränen kommen.

Deshalb geht sie lieber erst die Treppe hinauf, nachdem sie das Zuklappen seiner Wohnungstür gehört hat. Es ist ärgerlich, dass diese Wohnungen immer noch so preiswert sind, wären sie teurer, würde ein solcher Elefantentyp hier gar nicht wohnen können.

Es ist nicht so, dass Marie Nobbers findet, hier, zwischen Wasserturmplatz und Wasserturm und Friedhof wohne man im Paradies von Mönchengladbach. Im Gegenteil, sie hasst den Blick von ihrem Schlafzimmer direkt auf die Gräber des evangelischen Friedhofs, aber aus dem Schlafzimmerfenster muss man nicht gucken. Nachts, wenn sie ins Bett geht, ist es dunkel und morgens hat sie keine Zeit am Fenster rumzulümmeln, wie sie wahrscheinlich der Jogginghosenelefant hat. Sie jedenfalls muss morgens die Treppen hinuntersauen, um den richtigen Bus zu bekommen, der sie ins Büro bringt. Immerhin ist die Bushaltestelle quasi vor der Tür und morgens ist sie noch nie in den Hüsken reingerannt.

Der Elefant aus dem 2. Stock macht noch nicht mal seinen Briefkasten leer, so dass sie ein ums andere Mal in ihrem Briefkasten einen Brief an »Herrn Jupp Hüsken« findet, den sie dann hastig in den Briefasten stopft, auf dem ein Streifen Rippsband klebt, auf den er mit lila Tinte »Hüsken« gekrakelt hat. Der Briefkasten von diesem Elefanten ist so vollgestopft, wie das zu erwarten ist bei einem Menschen mit einer solchen Hose und Marie muss

121

oft genug die Briefe leider ziemlich zusammenquetschen.

Über der riesigen hellgrauen Elefantenhose trägt dieser Hüsken Tag und Nacht ein Sweatshirt mit Reißverschluss und Kapuze in einem etwas dunkleren Grau, wobei das mit der Nacht reine Spekulation ist, denn nachts ist Marie nicht im Treppenhaus unterwegs, aber dieser Typ bestimmt und wenn er tagsüber immer dasselbe trägt, trägt er es nachts auch, wenn er von seinen dubiosen Streifzügen zurückkehrt.

Marie Nobbers hat natürlich keine Ahnung, was Jupp Hüsken nachts treibt und ob an seinem Treiben etwas dubios ist, falls er überhaupt etwas treibt und nicht nur besoffen vor dem Fernseher schnarcht.

Er trägt ja nicht nur diese grauenhafte Elefantenjogginghose. Sondern trägt darüber das Sweatshirt mit Kapuze und meistens hat er die Kapuze auf dem Kopf, weshalb Marie nicht nur diese Assoziation mit dem Elefanten hat, sondern auch vermutet, dass er nicht nur seinen wahrscheinlich kahlen und grindigen Kopf verbirgt, sondern auch Grund hat, sich wegen sonstiger dunkler Dinge in seinem Leben zu tarnen.

Endlich hört Marie das Klappen der Wohnungstür im 2. Stock und hastet die Treppe hinauf in den 3. Stock.

Sie isst abends eigentlich nichts. Sie braucht einfach nicht viel, morgens schon gar nicht, da kann sie nichts essen, das konnte sie noch nie. Wie andere Menschen das machen, weiß sie nicht, morgens schon Unmengen von Marmeladebrötchen, Müsli und Spiegeleiern mit Speck in sich reinzustopfen, ekelhaft.

Der Jupp Hüsken hat oft, wenn Marie von der Arbeit kommt und mal gerade ein Paket Schwarzbrot gekauft hat, mit dem sie eine ganze Woche auskommt, einen riesigen Beutel vom »Kamps« mit mindestens sechs Baguette drin in der Hand. Ihr ist dann schon von diesem Anblick der Hals wie zugeschnürt, da geht nichts mehr rein. Und für sich alleine richtig kochen, das lohnt den Aufwand nicht.

Wenn sie mal zu Kaffee und Kuchen im Parterre bei Henriette Angerhausen eingeladen ist, die sich wer weiß was auf die angeblich »neugotischen« Fenster im Erdgeschoss einbildet und glaubt, sie wäre was Besseres im Hause, obwohl sie 1949 zugeteilt worden ist, da sagt sie nicht nein, aber das kommt schließlich nicht jeden Tag vor, höchstens am Samstag und Sonntag und sie kommen immer mit einer Torte aus. Abends ist es besonders ungesund, viel zu essen, weil man sich dann nicht mehr bewegt.

Sie isst buchstäblich manchmal, eigentlich meistens, nichts. Wer wenig isst, kommt auch normal und leichtfüßig die Treppen rauf, so wie Marie Nobbers, jedenfalls dann, wenn der Elefantentyp aus dem Weg ist.

Jupp Hüsken kriegt die Krise. Er weiß genau, wann die fette Wachtel aus dem 3. Stock morgens zur Arbeit geht, die trampelt über die alten Holzstufen wie eine ganze Kuhherde und weckt ihn damit regelmäßig auf. Natürlich immer viel zu früh. Wenn Jupp Hüsken etwas nicht leiden kann, sind es fette Frauen, die ihn vor der Zeit wecken.

Jupp hält sich fit, der joggt jeden Morgen über den Friedhof und um den Wasserturmpark herum, aber nicht um 7.30 Uhr!

Die Kuh in der Etage über ihm wuchtet sich nicht nur zu nachtschlafender Zeit am frühen Morgen fett und schnaufend die Treppe hinunter und schadet damit der alten Treppe, sondern die geht vor allem dem sportlichen und deshalb schlafbedürftigen Jupp Hüsken gewaltig auf den Senkel.

Jupp Hüsken findet sein Outfit richtig scharf, die original Hip-Hop-Hosen aus Jeansstoff mit Schritt bis zum Fußgelenk findet er blöde, die tragen alle jugendlichen Blödmänner Mönchengladbachs, die sich für hip halten. Er trägt als einziger diese geile Jogginghose mit dem tiefen Schritt und das perfekt dazu passende Sweatshirt hat er

123

bei der Kleiderausgabe der Caritas umsonst dazu gekriegt. Das ist nicht gerade von »van Laak«, passt aber astrein zu seiner Hose. In seiner Größe ist selten was da.

Jupp Hüsken ist gut in Schuss, der lässt sich nicht gehen, nur weil er seit einigen Jahren nicht mehr ganz auf seinem ursprünglichen Niveau arbeitet, aber den Friedhof auf Vordermann bringen kann auch nicht jeder und er ist an der frischen Luft, während die Nobbers-Kuh immer bloß am Fenster steht, wenn sie aus irgendeinem beschissenen Büro kommt und auf den Wasserturm starrt, anstatt was für ihre Gesundheit zu tun.

Immer schleicht sie hinter ihm die Treppe rauf und denkt, er merkt das nicht, dass sie ihm auf den Hintern starrt. Neulich hat er mal vor den Briefkästen auf sie gewartet, als er sie aus dem Bus steigen sah, hat in seinem Briefkasten rumgekramt und gewartet, dass sie mal vor ihm her geht, damit er mal zurückstarren kann und es blieb ihr gar nichts anderes übrig. Er hätte fast gekotzt, als er ihren rosa Schlüpfer durch die beige Hose schimmern sah, er hatte gedacht, es gäbe keine rosa Schlüpfer mehr, wahrscheinlich hat die Nobbers den letzten rosa Schlüpfer von ganz Mönchengladbach gekauft.

Eigentlich wäre er natürlich viel fixer als die Fettkuh gewesen, aber einmal wollte er sich rächen für ihre Hinterherschleicherei und er hat genau gemerkt, dass sie eigentlich schneller gehen wollte, was ihre Massen natürlich verhinderten.

Wenn er mit seinem einen kleinen Kürbiskernbrötchen abends nach Hause kommt, steigt die mit fünf Plastiktüten von der Hindenburgstraße aus dem Bus und bis sie die alle ins Haus gewuchtet hat, hat er meist schon fast seine Etage erreicht.

Marie vermeidet den Blick aus dem Küchenfenster in den grauen Hinterhof, weil sie dort neulich eine Ratte gesehen hat und wenn sie etwas nicht mag, sind es Elefanten in Turnschuhen auf der Treppe, pinkelnde Jogger am Wasserturm und Ratten im Hinterhof.

Das Leben könnte manchmal ganz schön sein, denkt sie, während sie jetzt vom Wohnzimmerfenster auf den Wasserturmplatz hinuntersieht und an ihrem Schwarzbrot herumkaut, wenn man eine nette, ruhige, wohlerzogene Hausgemeinschaft um sich hätte und nicht diesen grauen Gangster unter sich, der einem jeden Abend verdirbt und sie neuerdings auch noch verfolgt.

Der glaubt wohl, sie hat das nicht gemerkt, dass er sich an seinem Briefkasten rumgedrückt hat, um ihr auf der Treppe auf den Hintern starren zu können, als sie die Treppe hinaufgehuscht ist, leicht wie eine Feder und nicht mauernerschütternd wie er.

Marie Nobbers beschließt, einen Beschwerdebrief an die Hausverwaltung zu schreiben, schließlich müssen anständige Menschen zusammenhalten. Henriette Angerhausen unterschreibt bestimmt auch.

»Sehr geehrte Hausverwaltung,
ich möchte Ihnen anzeigen, dass Herr Jupp Hüsken,
2. Stock, ständig im Treppenhaus einen derartigen Lärm veranstaltet, wenn er die Treppen hinauf- oder herunterläuft, dass es unerträglich ist und die nachbarschaftliche Ruhe stört. Ich bitte Sie, Abhilfe zu schaffen.
Hochachtungsvoll,
Marie Nobbers, 3. Stock.«

Marie ärgert sich, dass die Angerhausen nicht unterschreiben will, die murmelt was von »Frieden« und »guter Nachbarschaft« und »alten Beziehungen«! Hoffentlich stirbt die bald, Marie würde gerne vom 3. Stock herunterziehen ins Parterre, das würde ihr das Leben sehr erleichtern und sie hätte auch mal was Besonderes. Wenn Besuch käme, könnte sie auf ihre »neugotischen« Fenster verweisen, außerdem ist der Blick auf den Wasserturmplatz näher und vom Schlafzimmer aus guckt sie nicht mehr direkt auf die Gräber, sondern auf die Friedhofsmauer und die alten Bäume.

Jupp Hüsken platzt vor Wut. Die Nobbers-Kuh hat sich bei der Hausverwaltung über ihn beschwert und die bittet nun »um Ihre geschätzte Stellungnahme, um den Hausfrieden zu wahren«.

Erst mal schreibt Jupp nicht zurück, sondern macht mehr Lärm als sonst, was kein Problem ist. Er muss nur richtig stampfen, was er vorher noch nie getan hat, kaum ein Mensch geht so behutsam mit den alten Holzstufen um wie Jupp Hüsken, schließlich sind Turnschuhe sowieso sehr leise. Jupp trampelt also zwischen dem 2. und 3. Stock die Treppe rauf und runter, nachdem er die Nobbers abends abgepasst hat und extra langsam die Treppen vor ihr hinaufging, so dass sie stundenlang in ihrer Handtasche rumwühlen musste um ihm vorzuspielen, den Briefkastenschlüssel zu suchen, und als er hinter seiner Tür lauernd dann ihre Tür endlich klappen hörte, hat er seine Joggingstunde eben auf die Treppen verlegt, Treppensteigen soll auch sehr gesund sein und außerdem regnet es. Die Angerhausen ist sowieso halbtaub, im 1. Stock sieht man nie jemanden und bevor Jupp Hüsken sich von dieser fetten Kuh in ihrem rosa Schlüpfer was sagen lässt, soll die erst mal hören, was wirklicher Treppenhauslärm ist.

Marie hält sich die Ohren zu. Das Elefantenmonster macht ernst, sie hätte sich das eigentlich denken können, so sind diese Typen, machen alles immer schlimmer, anstatt dass sie ein Einsehen haben, wenn man ihnen mit vernünftigen schriftlichen Argumenten kommt. Gut, Marie Nobbers ist zäh und nicht von gestern, Männer glauben immer, sie sind besonders schlau.

Am nächsten Morgen, nach einer fast schlaflosen Nacht, in der Jupp Hüsken etwa 30 Mal die Treppe zwischen dem 2. und 3. Stock rauf- und runterpolterte und Marie schon mit dem Fleischermesser hinter der Tür stand, bevor sie an das viele Blut dachte und daran, wer es dann aufwischen müsste und an den Ekel, den diese riesige graugewandete Leiche ihr verursachen würde, sucht und findet Marie ein altes Paar Holzsandalen, mit dem sie ohrenbetäubend klappernd um 6.30 Uhr die Treppen hinunterpoltert, vor der Wohnungstür im 2. Stock noch ein paar Mal auf und ab hüpft, bis sie keuchen muss und hofft, dass Henriette Angerhausen wirklich so taub ist, wie sie immer behauptet und dass der Krankenpfleger aus dem 1. Stock wirklich diese Woche Nachtschicht hat, denn sie will auf keinen Fall, dass sich jemand über sie beschwert, da sie doch gerade selber die Beschwerdeführerin ist. Im Büro werden sie sich über die Holzsandalen sehr wundern, denn sie trägt normalerweise vernünftige braune Schuhe mit Gummisohlen, die gut zur beigen Hose passen.

Jupp Hüsken schreckt aus tiefem Schlaf hoch und fällt von der Couch, auf der ihn gestern Nacht die Erschöpfung nach 30-maligem Rauf- und Runterlaufen der Treppe zwischen dem 2. und 3. Stock übermannt hat. Einerseits, denkt Jupp, während er verwirrt dem Lärm vor seiner Wohnungstür lauscht, einerseits trainiert das ungemein. Andererseits kann er sich Schöneres vorstellen, als abends die Treppe zwischen dem 2. und 3. Stock rauf- und runter zu laufen, wenn unten der Wasserturmpark mit frischer Luft lockt. Aber er wird nicht klein beigeben, er nicht, nicht wegen fetter Kühe in beigen Hosen über rosa Schlüpfern.

Am Abend lauert Jupp Hüsken hinter der Hausecke, bis der Bus kommt, der Marie Nobbers nach Hause bringt. Er stopft seine Fäuste in die Sweatshirttaschen und stapft aufgerichtet und selbstbewusst zur Eingangstür, kaum dass Marie die geöffnet hat.

Sieger!

Er hinter ihr.

Er drückt die Tür mit dem Hintern zu und bleibt stehen. Die Nobbers kann jetzt so viel in ihrer Tasche wühlen wie sie will, die kann zwei Stunden in ihren Briefkasten gucken, heute Abend wird er hinter ihr die Treppe hinaufgehen, wird sie vor sich hertreiben und mit ihr bis in den 3. Stock gehen und ihr die Meinung geigen. Er wohnt genauso lange in diesem Haus an der Lindenstraße wie sie, er hat die gleichen Rechte wie sie und er lässt sich von dieser Kuh nicht vorschreiben, wie er die Treppen zu benutzen hat.

Marie weiß, dass sie keine Chance hat, hinter dem Elefanten die Treppe hinauf zu gehen. Der steht da, wie er steht. So wie er da steht, hat der was vor. Der wird hinter ihr herkommen und sie in die Enge treiben, dieses graue Massiv. Sie hat nur eine Chance, wenn sie so schnell wie sie kann hinaufrast, so dass er einfach keine Chance hat, sie einzuholen, bevor sie in ihrer Wohnung angekommen ist.

Aber das Überraschungsmoment wird entscheiden.

Marie betritt entschlossen die erste Stufe, geht betont gemächlich, spürt aber schon auf der dritten Stufe, dass der Elefant hinter ihr ist. Sie holt tief Luft und wird tatsächlich etwas schneller, die Holzsandalen klappern, aber sie spürt, dass sie nicht wirklich schneller wird. Obwohl sie eigentlich nie etwas isst, kommt sie nicht richtig voran und der Graumassive ist hinter ihr, der will mit hoch bis zu ihr, das weiß sie, der will sie nicht überholen und auch nicht auf ihren Hintern starren, der will sie oben zur Rede stellen.

Marie bleibt abrupt stehen, auf der fünften Stufe des Treppenabschnitts zwischen dem 1. und 2. Stock, sie streckt urplötzlich ihren Hintern raus so weit sie kann. Jupp Hüsken prallt wuchtig gegen sie, verliert das Gleichgewicht und stürzt rückwärts die Treppe hinunter wie ein dicker gefällter Baum, knallt mit dem Hinterkopf auf dem Treppenabsatz auf und liegt still.

Marie findet ihr Gleichgewicht und dreht sich um.

Siegerin!

Ein für alle Mal ist ein Ende gemacht mit dem grauen Elefantenmassiv, dem bedrohlichen hängenden Hinterteil vor ihrer Nase.

Marie Nobbers lässt sich eine Minute Zeit zum Überlegen, das ist der Vorteil der Frauen, denen man nie etwas zutraut; wenn es drauf ankommt, sind sie fit wie ein Turnschuh.

Sie geht noch ein Stück die Treppe weiter hinauf, dann nimmt sie Anlauf und kreischt: »Hilfe, ein Unfall!«. Das wird Henriette Angerhausen ja wohl hören.

Marie läuft mit betont ängstlichem Gesichtsausdruck schnell die Treppe wieder hinunter, gerät in den ungewohnten Holzsandalen ins Stolpern, sieht die graue Masse auf dem Treppenabsatz auf sich zukommen, greift vergeblich nach dem Geländer, fällt kopfüber die Treppe hinunter und schlägt neben Jupp Hüsken mit dumpfem Knall auf dem Treppenabsatz auf.

»Sie hat ja ihren Mädchennamen wieder benutzt, obwohl die gar nicht geschieden sind«, berichtet Henriette Angerhausen wichtigtuerisch dem Krankenpfleger aus dem 1. Stock, der kurz nach dem Notarztwagen von seiner Nachtschicht gekommen ist. »Die sind hier vor zig Jahren als jung verheiratetes Paar eingezogen, er war bei der Friedhofsverwaltung, das war ja günstig und sie bei der Stadt, da hat sie immer den Bus genommen. Aber das ist nicht lange gut gegangen, er konnte eigentlich gar keine dicken Frauen leiden und sie hat Jogginganzüge und Kapuzen gehasst. Beide haben immer furchtbar laut im Treppenhaus rumgepoltert, das war die einzige Gemeinsamkeit in dieser Ehe. Aber die Wohnungen sind so günstig und man hat den Friedhof nebenan und den schönen Wasserturm vorm Haus und die Bushaltestelle vor der Tür. Da sind sie eben beide wohnen geblieben. Das konnte ja auf die Dauer nicht gut gehen.«

»Ob der Mann seinen Schädelbruch überlebt . . . so dünn, wie der ist, das weiß man nicht. Hat nichts zuzusetzen. Die Frau hat jedenfalls zwei Oberschenkelhalsbrüche«, sagt der Notarzt. »Mit diesen Schuhen, bei dem Gewicht! Bekloppt! Die wird wohl hier nicht mehr die Treppen hochkommen.«

Henriette Angerhausen beschließt, 103 Jahre alt zu werden und sich bis dahin nicht aus ihrer Parterrewohnung vertreiben zu lassen.

Als alle Leute weg sind, wischt sie sorgfältig die hauchdünne Schmierseifenschicht von den Stufen zwischen dem 1. und 2. Stock.

Nicht, dass noch etwas passiert!

Lilien zur Erinnerung

Die erste halbe Stunde beim ersten Mal machte mir Spaß. Wann habe ich denn schon Zeit, mich in diese Zeitschriften zu vertiefen, die angeblich niemand kauft, die aber alle in Wartezimmern und beim Friseur lesen? Prinzessin Stefanie hat schon wieder einen neuen Lover, Gräfin von und zu Waldenlohe freut sich auf ihr siebtes Kind und Prinz William sieht seiner Mutter ähnlich, aber das hatte ich schon gewusst.

Die erste halbe Stunde war nicht so schlimm, man muss eben trotz Termin ein wenig warten. »Ein paar Minuten dauert's«, sagte die Arzthelferin. Es gibt kränkere Menschen, die Ärzte sollen sich dem ganzen Menschen widmen und der ganze Mensch braucht seine Zeit.

Ich sah mich um, denn auch die vierte Zeitschrift hatte nur den neuen Lover von Prinzessin Stefanie und den kannte ich schon. Die alte Frau neben mir saß tief gebeugt über einem Kreuzworträtsel, sie hatte einen Bleistift dabei, wahrscheinlich kommt sie oft und ist auf die Wartezeit vorbereitet.

Später fragte ich mich manchmal, warum ich ihn erst im Herbst ermordet hatte. Die meisten Menschen sterben im Frühjahr und den ersten Termin, bei dem ich zwei Stunden warten musste, hatte ich im Frühjahr gehabt. Vielleicht hatte ich unbewusst den Herbst gewählt, gegen Ende eines Jahres, wenn man sich schon ein wenig auf das neue Jahr freuen kann, etwas abschließt, das keinesfalls in das nächste Jahr hinüber getragen werden soll. Wenn man das Laub zusammen harkt, alles Verblühte abschneidet, wegräumt, aufräumt, wenn alles kahl und sauber aussieht im

Garten. Auf ein paar Monate mehr oder weniger kam es ohnehin nicht an, die Planungen waren seit langem abgeschlossen, der mir richtig erscheinende Zeitpunkt tatsächlich dann wohl von diesen jahreszeitlichen Überlegungen bestimmt gewesen. Ich hatte ja Zeit gehabt in diesem Wartezimmer.

Im nachhinein gelang es mir, eine Phantasie darüber zu entwickeln, dass es der Herbst, das ihm zugeschriebene Absterben und Vergehende, hatte sein müssen, obwohl ich natürlich wusste, dass es so nicht gewesen war. Ich bin alles andere als dumm. Er hatte das geglaubt, wenn auch nicht gezeigt, aber ich hatte es immer gespürt, dass er mich für dumm hielt.

Einer seiner Fehler.

Im Frühjahr hatte er das Unkraut zwischen den aus der Erde spitzelnden Tulpen und Narzissen gehackt, wie immer in Gartenhandschuhen. Wie er diese Handschuhe sauber hielt, hatte ich nie begriffen, ich vermutete, er habe hundert gleichartige Handschuhe, so dass er die verschmutzten jeweils nur wegwerfen musste.

Die Polizei fand tatsächlich nach seinem Tode 26 Packungen mit jeweils zwei Paaren Gartenhandschuhen und ich hatte einmal mehr Grund, mich über meine Klugheit zu freuen.

Wobei die Polizei das Rätsel dieser Vorratshaltung nicht lösen konnte. Ich wusste es besser, einmal hatte er sich unbeobachtet geglaubt. Ich saß hinter der mit Jalousien verblendeten Terrassentür und hatte ihn beobachtet, wie ich es mir angewöhnt hatte, und da hatte er nach einem raschen Rundblick den rechten Handschuh abgesteift und rasch einen ohnehin schon blutig heruntergekauten Fingernagel mit den Zähnen ein kleines Stückchen weiter abgebissen und ich hatte gesehen, dass alle Fingernägel dieser Hand bis zum rohen Fleisch heruntergekaut waren.

Fast hätte ich gekichert, der feine Herr mit dem menschenfreundlichen Beruf! Fingernägel wie ein verhaltensgestörtes Kind. Es passte natürlich, was war er denn anderes als ein Kind, der Herr Psychiater und Neurologe mit der gut gehenden Praxis? Gut gehend nannte man das, wenn ich als Nachbarin Tag für Tag diese Menschen vor seiner Tür sah, diese Leute, die sich ständig verstohlen, ja, das abgegriffene Wort in seiner wahrsten Bedeutung stimmte, verstohlen umsahen, ob jemand sah, wie sie den Herrn Psychiater und Neurologen in seinem schönen Haus mit dem gepflegten Garten aufsuchten. Ein Kind suchten sie um Rat auf, maßlos in seinen Wünschen.

Er konnte nie genug kriegen.

Gerne hätte ich ihm noch gesagt, dass ich seine abgefressenen Fingernägel gesehen hatte, aber es ging dann doch alles zu schnell und unnötige Verzögerungen konnte ich mir nicht mehr leisten.

Lange genug hatte es gedauert, bis das von mir ausgestreute Gerücht über unangemessene Bekanntschaften, die er in Neukirchen-Vluyn haben sollte, geglaubt wurde.

Beim Bäcker sagte irgendwann Frau Friemers, es sei doch eigenartig, dass ein Herr wie der Herr Dr. Dr. Winnekendonk, der doch wirklich etwas von einem Herrn im fast altmodischen Sinne habe, neulich mit diesem höchst suspekten Wirt vom »Plümpe's Eck« gesehen worden sei, in dessen Gastwirtschaft, die man eigentlich kaum so bezeichnen könne, mehr als einmal die Polizei habe gründlich aufräumen müssen und sie habe es gar nicht glauben wollen, als Frau Langenfeld es ihr erzählt habe, weil auch Herr Schrott vom Stockrosenweg es mit eigenen Augen nicht direkt gesehen, sich aber von Frau Materborn habe berichten lassen.

Frau Dassel-Bommers vertraute mir vor der Tür zum Bäcker an, dass sie ihre Anna-Lisa nicht mehr zu Herrn Dr. Dr. Winnekendonk schicken wolle, zwar habe Anna-Lisa durchaus Fortschritte gemacht und ihre Versetzung sei nicht mehr gefährdet, aber heutzutage müsse man doch auf den Umgang der Kinder besonders achten und man stelle sich vor, der Wirt vom »Plümpe's Eck« erscheine eines Nachmittags in der Villa, womöglich zur Sprechstunde und ihre Anna-Lisa werde womöglich Zeugin nicht kindgerechter Gespräche.

Frau Dassel-Bommers war ein Erfolg, dem weitere folgten. Als Dr. Dr. Winnekendonks andere Nachbarin, wie sie mir auf dem Wochenmarkt erzählte, ihren schon traditionellen Tee auf Dr. Dr. Winnekendonks Terrasse, eine vertrauliche, aber nicht intime Angelegenheit, wie sie mehrfach betonte, hatte ausfallen lassen, weil sie von Frau Materborn gehört habe, Dr. Dr. Winnekendonk verkehre nahezu täglich im »Plümpe's Eck«, das, wie jeder wisse, die Drogenhochburg des Ortes sei und Herr Schrott habe Herrn Dr. Dr. Winnekendonk sogar neulich mit Vennikels Peter gesehen, von dem jeder wisse, dass er seine Mädels, na, ja, Sie wissen schon und man weiß auch, wo. Gewiss, sagte die Nachbarin, Herr Dr. Dr. Winnekendonk habe ein für einen Mann ungewöhnliches Verständnis gezeigt, als sie ihm ihre Sorgen mit ihrem Sven-Oliver erzählt habe, schließlich, als Kapazität der Kinderpsychologie sei das zu erwarten gewesen, aber auch darüber hinaus habe er so gar keine Macho-Allüren an den Tag gelegt. Man stelle sich aber vor, sagte die Nachbarin und klaubte ihre Markttüten zusammen, Sven-Oliver hätte irgendwann seinen gelegentlichen psychologischen Berater mit Vennikels Peter gesehen und ihr Fragen gestellt! Sie habe ohnehin genug mit seinen Fragen zu tun und Verständnis hin oder her, sie habe auf Sven-Olivers Entwicklung Rücksicht zu nehmen und der habe ohnehin schon so seine Eigenarten entwickelt.

Serienmörder sind so, immer freundlich, aufmerksam, hilfsbereit und kein Unkraut im Garten und plötzlich haben sie 26 junge Mädchen zerstückelt und alle Nachbarn treten im Fernsehen auf und erzählen tief erschüttert, dass er ihre Blumen gegossen und immer gegrüßt hat. Warum sollen Serienmörder nicht grüßen und etwas gegen Zimmerpflanzen haben?

Natürlich war Dr. Dr. Winnekendonk kein Serienmörder. Eine Serie hat gleichbleibende Rituale, wieder erkennbare Strukturen und ein gewisses Maß an Ordnung und Wiederholung.

Die Gartenhandschuhe hätten gut zu einem Serienmörder gepasst. Eine schöne Überraschung für die Boulevardpresse hätten sie allemal hergegeben, aber so viel ich weiß, hat die Polizei die Sammlung nie bekannt gegeben, denn sie gehörte ja dem sogenannten Opfer und ließ wohl keine Rückschlüsse auf den Mörder zu und Vennikels Peter und der Wirt vom »Plümpe's Eck«, die von mir so sorgfältig vorbereiteten potenziellen Verdächtigen, ließen sich offenbar auch nicht damit in Verbindung bringen, obwohl sie, wie die Boulevardpresse ausführlich berichtete, immer wieder verhört wurden.

Abgekaute Fingernägel, auch wenn sie einem 50-jährigen höchst renommierten und doppelt promovierten Psychiater und Neurologen gehören, sind kein Mordmotiv.

Ich wurde auch verhört, aber nur im Rahmen dessen, was in Kriminalromanen als »Routine« bezeichnet wird. Ich habe alle Fragen wahrheitsgemäß beantwortet, sie stellten die falschen Fragen, weil ihnen die richtigen nicht einfielen. Ja, mein Nachbar, der Herr Dr. Dr. Winnekendonk hat seinen Garten sehr gut gepflegt, ja, er war hilfsbereit und freundlich.

Ja, Sylvia hat bei mir geputzt und den Rasen gemäht auf Vermittlung von Herrn Dr. Dr. Winnekendonk und es ist unfassbar, immer trifft es die falschen, beziehungsweise jene, von denen man denkt, sie könnten niemals Opfer eines Verbrechens werden.

Aufgefallen ist mir nie etwas, ich kannte ihn nur vom Garten, unsere großen Gärten hier in Rheurdt, Am Parsick, Sie sehen sie ja, da sieht man sich auch nicht oft, natürlich hat er sich irgendwann vorgestellt und gefragt, ob er mal Pakete annehmen soll oder etwas in der Art, ja, so kam das zustande, was man sicherlich nicht Freundschaft nennen könne, herzliche Nachbarschaft vielleicht, wobei herzlich schon wieder zu viel sei, aber seinen Garten habe er sehr schön in Stand gehalten und die Empfehlung von Sylvia sei ein wahrer Glücksfall gewesen, eine Seltenheit heutzutage, sie hat Freude daran, einer älteren Frau das Haus zu putzen.

Sie waren bald gelangweilt, die Herren Polizisten, von einer Frau wie mir, die vage herum redet, abwiegelt und in Nebensätzen ausschweift. Die behindert die Polizeiarbeit und die Gerüchte über Herrn Dr. Dr. Winnekendonks Freundschaft mit Vennikels Peter, seine Besuche im »Plümpe's Eck«, die hatten sie längst gehört, die wollten sie von mir nicht hören, weil sie sicher waren, dass ich nichts davon gewusst hatte. Man erzählte, dass Vennikels Peter und der Wirt sich standhaft weigerten, zuzugeben, Herrn Dr. Dr. Winnekendonk je gesehen zu haben, aber diese Leute geben ja nie etwas zu.

Es war sehr vernünftig von mir, meine Patientenakte schon Wochen vor dem Ereignis von Sylvia aus dem Praxiscomputer löschen zu lassen, die jungen Leute kennen sich mit Computern aus und Sylvia putzte immer erst, wenn die Praxis leer war und Dr. Dr. Winnekendonk schon im Garten arbeitete.

Sylvia weiß, was sie davon hat, mir geholfen zu haben und wird ihren Lohn bekommen. Sie weiß natürlich nichts über die Hintergründe, aber sie hatte ihre eigenen Motive, auf meine Vorschläge, behutsam nach und nach vorgetragen, einzugehen. Die Löschung meines Namens aus der Patientenkartei war für sie ein leichtes und die Arzthelferin, diese schnippische Person mit ihrem »ein paar Minütchen müssen Sie schon noch warten« durchsuchte ja nicht die Patientenkartei, nachdem ihr Arbeitgeber ermordet worden war, auf der Suche nach Namen, die dort nicht mehr vorhanden waren.

Die merkte sich ohnehin keine Namen, sechsmal hatte

ich dort gesessen, zwei bis drei Stunden mit wachsender, zunehmend glühender, sich im Magen ballender Wut, die schon begonnen hatte, als die Arzthelferin fragte, »wie war der Name, bitte?« und ich sagen wollte, »den müssten Sie aber jetzt wissen, erstens bin ich eine Nachbarin von Dr. Dr. Winnekendonk und zweitens bin ich zum dritten oder vierten Male hier und wenn Sie gleich wieder sagen, ‚ein paar Minütchen dauert es noch‘, fange ich an zu schreien, denn es dauert immer mehrere Stunden und es gibt nur Minuten und keine Minütchen, die werden nicht kürzer, indem man sie verniedlicht.«

Aber ich sagte nichts, nie sagte einer der Wartenden etwas, es herrschte immer diese bleierne Stille im Wartezimmer. Bei Psychiatern wird im Wartezimmer nicht geschwätzt, was soll man denn auch sagen? »Welche Neurosen haben Sie denn?« – »Können Sie auch nicht schlafen?«

Hätte ich sagen sollen, es ist so eine Leere in mir, ich will da etwas füllen, aber ich weiß nicht womit und wie diese Leere da hinein gekommen ist und wie ich sie wieder ausfülle? Hätte ich sagen sollen, diese Stunden im Wartezimmer sind grauenhaft, aber ich kann diese Zeitschriften lesen, denn sonst kann ich nichts lesen, weil dann diese Leere sich weiter in mir ausbreitet? Hätte ich der alten Frau mit den Kreuzworträtseln, die nie aufblickte, die ich oft sah, hätte ich ihr sagen sollen, ich bin hierher gekommen, nach langen Überlegungen, obwohl oder vielleicht weil der Herr Dr. Dr. Winnekendonk mein Nachbar ist und so einen schönen Garten hat und er vielleicht eher versteht, was diese Leere zu bedeuten hat, weil er mein Haus kennt und meinen Garten, der längst nicht so schön ist wie seiner und der mir seine Putzhilfe empfohlen hat und sozusagen meine Lebensumstände kennt?

Das alles hätte ich nicht sagen können, auch nicht diese geballte Wut hinausschreien wegen der zwei, drei, einmal vier Stunden, die ich dort saß und wusste, dass ein Psychiater und Neurologe eben auch Neurologe ist und nicht nur Gespräche führt, sondern auch untersuchen und ertasten und durchleuchten muss und das das dauern kann. Und ich musste ohnehin warten, denn es war die einzige halbe Stunde, die die Leere füllte, weil er einfach und von vornherein und nach wenigen Minuten schon beim ersten Mal mit mir schlief, obwohl ich das nicht schlafen nennen dürfte, aber ich habe nie gelernt, andere Worte dafür zu benutzen und ich wusste endlich, warum sich diese Leere ausgebreitet hatte und wie ich sie füllen wollte. Und er wusste das auch, schon beim allerersten Mal und er verschrieb mir sozusagen einmal im Monat sich selber, immer mit Handschuhen, immer in seinem Behandlungszimmer, denn es war eine Behandlung, nur dass sie nicht heilte, sondern süchtig machte und ich wusste, ich musste bis an mein Lebensende einmal im Monat in dieses Zimmer gehen und mich von Herrn Dr. Dr. Winnekendonk mit seinen Handschuhfingern befühlen lassen und ich genoss es und hasste es und wollte wissen, ob die alte Frau mit den Kreuzworträtseln auch mit ihm schlief.

In seinem Wartezimmer saßen nur Frauen wie ich, jenseits der 50 und ich versuchte, sie anzusehen und in Gedanken auszuziehen.

Ich glaube, er ließ mich absichtlich immer länger warten, damit ich die Leere noch stärker fühlte und dann noch bereiter war. Er sprach nie mit mir.

Er sprach als Nachbar über den Zaun mit mir, er brachte mir einmal ein Paket, das er für mich angenommen hatte, aber er war genau wie vor der Behandlung und ich wäre nie auf die Idee gekommen, ihn irgend etwas zu fragen, irgend etwas zu sagen, was mit unseren Begegnungen in seinem Behandlungszimmer zu tun hatte.

Die Leere wurde immer größer im Laufe des Sommers. Ich begann, häufiger in die Praxis zu gehen, ich bekam seltener Termine, musste betteln, bei dieser blöden Kuh. Ich ließ Sylvia Termine für sich selber vereinbaren, sie bekam auch welche und dann erschien ich und tat so, als habe Sylvia für mich bestellt und die Arzthelferin habe sich geirrt, als sie Sylvia eintrug.

Ich spürte, dass ich zu oft kam. Dass er Abwechslung brauchte, dass er sehr genau darauf achtete, in welcher Reihenfolge welche leeren Frauen zu ihm ins Zimmer durften.

Ich begann, Pläne zu schmieden. Wenn er nicht mehr da wäre, würde es keine Leere mehr geben, denn ich hatte etwas, woran ich denken konnte, daran, wie ich ihn beseitigt hatte, daran, was in dem Behandlungszimmer gewesen war, das ich nicht vermissen würde, denn es wäre unmöglich, es zu wiederholen und so hoffte ich auf das Verschwinden der Leere und auf Zufriedenheit.

Ich begann, die Gerüchte zu streuen und war so erfolgreich, dass ich einen Augenblick überlegte, es dabei zu belassen. Aber das hätte nichts geändert, er wäre vielleicht irgendwann ruiniert gewesen, aber ich wäre weiterhin hingegangen. Oder er hätte mich nicht mehr empfangen.

Als ich Sylvia schließlich fragte, ob sie eigentlich gelegentlich die Patientenkartei durchforste, wir waren uns nahe gekommen, sah sie mich ruhig an und sagte: »Ja. Wenn ich etwas für Sie tun kann, sagen Sie es mir.«

Und eines Tages, sie putzte die Fenster und grüßte Dr. Dr. Winnekendonk in seinem Garten, drehte sie sich zu mir um und sagte: »Meine Mutter war bei ihm in Behandlung. Sie ist seit vier Jahren in der Geschlossenen.«

Da wusste ich, ich hatte eine Verbündete, was immer sie auch dachte.

Zu Beginn des Herbstes bekam ich keine Termine mehr. Der Trick mit Sylvia klappte auch nicht mehr.

Ich ging auf gut Glück hin, falls von Glück in diesem Zusammenhang überhaupt die Rede sein kann, was nicht der Fall ist, aber »auf gut Glück« sagte ich zu der Arzthelferin, hätte ich es einfach mal versuchen wollen.

»Das kann aber sehr lange dauern«, sagte sie daraufhin, »ohne Termin sehe ich kaum eine Chance . . .«

Aber ich sagte, ich würde eben warten und irgendwann, sie konnte mich ja nicht hinauswerfen, irgendwann rief sie mich hinein. Ich wartete drei, vier Stunden, ich spürte, wie die Leere mich inzwischen vollständig ausfüllte, ich war eine Art Luftballon, gefüllt mit blasser, lauwarmer Luft.

Im Oktober ließ er mich nicht mehr hinein.

»Ohne Termin«, sagte die Arzthelferin, »habe ich Anweisung, Sie nicht mehr warten zu lassen. Sie müssen sich bitte an unsere Gepflogenheiten halten.«

Ich gab Sylvia die Anweisung, meinen Namen zu löschen. Ich ließ mir ein Paket schicken und öffnete nicht, als der Briefträger klingelte. Samstags brachte Dr. Dr. Winnekendonk das Paket.

Ich sah ihn an, ich traute mich und sagte: »Ich bekomme keine Termine mehr bei Ihnen.«

»Nein«, sagte er, »sie sind geheilt.« Und ging mit einem freundlichen Lächeln in seinen Garten.

Ich erschoss ihn in der Dämmerung desselben Abends über den Gartenzaun hinweg.

Es war für mich kein Problem gewesen, im »Plümpe's Eck« eine Pistole mit Schalldämpfer zu kaufen. Niemand dort würde mich je wieder erkennen, eine unauffällige Frau über 50, Frauen über 50 merkt sich niemand und wenn sie eine Pistole kaufen, denkt vielleicht der Verkäufer, sie will sich selber erschießen, weil sie keinen mehr abkriegt und das Leben ohnehin vorbei ist.

So viel ich weiß, ist die Pistole nicht bis ins »Plümpe's Eck« zurück verfolgt worden, obwohl dank meiner Vorbereitungen dort lange ermittelt wurde. Ich warf die Pistole, die ich nie ohne Handschuhe angefasst hatte, neben die Leiche in den Garten.

Niemand hat mich je verdächtigt. Sylvia habe ich das Haus überschrieben und sie wird bei mir bleiben. Vielleicht nehmen wir bald ihre Mutter zu uns.

Es soll ihr schon viel besser gehen.

Macht hoch die Tür!

Neulich haben sie den Kanaldeckel befestigt.

Ihren vertrauten klappernden Kanaldeckel. Ihr stundenlanges Vergnügen, wenn die Autos, die es inzwischen ja besser hätten wissen können, mit wunderbarer Gewissheit über den falsch eingesetzten oder sich lockernden Kanaldeckel stolperten.

An vielen Vormittagen, nachdem sie die Einkäufe erledigt, staubgewischt, Blumen gegossen hatte, saß sie am Fenster und beobachtete die Kanaldeckelhupser. Die Gesichter der Fahrer, manche gelangweilt, weil sie täglich drüber fuhren, einige erschrocken, viele böse; die Beifahrer, die sich empört umdrehten.

Den Kanaldeckel haben sie gemacht. Sehr ordentlich. Sehr langweilig. Rechtzeitig zu Weihnachten. Vielleicht Zufall, auf so was achten die ja wahrscheinlich nicht.

»Macht hoch die Tür, die Tor macht weit . . .« summt sie, doch, es kommt der »Herr der Herrlichkeit«. Sie summt das nicht als Weihnachtslied, obwohl heute Heiligabend ist, sie summt es, weil der »Herr der Herrlichkeit« wirklich einer sein soll, sie will das Tor öffnen für einen, der nun nicht gerade »Heil und Segen« mit sich bringen wird, aber doch ein bisschen wunderbare Aufregung und ein Ziehen im Magen, das sie ganz vergessen hat, über die Jahre hin.

»Du bist verrück«, hatte ihre Freundin und Nachbarin Mina gesagt. Ihr hatte sie sich anvertraut.

»Ich will nicht mehr diese Heiligabende haben, die so grässlich sind, so unerfreulich und so wenig heilig und mich nervös machen«, hatte sie Mina gesagt, über den Gartenzaun hinweg, schon im September.

Es gehört sich nicht, zu sagen, dass einen die eigene Familie verrückt macht und auf die Nerven geht, die doch immerhin selbstverständlich am Heiligen Abend zu ihr kommt. Ohne sie zu fragen.

»Man muss dankbar sein, dass sie überhaupt kommen, Else«, hatte Mina gesagt und sah sehr irritiert aus.

Minas Kinder kommen nämlich auch nur am Heiligen Abend.

»Nein«, hatte Else gesagt, und sich sehr über sich selber gewundert, dort in der späten Septembersonne am Zaun, »ich will nicht dankbar sein, ich bin 71, das ist nämlich gar kein Alter heute, das habe ich neulich erst gelesen, dass das gar kein Alter ist und man muss nicht ständig dankbar sein und ich lade mir jemanden ein!«

»Jemanden« hieß: Sie hatte bei verschiedenen Wohlfahrtsverbänden angerufen und gefragt, ob es nicht solche Projekte gäbe. Dass man »Projekte« sagte, wusste sie sehr wohl aus dem Fernsehen. Sie hatte sehr bestimmt, sehr aufgeregt, danach gefragt und es gab welche, sogar mehrere. Sie konnte sich Obdachlose einladen oder Asylbewerber, aber sie wollte keine Obdachlosen, auch wenn sie sich dafür schämte, sie wollte auch keine Asylbewerber, wofür sie sich noch mehr schämte, aber sie konnte keine Fremdsprachen und so kam sie an ein Projekt, dass »Miteinander und nicht alleine« hieß und das gefiel ihr. Man konnte sich dort anmelden und sagen, dass man jemanden, männlich oder weiblich, jung oder alt, aber auf jeden Fall von der Organisation geprüft, zu sich einladen oder sich selber bei demjenigen einladen wolle.

Das alles hatte sie Mina erzählt und Mina war entsetzt gewesen. »Du holst dir da vielleicht einen Vergewaltiger oder Mörder oder Dieb ins Haus, Else! Ich kann das nicht zulassen.«

Mina ist zwei Jahre jünger als Else und maßt sich gelegentlich einen bestimmten Ton an, in dem etwas von nachsichtiger Fürsorge gegenüber verwirrten älteren Menschen mitschwingt und Else hört diesen Ton ganz genau und er macht sie wütend, neuerdings macht der sie wütend.

Die Organisation hatte ihr dann einen Brief geschickt, in dem sie »Herrn Franz-Dieter Alledheim« ankündigte: Witwer, 73 Jahre alt, kultiviert. Sie schrieben tatsächlich »kultiviert«, wie in einer Heiratsanzeige, aber Else wollte natürlich nicht heiraten, nur einen gemütlichen, friedfertigen und angenehmen Heiligen Abend, und den auf keinen Fall alleine, verbringen. Dann war auch, bald nach ihrer Zusage, eine Postkarte von Herrn Alledheim gekommen, der sich bedankte für die Einladung und sich »ganz ungemein« freute und noch schrieb, er äße alles bis auf Marzipan, und er brächte eine Flasche Wein mit.

Ihr Entschluss würde ihr viel ersparen. Ihren Sohn, schon mit einer Fahne, wenn er rotköpfig aus dem Auto stieg, die Schwiegertochter verzweifelt strahlend, die Kinder übermüdet, hektisch, nervös.

Ihr Sohn, der sich in den Sessel setzte, der eigentlich der ihre war, der am Fenster. Ihr Sohn, der sich systematisch mit dem Wein weiter betrank, den er selber mitbrachte, weil sie immer nur eine Flasche Sekt kaufte, eine Flasche für den Heiligen Abend, die sie sich mit der verzweifelten Schwiegertochter teilte, bis ihr Sohn endlich ins Bett ging, nachdem er versucht hatte, das Weinglas auf der Sessellehne zu platzieren und es wie immer heruntergefallen war, und sie dachte, ich will diesen Sohn überhaupt nicht gehabt haben.

Aber auch dann, wenn er endlich ins Bett gewankt war, sprach sie nicht mit der Schwiegertochter, die selber sprach, laut. Erst, um den Monolog des Betrunkenen zu übertönen, dann, um sein Schnarchen zu überdecken. Sie selber sprach nicht. Sie schauten im Fernsehen das Adventssingen an, zwischen den immer noch unerträglich aufgeregten und lauten, nicht ermahnten Kindern, die das Papier von den Geschenken gerissen hatten und die Geschenke nicht leiden mochten und mit zischendem Geflüster von der Schwiegertochter angehalten wurden, sich trotzdem bei der Oma zu bedanken.

Als sie an ihrem Fenster sitzt, vor das sie im Winter immer die dicke Wolldecke legt, damit es nicht zieht, denn, obwohl 71 kein Alter ist, friert sie mehr als früher, schämt sie sich, dass sie um den Kanaldeckel trauert. Vielleicht kann sie dem Franz-Dieter Alledheim etwas darüber erzählen, aber vertrauliche Gespräche müssen gar nicht sein. Sie wird die CD mit den Weihnachtsliedern auflegen und in dem Moment starten, wenn er klingelt, 18.00 Uhr, »Macht hoch die Tür«.

Sie hat natürlich überlegt, ob das nicht eine ungeheure Anspielung ist, die Franz-Dieter Alledheim völlig missverstehen wird, aber es ist ihr Lieblingslied, sie kann es bis zur letzten Strophe auswendig singen. Es ist nicht so kitschig wie viele »Stille Nacht«, das sie nicht leiden kann, es hat etwas Weites, Armeausbreitendes. Ja, so wird sie das machen, die CD starten, wenn er kommt.

Andere sehen ihre Kinder nie, hatte Mina gesagt. Sei doch froh, wenn sie wenigstens am Heiligen Abend kommen.

Else aber hat alles anders gemacht, neuerdings und zum ersten Mal, weil sie jetzt sagen, 71 ist kein Alter und sie zieht nicht das schwarze Lange an, sondern das hellgrüne Kniebedeckte, das passt sehr gut zum Weihnachtsbaum und dick ist sie auch nie geworden.

Diese traurige, leere, glatte Straße, wenn sie aus dem Fenster guckt. Schon 17.30 Uhr, da geht niemand mehr hinaus am Heiligen Abend. Da kann die Welt sich verändern, wie sie will.

Viele sind weg. Herr Brocke auf dem Friedhof, Frau Lesing im Heim und Hilde Kruse traut sich nicht mehr raus. Mina ist bei ihren Kindern, denn dieses Jahr, hat ihr Schwiegersohn gesagt, kommst du mal zu uns, hat Mina erzählt. Sie wollte gar nicht, aber man muss sich doch freuen, wenn die Kinder einen dabei haben wollen.

Vielleicht könnte Else ein Zimmer vermieten. Kleines, solides Haus, offener Kamin, großer Garten mit alten Obstbäumen und das eine Zimmer braucht sie nicht, wenn ihr Sohn nicht mehr kommen wird. Denn die Familie ist beleidigt, empört, obwohl sie immer schlimmer wurden, diese Heiligen Abende und ihr Sohn nach der zweiten Flasche letztes Jahr gesagt hatte: »Wenn du dieses verdammte ‚Macht hoch die Tür' noch einmal spielst, kommen wir nie wieder«, und eigentlich war das der Auslöser gewesen, dass sie gedacht hatte, ich lade mir jemanden ein, der das Lied mag und die Familie nicht mehr.

Und sie hatte nur noch drei von den guten Weingläsern. Sie hatte eigentlich ihrem Sohn gar kein gutes Glas mehr geben wollen, weil er sie immer zerschmiss, aber es war doch Weihnachten.

Das mit dem guten Geschirr ist wichtig, sie will es für sich und Herrn Alledheim, Franz-Dieter. Der Name ist nicht so schön, aber der Nachname ist schön, für sie beide wird sie es decken. Sie hat es nur zweimal in den letzten Jahren herausgenommen, zu ihrem 70. Geburtstag und davor auf der Beerdigung ihres Mannes. Nie für die Familie, für den betrunkenen Sohn und seine verzweifelte Frau und die schrecklichen Kinder nicht, für Mina auch nicht. Echtes Meißner, sehr wertvoll, sehr edel.

Nostalgie, Romantik und das schöne Geschirr. Sie spürt, dass nun, wo in den letzten Jahren nicht viel geschehen ist, etwas Neues, Aufregendes auf sie zukommt.

Sie saugt noch mal das Zimmer ganz gründlich. Fegt unter den beiden hohen Betten, schüttelt die Federplumeaus auf, schämt sich ein bisschen. An Sex, sie mag das kaum denken, darf man am Heiligen Abend nicht denken, mit 71 nicht denken.

Obwohl, und jetzt wird sie rot, alleine in ihrem wunderschön weihnachtlich geschmückten Zimmer, an dem herrlich gedeckten Tisch, »Der Herr der Herrlichkeit«, das hat irgend etwas, ja, Erotisches, was sie niemals niemandem wird sagen können und man soll das auch nicht denken.

Sie sitzt am Fenster und wartet auf Franz-Dieter Alledheim.

Und wie sie so sitzt am Fenster und aus Gewohnheit auf den Kanaldeckel sieht, spürt sie ihr Kreuz, ihre Schultern, ihr Herz und ist müde. Obwohl 71 kein Alter ist. Aber sie hat natürlich mehr geputzt als sonst und drei Menu-Gänge gekocht, einen kleinen Salat mit Räucherlachs als Vorspeise, gefülltes Rebhuhn, Mohntorte und sie hat Holz in den Kamin geschichtet, den will sie nach dem Essen anzünden.

Aber dann findet sie plötzlich, sie müsste noch den Weg von der Gartenpforte zur Haustür fegen, neue Seife in die Gästetoilette legen, doch die besseren Handtücher herausnehmen.

Es wird dämmerig, der Kanaldeckel ist nicht mehr gut erkennbar. 18.15 Uhr. Natürlich, kultiviert heißt, eine Viertelstunde später! Sie hat das Auto zweimal vorbeifahren sehen und ihr Herz schlägt lauter. Beim dritten Mal hält das Auto vor ihrer Tür. Eine junge Frau steigt aus, betrachtet ihr Häuschen, kommt über den gefegten Weg. Klingelt.

Sie startet die CD. »Herzlich willkommen und frohe Weihnachten«, sagt sie und lächelt in das junge Gesicht über ihr.

»Frohe Weihnachten«, sagt die junge Frau, »sind Sie Frau Markmann, die sich an unserem Projekt beteiligt und Herrn Alledheim erwartet?«

Sie schluckt. Ja, das ist sie nun, die Frau aus dem Projekt. Wo bleibt Franz-Dieter? Sie hat nicht gewusst, dass sie vorher noch überprüft wird.

Sie nickt trotzdem und sagt: »Möchten Sie mal gucken, ob alles recht ist?«

Die junge Frau nickt auch und die beiden gehen durch die Diele ins geschmückte, saubere Wohnzimmer.

Sie drängelt sich höflich vorbei und stoppt die CD, gerade bei »der Heil und Segen mit sich bringt«.

Die Weihnachtskerzen flackern ganz leicht, die Weingläser glänzen matt, es riecht ein bisschen nach Salmiak. Das ist ihr vorher gar nicht aufgefallen. Die junge Frau riecht vielleicht nichts.

»Na ja«, sagt die, »das sieht sehr nett aus. Wissen Sie, wir wollen keine Probleme.«

Sie schaut in die fremden Augen. »Da hat man Ihnen etwas Falsches gesagt«, sagt sie fest, »hier gibt es keine Probleme, ich möchte nur einen netten Heiligen Abend.«

»Selbstverständlich, aber man darf kein Risiko eingehen. Sicherlich wird Herr Alledheim gleich kommen. Darf ich mal ihre Toilette benutzen?«, fragt die junge Frau.

Else nickt und zeigt ihr die Tür und ärgert sich. Das Gästehandtuch wird dann schon feucht sein.

Sie sitzt am Fenster.

Die junge Frau ist weg.

Sie sieht den wenigen Autos zu, die über den Kanaldeckel fahren. Als es ganz dunkel ist, knipst sie das Außenlicht an. Um elf kann sie die Augen nicht mehr offen halten, ihre Füße sind eingeschlafen, ihr Rücken ist vom langen Sitzen wie durchgebrochen. Um ein Uhr wird sie wach, müde und verwirrt. Sie horcht und hört ein Geräusch. Mühsam steht sie aus ihrem Sessel auf, sieht den verschrumpelten Salat auf der Tischdecke statt auf den Tellern.

Else Markmann geht langsam, vorsichtig durch das Wohnzimmer. Sie macht kein Licht an. Die Glastüren der Anrichte sind offen, das Meißen ist weg, das, was für zwei Personen und ein Drei-Gang-Menu nicht gebraucht worden ist. Die Teller unter dem Salat sind auch weg.

Sie ist ganz ruhig, merkwürdig ruhig. Sieht aus dem Fenster. Im schwachen Schein der Straßenlaternen sieht sie ein Auto direkt vor ihrer Gartenpforte, der Kofferraum ist offen. Jemand beugt sich hinein, packt scheinbar etwas hinein. Es ist nicht die junge Frau.

Gut, denkt Else, gut. Ich bin eine blöde alte Schachtel, ich bin eine saublöde, sentimentale alte Frau. Doch, 71 ist ein Alter. Ich hab's verdient, dass dieser Alledheim mit meinem Meißen abhaut. Er hat die junge Frau vorgeschickt, um zu gucken, ob etwas zu holen ist bei mir. Ich habe natürlich nicht zweimal rumgeschlossen, als sie gegangen ist, ich habe nur die Tür zu gedrückt, er sollte ja doch sofort kommen. Aber ich will das nicht, auch wenn ich es verdient habe. Ich habe die Tür aufgemacht, das Tor, ich habe ihn erwartet, ich wollte ihm Gastgeberin sein. Ich habe das Tor weit gemacht.

Else nimmt den Schürharken vom Kaminsims. Sie lächelt fast, überrascht, dass etwas so Klischeehaftes wie ein Schürhaken ihr einfällt, aber Schürhaken sind eben geeignet.

Sie geht aus der Tür. Sie steckt sogar den Hausschlüssel in die Kleidertasche. Sie geht über den gefegten Weg. Es ist eiskalt und das merkt sie, nicht wie in den Krimis, wo die Menschen die Kälte nicht spüren. Sie spürt sie sofort.

Immer noch steht der Mann gebeugt über dem Kofferraum. Sie denkt überhaupt nicht nach, sieht sich nicht um, spürt nur die zitternde Wut und schlägt den Schürhaken dem Mann über den Kopf.

Er sackt lautlos mit dem Oberkörper in den Kofferraum.

Else sieht sich immer noch nicht um, sie weiß ja, dass am Heiligen Abend niemand auf der Straße ist, erst recht nicht nach ein Uhr.

Sie hievt die Beine des Mannes in den Kofferraum, das geht ganz leicht, weil er schon halb drin war, sie klappt den Deckel zu, sie geht zur Fahrertür, setzt sich hinter das Steuer, lässt den Motor an, sie ist jahrelang nicht gefahren, aber einen Wagen starten kann sie noch, sie fährt ein paar Meter, rollt über den Kanaldeckel, stoppt. Sie geht um das Auto herum, öffnet den Kofferraum, nimmt den Schürhaken und hakt ihn in den Kanaldeckel. Natürlich, das hat sie gewusst, geahnt, sie haben ihn nicht befestigt, nur gerichtet, er klappert nicht mehr, aber er lässt sich anheben. Und das tut sie. Herr Alledheim ist leicht, sie ist immer noch kräftig, sie zerrt ihn aus dem Kofferraum, er plumpst neben das offene Kanalloch. Sie greift seine Fußgelenke, zerrt ihn an den Rand des Kanallochs, tritt hinter ihn und schiebt ihn an den Schultern bis über den Rand. Im letzten Moment, bevor er ganz hinein rutscht in den Kanal, sieht sie ihm zum ersten und letzten Mal ins Gesicht.

Es ist ihr Sohn.

Else schiebt mit dem Schürhaken den Kanaldeckel an seinen Platz. Sie fährt das Auto, das sie nicht erkannt hat, die paar Meter rückwärts zurück an den Straßenrand, vor ihre Gartenpforte. Sie steigt aus, sie schließt die Fahrertür ab, sie sieht in den Kofferraum. Ein Päckchen ist darin, eine Reisetasche. Sie nimmt beides an sich und geht ins Haus zurück.

Sie startet die CD: »Macht hoch die Tür . . .«

Sie hatte ihn ausgeladen. Sie hatte ihm gesagt: »Ich will Weihnachten jemanden für mich einladen. Nicht die Familie, nicht dich. Ich will dich hier nicht mehr haben.«

Sie sitzt dort in ihrem Sessel und singt laut ihr Lieblingsweihnachtslied mit.

Das Telefon klingelt und sie nimmt den Hörer ab.

»Guten Abend Frau Markmann, frohe Weihnachten, hier ist das Projekt ,Miteinander und nicht alleine', entschuldigen Sie die späte Störung. Wir haben es aber gerade erst erfahren und wir möchten Sie warnen. Es geht jemand herum, der behauptet, die einladenden Damen zu überprüfen, aber die junge Dame ist nicht von uns. Wir haben bereits zwei Diebstahlsmeldungen und mehrere Herrschaften, die nicht gekommen sind, dort nicht hingekommen sind, wo sie eingeladen waren, aber dafür war diese junge Dame da und nun . . . Hallo, Frau Markmann? Hatten Sie schon Besuch?«

»Nein«, sagt Else, »ich hatte keinen Besuch und ich erwarte auch niemanden mehr.«

Hackl und der Herd

Wenn er nur nicht »gute Frau« gesagt hätte! Dann wäre vielleicht alles anders gekommen. »Gute Frau«! Als hätte ich einen IQ von 63. Oder wäre 90, da gilt man ja auch grundsätzlich nicht mehr als zurechnungsfähig. Ich bin der Meinung, dass, wer mich »gute Frau« nennt, mit Betonung auf »gute« und herablassend lächelt und seufzt, als wäre ich doof und eine Last und Plage, der hat es letztlich nicht besser verdient. Der Obstkuchen wurde trotzdem locker und schön knusprig am Rand, was nicht jeder kann.

Ich bin noch lange nicht 90, aber ich gehöre zu den Leuten, die wissen, dass man sich bei den Nachbarn vorstellt, wenn man neu in der Straße ist. Am Schicksbaum, unserer Siedlung mitten auf dem nackten Acker am Rande von Krefeld, in der wir noch Monate lang durch Matsch, anstatt auf Asphalt liefen und in der natürlich eigentlich alle neu waren und in der ich bei den ersten drei Gelegenheiten beim Nachhausekommen dreimal in den falschen Vorgarten lief, der noch gar keiner war, sondern nur ein brauner Klecks lehmigen Bodens und versuchte, meinen Schlüssel in die falsche Haustür zu stecken und immerhin rechtzeitig merkte, dass es nicht meine Tür war, rechtzeitig, bevor die Nachbarn einen Einbruchsversuch vermuten konnten, in dieser Siedlung, in die mich die Scheidung getrieben hatte und in der ich mir mit meiner Abfindung von Peter ein schmalbrüstiges Einheitshäuschen leisten konnte, musste ich mich bei den Nachbarn rechts und links bekannt machen, denn wir saßen auf unseren Terrassen quasi an einem Tisch, hätte ich denn schon einen Tisch gehabt. Den hatte ich mir noch gespart, wahrscheinlich würde ich warten, bis der Kirschlorbeer, das am schnellsten wachsende Abstandsgewächs und deshalb schon tausendfach in der Siedlung vertreten, hoch genug wäre, damit ich wenigstens den Kuchenteller vor den Nachbarn verbergen konnte. Es ist nicht so, dass ich täglich Kuchen esse, nur samstags wird gebacken, da kann passieren was will, das hat mir auch über die Trennung von Peter hinweg geholfen, samstags backe ich einen Kellerkuchen, einen Quarkstollen oder einen Obstkuchen vom Blech! Mit zwei bis drei Stücken komme ich samstags dann aus, sonntags ist dann die Hälfte etwa gegessen, der Rest wird eingefroren.

Der Blick geradeaus von der Terrasse war im übrigen bislang noch alles andere als idyllisch, denn kurz hinter den Grundstücksgrenzen, mit schon leicht rostenden Eisenstöcken markiert, wurden bereits die Baugruben für die nächste Häuserreihe ausgehoben. Ich wollte abwarten, bis die Häuser fertig waren und dann auch an diese Grenze Kirschlorbeer pflanzen. Jetzt hatte das noch keinen Sinn, die Bauarbeiter würden nur darüber trampeln.

Ich hatte gehofft, auch bei mir würden sich die Nachbarn vorstellen, aber nachdem ich mich rechts und links vorgestellt hatte, blieb es dabei – von gegenüber und zwei, drei Häusern weiter links oder rechts hörte ich nichts, beziehungsweise nur das, was seit Monaten aus allen Häusern zu hören war: Hämmern, Bohren, Schleifen. Die Häuser waren ungewöhnlich preiswert gewesen, also war viel Eigenarbeit notwendig. Ich kann weder Bohren noch Hämmern noch Schleifen, aber das geht niemanden etwas an, ich kann hervorragend backen und Peter wird sich noch umgucken bei seiner Neuen, die wahrscheinlich Bohren, aber nicht Backen kann.

Ich hatte nicht die Absicht, die Nachbarn einzuladen, bei denen ich mich vorstellte, ich wollte nur höflich sein und sicherstellen, dass sie es merken würden, wenn bei mir eingebrochen würde oder wenn ich eines Tages die

Jalousien nicht hochziehen würde. Ich wollte wenigstens schnell gefunden werden, wenn es soweit wäre.

Frau Brusalski aber lud mich sofort ein. Aus Vluyn sei sie, also nicht weit weg und frisch geschieden und ob ich die Vluyner Kirmes und den Klompenball kenne und sie hörte gar nicht mehr auf, obwohl sie höchstens 55 ist und man doch sagt, das nur die alten Frauen immer so viel reden, wenn sie mal jemanden finden, der ihnen zuhört, ich jedenfalls kam gar nicht zu Worte. Ich kenne die Vluyner Kirmes, aber das wollte sie gar nicht wissen, obwohl ich was erzählen wollte, denn meine eine Tante wohnte dort und wir gingen zusammen Fronleichnam nach Vluyn zum Klompenball.

Frau Brusalski kochte sofort Kaffee und stellte einen halben Käsekuchen auf den Tisch, obwohl es Mittwoch war und redete in einem fort. Von ihrem Neffen. Dieser Neffe sei »ein Segen«. Das sagt sie oft, denn ich bin nach dem ersten Mal und dem Käsekuchen schon drei-, viermal wieder bei ihr gewesen, sie passte mich ab, hatte ich das Gefühl, wenn ich vom Einkaufen zurückkam, die 1,5 Kilometer nach Krefeld rein, die schaffe ich zu Fuß sehr gut, ein Auto ist mir zu teuer und sie hatte immer einen halben Kuchen da, als ob sie in dem Moment, wenn sie die eine Hälfte aufgegessen hatte, nach jemandem Ausschau hielt, mit dem sie die andere Hälfte teilen konnte.

Der Neffe also sei »ein Segen«. Sie begann unser Gespräch gewöhnlich mit: »Also, gerade neulich, wissen Sie, sprachen mein Neffe und ich über . . .«

Dieses »wissen Sie« faszinierte mich besonders und mehr als einmal war ich versucht, zu antworten »ja, weiß ich schon« und so alle Gesprächsversuche zu torpedieren oder mit dem Satz »nein, woher denn?« unhöflich zu werden. Aber das wäre gegenüber Frau Brusalski nicht fair gewesen, sie konnte gut backen und so kam ich auch Dienstags oder Donnerstags zu meinem Kuchen.

»Mein Neffe sagte: ,Stell dir vor, die hatten diese preiswerten Bohrer nicht mehr da.' Und wissen Sie, was er dann gemacht hat?«

Ich wusste es nicht, und wenn ich es gewusst hätte, hätte ich es nicht gesagt. Ich nickte aufmunternd. In meinem ganzen Leben hatte ich mich noch nicht für Bohrer, geschweige denn preiswerte, interessiert. Und wer waren überhaupt »die«? Aber ich schwieg und kramte mimische Anweisungen aus meinem Gedächtnis, die ich in der Laien-Theatergruppe an der Volkshochschule gelernt hatte. Ich zog fragend eine Augenbraue in die Höhe und machte große Augen. Ich guckte offenbar richtig.

»Er hat sich beschwert. Wissen Sie, mein Neffe kann dann so sein. Ich bin ja anders, deswegen ergänzen wir uns so gut. Der geht da hin und beschwert sich. Hat sich jemanden kommen lassen, stellen Sie sich das vor. Da waren die aber auf Zack, sage ich Ihnen.«

»Auf Zack?« fragte ich. Ich war ein wenig eingenickt.

»Ich erzählte gerade, wie Hacki sich neulich wegen der preiswerten Bohrmaschine, die sie nicht mehr hatten, jemanden hat kommen lassen und sich beschwert hat. Ich hätte das nie fertiggebracht, aber Hacki ist da wie nichts. Immer vorneweg.« Sie lächelte stolz.

Dass der Neffe von Frau Brusalski Hacki heißt, hatte ich noch gar nicht erfahren. Bislang kannte ich in nur als »mein Neffe, wissen Sie« und »ein Segen«. Bei mir in Gedanken hieß er immer »ein Segen«. Mein Gott, und nun hieß er plötzlich Hacki! Einen solchen Namen musste er schon im Kindergarten von böswilligen Gleichaltrigen bekommen haben. Wie konnte ein Mensch, der Hacki genannt wurde und das nicht spätestens in der ersten Klasse unter Aufbietung aller Kräfte wieder rückgängig gemacht hatte, sich wegen des Bohrers jemanden kommen lassen? Wie konnte ein Mensch namens Hacki auf Zack sein? Vielleicht war er so geworden, gerade weil er Hacki hieß. Weil immer alle ihn gehänselt, bedrängt und benachteiligt hatten wegen dieses entsetzlichen Namens, so dass er beschlossen hatte: Ich kämpfe um jede billige Bohrmaschine und werde mir nie etwas gefallen lassen, und dann kann meine Tante das überall herumerzählen, ihrer Nachbarin zum Beispiel.

»Hm«, machte Frau Brusalski gerade.

Es klang misstrauisch. Ich hatte überhaupt nicht zugehört. Das passierte mir häufig, ich guckte interessiert und dachte einfach außerhalb des Gespräches weiter. In diesem Falle war das völlig egal, weil ich jederzeit wieder einsteigen konnte. Ich dachte gerade darüber nach, dass der Backofen neulich, als ich meinen wunderbaren Obstkuchen vom Blech backen wollte, mit Kirschen aus dem Glas, weil die Pflaumen noch nicht reif waren, die ich immer in Rheurdt bei einem alten Bekannten geschenkt bekam, fuhr Frau Brusalski gerade fort: »Weil, wenn die das anpreisen, müssen sie es auch haben, das habe ich im Fernsehen gesehen, aber sie versuchen ja alles mit einem, weil die glauben, sie können sich alles erlauben, aber nicht mit meinem Neffen, das können Sie mir glauben, und der hat dann auch ein Auftreten, es ist ein Segen.«

Ich nickte und nippte an meinem Likör. Es gab nach dem Kuchen immer Eierlikör. Das wunderte mich sehr, ich fand Frau Brusalski viel zu jung für Likör.

»Die Leute merken das«, fuhr sie in vertraulichem Ton fort, »dass da jemand ist, der sich jemanden kommen lässt und sich nicht alles gefallen lässt. Wo käme man da auch hin, wenn sie einen immer nur beschwindeln und für dumm verkaufen wollen?«

Sie sah mich fragend an und ich, die gerade versuchte, mich daran zu erinnern, wo die Gebrauchsanleitung für den Herd hingekommen war und dass Peter vielleicht, als er mir vor drei Monaten den Herd angeschlossen hatte, irgend etwas falsch gemacht hatte, um mich zu ärgern, sagte hastig: »Das weiß man wirklich nicht.«

»Jedenfalls nicht zu einer Bohrmaschine«, Frau Brusalski sprach jetzt sehr eindringlich. »Und was meinen Sie?

Die haben ihm eine rausgesucht, zu dem billigen Preis, weil die natürlich wussten, wenn das im Fernsehen kommt, dass man Sonderangebote bekommen muss und drauf bestehen kann und dann kommt wirklich einer und besteht darauf und sie haben die nicht, dann gibt's Ärger. Und den können die sich auch nicht leisten. Nicht mehr heutzutage, wo alles im Fernsehen kommt. Und nun hat er die tatsächlich, ein wunderbares Stück, sagt Hacki und das Regal im Klo ist sehr passend geworden, wie dafür gemacht.«

Sie strahlte mich an, und ich war völlig erschöpft, weil ich mir Mühe gegeben hatte, nicht wieder den Faden zu verlieren. »Wunderbar«, sagte ich und ließ einfach mal offen, ob ich Hacki oder das Regal oder die Bohrmaschine meinte.

Bei dem Wort »Klo« erinnerte ich mich an meine Verpflichtungen Frau Brusalski gegenüber und sagte rasch: »So ein Regal im Klo ist immer sehr passend und die werden sich das bestimmt dreimal überlegen, ob sie noch mal versuchen, ihre Bohrmaschinen ins Fernsehen zu bringen.«

Dankenswerterweise wurde ich nicht gebeten, diesen Satz zu erklären, denn Frau Brusalski sagte gerade: »Und wenn Sie mal was zu bohren haben, der Hacki macht Ihnen das Ruck-Zuck.«

Ich war ganz benommen von dem Likör und den Hacki-Geschichten und verabschiedete mich ziemlich rasch mit der Bemerkung, dass ich doch etwas müde würde so am späten Nachmittag mit dem ungewohnten Likör und mich ein Weilchen hinlegen wüsste, was überhaupt nicht stimmte. Ich durfte dann kein Licht machen, denn das hätte sie gesehen. Ich testete im Dämmerlicht meinen Backofen, stellte 200 Grad ein, aber nach einer Viertelstunde war er gerade mal nur lauwarm.

Elektriker sind sehr teuer. Ich hatte nach dem Einzug den Herd anschließen und die Lampen anbringen lassen, weil ich mir das nicht zutraute. Sonst gab es nichts, wozu ich einen Handwerker gebraucht hätte. Die Bilder hatte ich nicht aufgehängt, sondern auf das Buffet und in die Schrankwand gestellt und im Bad und in der Küche hatte ich Klebehaken.

Vielleicht sollte ich den berühmten wunderbaren Hacki bitten, sich meinen Herd anzusehen? Ich hatte keine Ahnung, was Hacki von Beruf war, vielleicht hatte ich Pech und er war Elektriker oder jedenfalls jemand, der für Herdreparaturen zuständig war. Dann würde er auch teuer werden, denn welche Veranlassung hatte er, für die Nachbarin seiner Tante umsonst zu arbeiten? Oder er war Bürokaufmann, dann wäre das Heimwerken sein Hobby und er würde es umsonst machen oder für Kaffee und Kuchen oder ein Bier. Im Tiefkühlfach hatte ich noch Rosinenstuten, Quarkstollen und Nusskuchen, aber richtig perfekt und am besten gelang mir immer der Obstkuchen, den würde ich ihm servieren. Aber ich hatte keine gefrorenen Reste vom Obstkuchen mehr und ich konnte den Obstkuchen ja erst wieder backen, wenn Hacki meinen Herd repariert haben würde.

Das war kompliziert. Die Geschichte mit der Bohrmaschine sprach dafür, dass Hacki von Beruf eher kein Handwerker war, denn die konnten sich ja wohl ein solches Gerät aus der Firma mitbringen, wenn sie zu Hause etwas zu bohren hatten.

Ich beschloss, am nächsten Nachmittag mit einem aufgetauten Stückchen Rosinenstuten bei Frau Brusalski zu klingeln. Ich könnte sagen, dass ich mich revanchieren wollte und dann unauffällig das Gespräch auf Hacki und seine vielfältigen Fähigkeiten lenken. Ich konnte auch einfach sagen, ich hätte etwas zu bohren und ob er mal vorbeischauen könnte, dann hatte ich ihn einmal da und konnte ihn ganz beiläufig auf den Herd aufmerksam machen. Obstkuchen bekam er dann eben nicht, der Nusskuchen musste es dann richten, vielleicht aß er auch keinen Kuchen und wollte lieber ein Bier. Ich musste auf jeden Fall Bier besorgen, Hacki trank bestimmt Bier, wahrscheinlich Sonderangebote und machte ein Theater, wenn die Angebote aus waren.

Am übernächsten Nachmittag klingelte ich mit dem Rosinenstuten auf meinem guten Kuchenteller, dem mit dem Rosenmuster, das Ganze mit Klarsichtfolie abgedeckt, bei Frau Brusalski. Ich sah mich, weil sie nicht sofort an die Tür kam, mit den Augen der anderen Nachbarn, gegenüber rechts und links, alle mit dem Küchen- und Gästetoilettenfenster auf die immer noch nicht fertig asphaltierte Straße ausgerichtet, wie sie mich dort stehen sahen mit dem Kuchenteller und dachte, na, falls ihr neidisch seid, ihr hättet euch ja auch mal vorstellen können.

Leider hatte ich noch nicht wirklich identifizieren können, wer in welchem Haus wohnte, die meisten Menschen hasteten mit gesenktem Kopf durch den Matsch, verständlicherweise, wenn auch noch Pfützen hinzukamen und ich wusste auch nicht genau, wie undurchsichtig meine neuen weißen Halbgardinen in der Küche waren und ob, wenn ich dort stand, um den neuen Nachbarn zu zugucken bei ihrem Slalom um die Pfützen, sie mich auch sehen könnten, falls sie mal hochsahen, wenn es trocken war. Manche Menschen spüren, wenn sie beobachtet werden. Das wäre mir sehr peinlich gewesen, weil ich gar nicht neugierig bin.

»Ach, das ist aber nett«, sagte Frau Brusalski, als sie endlich öffnete und ich sah, dass sie Lippenstift aufgelegt hatte.

Wohl nicht für mich, bestimmt hatte sie jemand anderen erwartet oder erhofft, als ich klingelte. Aber sie lächelte freundlich, kochte sofort Kaffee und wir plauderten über die nicht asphaltierte Straße und dass es vielleicht bald eine Bushaltestelle geben würde und dass manche Leute sehr lange brauchen, bis sie Küchengardinen haben.

Und endlich, der Stuten war alle und Frau Brusalski

holte ohne zu fragen die Eierlikörflasche aus dem Wohnzimmerschrank, endlich sagte sie:»Was mein Neffe ist, der Hacki, ich habe vielleicht schon mal von ihm erzählt, der kommt mich morgen am späteren Nachmittag besuchen, das ist so einer, wissen Sie, der besucht seine Tante!«

Ich überlegte schnell, was ich sagen könnte, um zu erfahren, was Hacki von Beruf wäre und ob ich meinen kaputten Herd ins Spiel bringen sollte.

Doch Frau Brusalski sprach schon weiter:»Der kann sich das einteilen, der Hacki, der ist da souverän wie sonst was, der entscheidet ‚ich besuche meine Tante in ihrem neuen Haus' und dann kennt der nichts, der Hacki.«

Womit ich nun erfuhr, dass der famose Hacki in den drei Monaten, in denen wir hier wohnten, seine Tante noch nicht besucht hatte, obwohl der da nichts kannte und gleichzeitig, dass er souveräner Herr seiner Zeit war. Das sprach möglicherweise für einen selbständigen Handwerker oder für einen arbeitslosen Heimwerker? Verdammt, ich musste einfach fragen.

»Was macht denn Ihr eigentlich Neffe so?«, fragte ich also mutig, ich konnte doch schließlich, wenn Frau Brusalski antwortete, dass Hacki ein völlig ausgebuchter Elektriker sei, mein Herdproblem völlig verschweigen.

»Der Hacki, der ist sehr vielseitig.« Frau Brusalski schenkte Eierlikör in ihre grünen Likörgläschen. »Wohlsein! Wahnsinn, was der alles macht und kann, es gibt ja Menschen, die scheuen sich vor nichts und kennen sich wirklich aus.«

Ich trank etwas unkontrolliert den Eierlikör mit einem Schluck aus. Frau Brusalski war auch sehr begabt, überhaupt nichts zu sagen. So kam ich nicht weiter.

»Hat Ihnen der Rosinenstuten geschmeckt? Ich habe nämlich Probleme mit der Herdtemperatur.«

»Davon hat man überhaupt nichts gemerkt!«, sagte Frau Brusalski ungläubig. Konnte man natürlich nicht, weil der Stuten ja aus der Tiefkühltruhe war und längst gebacken, bevor der Herd Zicken machte. Aber ich wollte ihr nicht gestehen, dass ich tiefgefrorenen Kuchen mitgebracht hatte. Ich kam keinen Schritt weiter.

»Der Hacki«, sagte Frau Brusalski und goss umstandslos mein Glas wieder voll, »der Hacki weiß Bescheid, das muss man sagen«, sie trank einen Schluck und ich tat es ihr nach. »Das finde ich toll, wenn junge Leute sich nichts vormachen lassen.«

In meiner Verzweiflung trank ich auch das zweite Glas aus und wollte mich gerade erheben, als Frau Brusalski sagte: »Ich sag dem Hacki das mit ihrem Herd, das kann der sich mal ansehen, da kennt der nichts, der Hacki, der sieht sich alles an, wenn man ihn drum bittet, der ist eine Seele von Mensch, das sage ich Ihnen, da muss man sich wundern, so selten ist das.«

»Das ist wirklich sehr nett«, brachte ich heraus und verabschiedete mich eine Spur zu schnell.

Nun wusste ich gar nichts, jetzt konnte der Starkstromelektriker Hacki mit seiner 300-Euro-Rechnung und zwei Lehrlingen mich genauso heimsuchen, wie der begeisterte Hobbywerkler, der der Nachbarin seiner Tante mal eben für ein Bierchen den Herd reparierte.

Ich war stocksauer auf mich selber, das kam davon, dass meine Mutter immer sagte, man solle nicht mit der Tür ins Haus fallen. Als ich noch mit Peter verheiratet war, hatten wir das Problem nie gehabt, Peter war immer ein gesuchter und gut bezahlter Elektriker gewesen.

Den restlichen Abend verbrachte ich auf einem Hocker sitzend vor meinem Backofen. Ich stellte ihn auf verschiedene Temperaturen, auf Oberhitze, Unterhitze und Umluft, auf Grillen und Grillen mit Umluft. Bei allen Möglichkeiten wurde er grundsätzlich nur mal gerade lauwarm, ich konnte meine Hand ohne weiteres in den Backofen legen, obwohl ich auf 250 Grad Grillen gestellt hatte. Ich konnte mir doch nicht meine einzige Freude, das Kuchenbacken, verderben lassen. Ich konnte aber auch nicht mehrere Hundert Euro für eine Herdreparatur ausgeben. Ich verbrachte eine unruhige Nacht und schlief erst gegen Morgen ein.

Den ganzen Tag trödelte ich im Haus herum, umdröhnt vom Hämmern und Bohren der Nachbarschaft, vom Bagger hinter dem Haus. »Späten Nachmittag«, hatte Frau Brusalski gesagt, käme Hacki. Und bestimmt würde seine Tante nicht sofort sagen, »schau mal bei meiner Nachbarin nach dem Herd!«.

Wenn sie es nicht überhaupt vergaß, ich hatte den Verdacht, dass sie sehr viel Eierlikör trank. Was heißt überhaupt »später Nachmittag«? Ich hatte mir morgens ein paar Stücke Nusskuchen aufgetaut und aß am Nachmittag davon. Ich traute mich nicht aus dem Haus, falls Hacki klingeln würde, obwohl ich eigentlich Bier hätte kaufen wollen und sollen. Verzweifelt rührte ich einen Obstkuchenteig an und stellte ihn zum Gehen auf den Heizkörper in der Küche.

Es wurde früh dunkel und gegen 17 Uhr war es schon ziemlich dämmerig. Die Straßenlaternen waren uns versprochen worden, genau wie der Asphalt und genau wie der fehlten sie bislang. Ich ging abends nicht mehr aus dem Haus, solange es keine Straßenbeleuchtung gab und ich hatte den Eindruck, die meisten meiner Nachbarn taten das genauso wenig.

Missmutig kaute ich auf dem hervorragenden Nusskuchen herum, als es plötzlich klingelte. Hacki! Ich konnte mich also auf Frau Brusalski verlassen. Hastig stellte ich den Kuchen in den Kühlschrank, dann könnte ich nach getaner Arbeit sagen, ich wollte gerade Kuchen essen, möchten Sie auch ein Stück. Oder ich könnte sofort den frischen Obstkuchen backen! Und ihn dann zu Frau Brusalski hinüberbringen.

Ich öffnete die Tür und sah den Mann, kaum größer als ich, nicht weniger gedrungen, überraschend ältlich, wobei ältlich ein Attribut für Frauen ist, aber ich fand sofort, dass Hacki ältlich aussah, nicht alt, aber auch nicht mehr jung, so zwischendrin in allem. Nicht richtig blond, nicht richtig dunkel, nicht richtig schlank, aber auch nicht dick und nicht überwältigend und unmittelbar sympathisch, aber auf keinen Fall unsympathisch.

Er lächelte ein wenig schüchtern, was mich wunderte bei einem, der sich auskannte und ich holte Luft und sagte rasch: »Das ist wirklich sehr nett von Ihnen, dass Sie vorbeikommen, kommen Sie doch herein, hier links ist gleich die Küche, wie bei allen hier, ha, ha.«

Ich redete ein bisschen viel und schnell, aber ich wollte so gerne, dass er sich nur ganz kurz aufhielt, denn dann konnte er nicht so viele Stundensätze berechnen. Und die Anfahrt konnte er eigentlich auch nicht berechnen, fiel mir ein, er besuchte ja seine Tante und ich hatte ihn gar nicht bestellt!

»Schauen Sie, das ist der Herd und er wird einfach nicht mehr heiß.«

Hacki schaute mich an, nicht unfreundlich, schaute den Herd an und sagte: »Tja, gute Frau, dann schauen wir mal.«

Und drehte Knöpfe auf und ruckelte den Herd von der Wand und schaute an seiner Rückseite auf die Leitung und ich überlegte die ganze Zeit, wie ich ihn anreden sollte, ich konnte ja nicht Hacki sagen und wusste natürlich nicht, ob er auch Brusalski hieß, ich wunderte mich, dass er so still war und gar nicht so wirkte, als ob er sich jemanden kommen ließ, wenn ihm was nicht passte, aber manche Leute tauen ja auch erst auf und dass er »gute Frau« gesagt hatte, ärgerte mich, aber ich wollte ihn auf keinen Fall verärgern und schwieg ebenso.

»Ich komm gleich wieder, gute Frau, ich hol mir mal was«, sagte er nach einer Weile und ich sagte, »das ist aber nett, vielen Dank«, und ärgerte mich über das zweite »gute Frau«.

Er ging aus der Tür, ich ließ sie offen, stand im Flur herum und schon nach wenigen Minuten kam Hacki wieder, ging stumm an mir vorbei, eine Bohrmaschine in der Hand. Hatte er das so mühsam erworbene Stück extra für mich mit zu seiner Tante gebracht, hatte sie ihn also vorgewarnt? Oder hatte er immer seine Bohrmaschine im Auto? Und wieso brauchte er für den Herd eine Bohrmaschine?

»Das haben wir gleich, gute Frau«, sagte Hacki, fuchtelte mit der Bohrmaschine herum und stieß die Schüssel mit dem Obstkuchenteig vom Heizkörper, wo sie, zugegeben, etwas wackelig gestanden hatte.

»Ach, du meine Güte, gute Frau, das ist aber unpraktisch hier mit dem Teig«, sagte Hacki, lächelte ein bisschen dämlich, quetschte sich umstandslos hinter den Herd, hielt die Bohrmaschine wie ein Gewehr auf mich gerichtet, sagte strahlend: »Akku!«, kniete sich zwischen Herd und Wand und bohrte. Es kreischte. Ich wusste nicht, was tun. Erst den Teig aufwischen oder fragen, was er bohrt? Am Herd? In der Wand? Ich konnte Hacki nicht verärgern, ich brauchte seine Tante, die anderen Nachbarn stellten sich ja nicht vor und wenn Hacki sauer wurde, war er wahrscheinlich sauer bis ans Lebensende, weil er vom Lebenskampf gestählt war und dann würde seine Tante solidarisch mit ihm sein und ich würde Niemanden mehr kennen, der meinen Kuchen lobte.

Lieber nur den Teig aufwischen und schweigen. Ich hatte Hefe auf Vorrat, alles andere sowieso, ich konnte schnell einen neuen Teig ansetzen, und wenn der Herd repariert war, würde ich rasch den Obstkuchen backen und rüberbringen.

Ich ging ins Bad, füllte den Putzeimer mit warmem Wasser, gab einen Spritzer Neutralseife hinzu, griff nach dem Wischlappen und ging in die Küche zurück, wo das Bohren aufgehört hatte. Hacki schlängelte sich gerade mit eingezogenem Bauch hinter dem Herd hervor, die Bohrmaschine wieder wie eine MP auf mich gerichtet und sagte: »Alles paletti, gute Frau.«

Ich machte einen großen Schritt auf ihn zu, um ihn endlich zu bitten, mich mit meinem Namen anzusprechen und die »gute Frau« zu unterlassen, da hob er die Bohrmaschine noch höher, er sah aus wie die Freiheitsstatue mit der Fackel, trat in den Teighaufen, verlor das Gleichgewicht, knallte mit dem Hinterkopf auf die Kante der offenen Backofentür, sein Kopf rutschte ab, knallte auf das Linoleum. Und Hacki blieb liegen. Auf dem Rücken. Mit dem Kopf im Teig. Mit offenen Augen.

Ich sah das und glaubte es nicht und dachte, der Hacki, der ist auch in einer Laienspielgruppe an der VHS und sagte leise »Hacki?«, aber ich sah auch, dass unter seinem Kopf eine Blutlache wuchs und sich mit dem Teig vermischte und ich dachte nur, das verzeiht mir Frau Brusalski nie, was soll ich tun ohne sie, Niemand stellt sich vor, Peter hat eine Neue, auf der Terrasse sieht dich jeder und die Straßenlaternen funktionieren nicht und Frau Brusalski wird dich dafür hassen, dass ihr Segen tot ist.

Ich handelte. Es war dunkel. Ich zog Hacki durch die Küche in den Flur, durchs Wohnzimmer, gut, dass ich Laminat hatte und keinen Teppichboden, ich zog immer weiter, er war schwer, aber nicht unhandlich, ich zog ihn, ohne aufzusehen, durch den Garten, an den rostenden Eisenstangen vorbei bis zu Baugrube, ich stieß ihn über den Rand, unten stand das Grundwasser, aufgefüllt mit dem Regenwasser der letzten Tage, Hacki versank. Ich rannte zurück, ich holte die Bohrmaschine, ich warf sie hinterher in der Dunkelheit, wie gut, dass die Straßenlaternen nicht brannten, wie gut, dass neue Häuser gebaut wurden. Morgen würden die Betonmischer kommen.

Ich wischte die Küche. Zwei Stunden lang. Ich wartete auf Frau Brusalski. Ich wartete, dass sie klingeln und fragen würde, wo denn ihr Neffe bliebe, der doch nur rasch zu mir herüber kommen wollte, um nach dem Herd zu sehen. Ich ruckelte den Herd an die Wand zurück, ich rührte einen neuen Obstkuchenteig an, ganz mechanisch, hundert Gramm Margarine, ein viertel Liter Milch, ich hatte alles im Kopf, ich würde nachher rübergehen zu Frau Brusalski und fragen, ob denn ihr Neffe heute noch käme? Dann würde sie sagen, der ist doch schon da, der ist doch gleich zu Ihnen.

Ich stellte den Herd auf 200 Grad. Er wurde heiß. Ich musste weinen. Hacki, dachte ich, du hast, wie auch immer, mit einem einzigen Bohren mit deiner so heiß erkämpften Bohrmaschine meinen Herd und mein Leben gerettet. Aber wie sollte ich das Frau Brusalski erklären?

Der Obstkuchen wurde wunderbar, die Kirschen aus dem Glas passten prima. Ich schnitt ein großzügiges Stück ab und ging hinüber zu meiner Nachbarin, es war kurz nach 21 Uhr.

»Guten Abend, Frau Brusalski«, sagte ich, als sie die Tür öffnete und bevor sie etwas sagen konnte, »ich bringe ein Stückchen Obstkuchen, um ihnen zu zeigen, dass mein Herd wieder in Ordnung ist, das war wohl nur ein Wackelkontakt, deshalb geht er wieder und Ihr Neffe braucht nicht mehr zu kommen, aber falls er schon da ist, wollte ich den Obstkuchen bringen als Beweis, dass er nicht mehr kommen braucht.«

Was für ein aufgeregter, dummer Satz!

Aber Frau Brusalski strahlte, nahm mich am Arm und zog mich hinein. »Ein Gläschen Madeira?«, fragte sie und holte schon die Flasche und zwei Gläser. »Für Kaffee ist es ja zu spät, aber für frischen Obstkuchen nie. Setzen Sie sich doch. Der Hacki ist heute doch nicht gekommen, der hat vorhin angerufen, er trifft sich mit ein paar Kumpels, der Hacki ist ja sehr beliebt, überall gefragt, der trifft sich also mit ein paar engen Freunden, weil er dieses Jahr Klompenkönig werden will und das ist natürlich wunderbar und in unserer Familie ganz neu, aber der Hacki, der packt das.«

Ich sank auf die Couch. Der tote Mann in der Baugrube war nicht Hacki. Um Himmels Willen, warum nicht? Wer war das ? Wer hatte bei mir geklingelt und dann meinen Herd repariert?

»War der Herr Ziboleit auch bei Ihnen?«, sprach Frau Brusalski weiter und legte zwei Papierservietten auf den Tisch, griff sich ein Stück von meinem Kuchen. »Sehr gut, wunderbar locker, eine schöne Idee, so für den Abend, also der Herr Ziboleit von gegenüber, der macht heute Abend die Vorstellungstour, hat er gesagt, bisher ist er nicht dazu gekommen, wir hatten uns schon ein paar Mal gegrüßt, ich dachte, er kommt sicherlich bald mal offiziell.«

Aha, der Lippenstift von neulich. Nun, wenigstens etwas klärte sich an diesem Abend.

»Und nun ist seine Frau bei ihrer Mutter und er hat gedacht, er stellt sich mal vor und wir haben ein Gläschen getrunken und er hat mir erzählt, dass er alles selber gemacht hat in seinem Haus, weil er auch diese Bohrmaschine hat, die der Hacki hat, die Männer sind ja doch alle sehr patent. Mein Ding ist das nicht. Aber jetzt haben wir ja den Herrn Ziboleit von gegenüber, wenn mein Neffe beschäftigt ist. Ist denn der Herr Ziboleit schon bei Ihnen gewesen?«

Ich schüttelte den Kopf, ich konnte nicht sprechen.

»Na«, sagte Frau Brusalski und goss uns nach, »wahrscheinlich waren Sie mit dem Backen beschäftigt und haben ihn nicht gehört und er ist erst mal ein Haus weiter gegangen.«

Ja, so konnte man das sagen. Ein Haus weiter.

Obstkuchen vom Blech

FÜR DEN TEIG:

500 g Mehl
1 Päckchen Hefe
100 g Margarine
80 g Zucker
1/4 l Milch
Salz
Backpapier

FÜR DEN BELAG:

2 kg Äpfel
oder 2 kg Pflaumen
oder anderes Obst nach Belieben

Mehl in eine Schüssel sieben, in der Mitte eine
Mulde formen und die Hefe hinein krümeln.
Einen Teelöffel Zucker und etwas warme Milch
hinzugeben und mit der Hefe und etwas Mehl
in der Mitte einen Vorteig rühren.
Etwa 10 Minuten gehen lassen.
Margarineflöckchen, eine Prise Salz, den
restlichen Zucker und die Milch hinzugeben
und alles gut durchkneten.
Ca. 30 Minuten gehen lassen.
Den Teig auf einem mit Backpapier ausgelegten
Blech ausrollen und mit dem vorbereiteten Obst
(Äpfel in Spalten und Pflaumen in Hälften etc.)
belegen.
Bei 200 Grad ca. 45 Minuten backen, bis der
Teig an den Seiten knusprig wird.

Das Geheimnis
der Schulbibliothek

Zuerst sortierte sie die Bücher nach Farben. Von rot zu blau über grau zu beige hin zu grün und braun, schwarz, gold und silber. Weiß. Sie brauchte dafür nur drei Tage. Als sie dann kein Buch fand, dessen Farbe ihr gefiel, sortierte sie die Bücher nach Größe. Sie fing mit dem kleinsten an und endete mit dem größten. Die Arme taten ihr mehr weh als nach dem Sortieren nach Farben, weil die Farben besser zu erkennen und zu unterscheiden waren. Als sie nach sechs Tagen die Bücher nach der Größe sortiert hatte, fand sie noch mehrmals Bücher mittlerer Größe, die vor den Büchern mittelgroßer Größe hätten stehen müssen, so dass sie die schon eingeordneten Bücher mittelgroßer Größe wieder herausnehmen musste, um das Buch mittlerer Größe richtig einzusortieren.

»Wir sollten«, sagte Rektor Dr. Rainer Weißblott und klopfte mit seinem Kugelschreiber auf die zerkratzte Tischplatte, »liebe Kolleginnen und Kollegen, die drohende Schließung unserer Schulbibliothek zum Anlass nehmen, dieselbe in ihrer großen Bedeutung für unsere pädagogischen und didaktischen Konzepte und Herausforderungen herauszuheben, da wir den Besuch des Solidaritätskreises der Elterniniative ‚Keine Schulbibliotheksschließungen' erwarten und unsere Schulbibliothekarin, unsere geschätzte Kollegin Schwarzmeier-Buntenklang, habe ich heute gebeten, die Bibliothek entsprechend, obwohl sie ja immer in einem ganz hervorragenden Zustand ist, noch einmal mit dem feinen Kamm, wenn ich das mal so scherzhaft sagen darf, durchzugehen und dem Solidaritätskomitée damit einen hervorragenden Einblick in unsere gegen und wegen und schon vor PISA glänzend in Front gebrachten . . .« Rektor Weißblott verlor, wie recht häufig, nicht den Faden, den er sowieso nicht gefunden hatte, sondern die Grammatik und das Lehrerkollegium wartete schweigend, unterdrückt gähnend, leise schlummernd oder fingernägelkauend, dass er sie wiederfinden würde. Er fand: ». . . . in Vorhand gebrachten Leseschätze in bestem Licht und Zustand, sortiert und präsentiert nach den neuesten didaktischen Erkenntnissen. Liebe Kolleginnen und Kollegen, bitte unterstützen Sie in engagierter Manier unsere unermüdliche Kollegin Schwarzmeier-Buntenklang und wenden Sie sich wie immer, wenn Probleme ihrer Lösung harren, vertrauensvoll auch an mich. Ich wünsche dann allseits einen guten und gesunden Nachmittag.« Weißblott schob mit dem Hintern seinen Stuhl zurück, wendete sich schon während des Aufstehens der Tür zu und verließ eilends und ohne weitere Verabschiedungen das Lehrerzimmer. Ihm war schlecht vor Angst.

Sabine Schleißheimer-Schlussmann, Englisch und Französisch, gähnte jetzt ungeniert und griff nach ihrer Aktentasche. »Die Schwarzmeier-Buntesowienoch ist schon seit Jahren in der Bibliothek vermisst«, sagte sie zu ihrem Nebenmann Dr. Hurbs, Latein, und grinste. »Wir sind ja dankbar für dieses Solidaritätskommitée der Elterninitiative, denn man soll ja dankbar sein, wenn die Eltern sich engagieren und solidarisieren und kämpfen und was weiß ich, aber es ist alles so nervig und in unserer Freizeit und wenn die Schwarzmeier-Buntesowienoch die Bibliothek, in der niemals irgend jemand irgend etwas findet, mit dem feinen Kamm auf Vorderhand bringt . . .« Sie unterbrach sich, weil sie so lachen musste, dass sie nicht weitersprechen konnte.

»Tja«, sagte Hurbs und grinste auch, was eher selten vorkam, »Sie werden, liebe Kollegin, von mir kein lateinisches Zitat zu diesem unsäglichen Politikergeschwurbsel unseres verehrten Rainer-Rektors bekommen, dafür liebe ich diese Sprache zu sehr. Mir ist die Schulbibliothek sowieso egal, ich lese meine eigenen Bücher, die Kinder lesen sowieso nicht und wenn, dann nicht die Bücher aus unserer Schulbibliothek, weil sie fast alle gar nicht wissen, dass es die Bibliothek überhaupt gibt, und wenn sie es wissen, die von Ihnen so wenig geschätzte Kollegin Schulbibliothekarin bescheuert und überaus eigenartig finden, und wenn Sie erlauben, ich finde das auch und ich glaube sowieso, es gibt diese Stelle nur noch, weil die Buntenklang einfach nicht tot zu kriegen ist.«

»Na, na, Peter«, mischte sich, schon fast an der Tür, Gesine Schloff, Sport, ein, »so spricht man aber nicht über Kolleginnen und ich hoffe bloß, dass euer Gespräch nicht dem Solidaritätskommitée oder dem streichungswilligen Stadtrat zu Ohren kommt.«

Hurbs zuckte mit den Schultern. »Ich hätte ja nichts gegen eine normale Bibliothek mit einer klugen, belesenen und kompetenten Person darin, aber die Buntesowienoch, wie Kollegin Schleißheimer-Schlussmann so treffend sagt, sorgt doch durch ihr paranoides Verhalten selber dafür, dass man sie und die Bibliothek am liebsten los wäre, Gesine.« Peter Hurbs nickte den beiden Kolleginnen kurz zu und zwängte sich eng an Gesine Schloff, die immer noch in der Tür stand, vorbei.

»Wieso duzt Ihr euch eigentlich?«, fragte Sabine Schleißheimer-Schlussmann, die nun auch aufstand und sich neben Gesine Schloff in die Tür stellte. »Mich siezt der schon seit zehn Jahren und ich ihn natürlich auch.«

»Tja«, machte Gesine, schubste ihre Kollegin ein bisschen an, damit sie nun endlich beide aus der Tür heraus auf den Flur gehen konnten, »Sportlehrerinnen kann man wahrscheinlich eher duzen als Englisch und Französisch mit Doppelnamen.«

Sabine zog die Augenbrauen hoch. »Ach, du bist auch eine von denen, die was gegen Doppelnamen haben?«

»Du ja wohl auch«, erwiderte Gesine ein bisschen spitz, »sonst würdest du dir den Namen unserer Buntesowienoch doch mal merken.«

»Die brauche ich mir nicht zu merken«, sagte Sabine und stieß die Tür zum Schulhof auf, »weil wir sie hoffentlich sowieso bald loswerden.«

Als alle Bücher nach der Größe sortiert waren, fand sie kein Buch, dessen Größe ihr gefiel, und sie sortierte die Bücher nach ihrem Erscheinungsdatum. Dafür brauchte sie zwölf Wochen, denn sie musste alle Bücher aufschlagen und das Erscheinungsdatum nachsehen. Oft musste sie mehrere Bücher mehrmals aufschlagen, weil sie die Reihenfolge nicht im Kopf behalten konnte und noch nach zehn Wochen fand sie zahlreiche Bücher, die in der falschen Reihenfolge standen. Als sie alle Bücher in der Reihenfolge ihres Erscheinungsdatums sortiert hatte, taten ihr die Arme und die Augen weh und sie fand kein Buch, dessen Erscheinungsdatum ihr gefiel, weil die Farben sich bissen und zankten und verschwammen, und die großen Bücher die Kleinen verdrängten und die mittelgroßen Bücher alle unterschiedlich mittelgroß waren und ihre eigentliche Größe sich nicht mehr erkennen ließ.

»Wir müssen zu neuen Aktionsformen finden, die die Menschen in ihren Herzen wachrütteln«, sagte Claudia Schmitz-Briesach in eindringlichem Ton und musterte die Runde ihrer vier Mitstreiterinnen.

Zum sechsten Mal trafen sich der Solidaritätskreis der Elterninitiative »Keine Schulbibliotheksschließungen« bei ihr im Wohnzimmer. Nur Frauen, dachte sie resigniert, nur Mütter, genauer gesagt, und alle in der Schulpflegschaft. Immer dieselben, die sich für das Gemeinwohl engagieren, für unsere Kinder und die Zukunft. Sie hatte schon ein paar Mal Reden gehalten, auf Elternabenden, bei Schulfesten und sie konnte das inzwischen ganz gut, über Kinder und Zukunft und unsere Herzen und Solidarität und Verantwortung für kommende Generationen und so weiter sprechen. Sie hörte oft Parlamentsdebatten und merkte sich die entscheidenden Passagen, die irgendwie auf Schule und Kinder und Zukunft und Bibliotheken passten. »Neue Aktionsformen« hatte sie sich bei der Friedensbewegung abgehört. Sie wollte ihren Mitkämpferinnen im Solidaritätskreis der Elterninitiative, deren Namen sie sich ebenso ausgedacht hatte wie den Solidaritätskreis, der mit der Elterninitiative absolut identisch war, aber besser und machtvoller klang, davon überzeugen, mit spektakulären Aktionen an die Öffentlichkeit zu gehen.

Sie hatte auch als einzige jemals die Bibliothek aufgesucht, um Frau Schwarzmeier-Buntenklang die Solidarität des Solidaritätskreises zu überbringen, aber sie war gar nicht richtig in die Bibliothek hineingekommen, denn Frau Schwarzmeier-Buntenklang, deren Namen Claudia vorher im Schulsekretariat erfragt und sorgfältig auswendig gelernt hatte, hatte einen sehr merkwürdigen Eindruck gemacht und sie, um ehrlich zu sein, nach drei Minuten wieder aus dem Eingangsbereich der Bibliothek gescheucht, sich ständig hektisch umgesehen und gesagt, keinesfalls könne jemand derzeit die Bibliothek betreten, sie müsse völlig neu sortiert werden, da möglicherweise jemand von der Stadt käme, der die Streichung befürworte und eine unsortierte Bibliothek könnte ihn womöglich von der Richtigkeit der Streichung überzeugen und deshalb sei die Solidarität zwar richtig und willkommen, aber momentan nicht zu gebrauchen.

Claudia Schmitz-Briesach hatte einen flüchtigen und womöglich täuschenden Blick auf eine Campingliege mit einer schmuddeligen Wolldecke erhaschen können. Sie hatte ihrem Mütterkreis kein Wort von dieser eigenartigen Begegnung erzählt, die Liege ohnehin für eine Sinnestäuschung gehalten und statt dessen berichtet, dass Frau Schwarzmeier-Buntenklang außerordentlich erfreut über die breite Solidaritätsbewegung sei und zu allen Aktionen bereit und willig, die ihr, der Bibliothek und den 273 lesefreudigen Schülerinnen und Schülern nutzen würden.

»Herzen bewegen ist wichtig«, sagte jetzt endlich Vera Rosig, die einzige aus dem Kreis, die keinen Doppelnamen und sich einmal sehr unbeliebt damit gemacht hatte, als sie bemerkte, Schulpflegschaftsmütter hätten immer Doppelnamen oder ob man einen Doppelnamen bräuchte, um Solidaritätskreise zu gründen oder etwas in der Art und als alle befremdet geguckt hatten, hatte sie den Rest des Abends geschwiegen und kam nie wieder auf das Thema zurück, aber weiterhin zu den Treffen.

»Und wie?«, fragte sie. »Ich glaube, wir sollten zunächst mal feststellen, wie die Bibliothek überhaupt genutzt wird. Mein Oliver sagt, er wollte einmal ein Buch leihen, und eine ‚komische Frau' habe ihn nicht hereingelassen, weil sie die Bücher neu sortieren müsse.«

Alle schwiegen. Claudia dachte an ihren Besuch in der Bibliothek und daran, dass Anna-Lisa und Ruth-Esther, ihre beiden Töchter, auch vor einigen Monaten berichtet hatten, sie hätten sich den vierten Harry-Potter-Band leihen wollen, was Claudia sehr vernünftig und selbständig von ihnen fand und die »beknackte Tussi in der Bibliothek« hätte sie an der Tür abgefertigt und ihnen gesagt, es gäbe im Moment keine Bücher, weil sie gerade neu sortiert würden. Sie hatte das nicht erzählt, denn sie fand, die Bibliothek durfte keinesfalls geschlossen werden, diese Stadtväter sparten die ganze Zukunft ihrer Kinder kaputt und sie hatte aus anderen Städten gehört, dass dort Solidaritätskreise die Schließungen verhindert hatten. Aber vielleicht hatten sie Bibliotheken mit Büchern, die man ausleihen konnte und richtige nette Bibliothekarinnen?

»Ich schlage vor«, sagte sie jetzt, weil niemand Vera Rosig geantwortet hatte, »dass wir mit Rektor Weißblott ein Gespräch führen, um unsere Aktionen abzustimmen, um gemeinsam machtvoller auftreten zu können.«

Alle nickten.

»Und das hältst du für eine Aktionsform, die die Herzen bewegt?«, fragte Vera Rosig giftig.

Sie hatte nicht nur keinen Doppelnamen, sondern war auch entschieden destruktiv. Solche Leute gab es in allen Solidaritätskreisen, die Claudia Schmitz-Briesach bislang gegründet und geleitet hatte, sie machten die ganze Freude an diesem bürgerschaftlichen Engagement kaputt und Claudia hatte gelernt, sie zu ignorieren.

»Also«, sagte sie deshalb munter und engagiert, »ich gehe dann nächste Woche zu ihm, wir sollten ihn nicht gleich mit der ganzen Gruppe überfallen.«

Alle waren einverstanden, selbst Vera Rosig sagte kein Wort mehr und man sprach noch einige Stunden über die spannende Entwicklung von Oliver, Ruth-Esther, Anna-Luise, Katharina-Charlotte, Janosch-Peter, Anna-Lotte und Lena-Sophie, die alle außergewöhnlich begabt waren und ihrem Alter weit voraus.

Dann sortierte sie die Bücher nach ihrer Dicke und Dünne. Sie begann mit dem dünnsten Buch, das nicht unbedingt das kleinste war und endete mit dem dicksten Buch, das keineswegs das größte war. Dafür brauchte sie 24 Wochen, denn es reichte nicht, die Seitenzahlen nachzuschlagen, es gab dünne Seiten und dicke Seiten und dünne Einbände und dicke Einbände und eine geringe Seitenzahl konnte ein dickeres Buch bedeuten als eine hohe Seitenzahl. Sie wollte aber nach der eigentlichen Dicke und Dünne sortieren und nicht nach der eigentlichen Seitenzahl und immer wieder fand sie ein Buch, das sie für dicker oder dünner gehalten hatte, als es tatsächlich war und musste die Reihenfolge ändern. Als die alle Bücher nach Dicke und Dünne einsortiert hatte, taten ihr die Arme, die Augen und die Knie weh, denn sie musste sich oft hinknien, um die Dicke und die Dünne der Bücher genau abzuschätzen.

Dr. Rainer Weißblott hatte ernsthafte Probleme. In zwei Stunden wollte die Frau vom Solidaritätskreis der Elterninitiative ihn besuchen, um die Aktionen zur Rettung der Schulbibliothek mit ihm zu koordinieren. Jedenfalls hatte Frau Schmitz-Briesach sich so ausgedrückt und er wusste, er musste sich irgend etwas ausdenken, um die unhaltbare Situation in der Schulbibliothek zu beenden. Er wollte gerne gerettet werden, beziehungsweise, sich von dem Solidaritätskreis die Bibliothek retten lassen, denn das bedeutete mehrere wunderbare Artikel in der Lokalpresse. »Solidaritätskreis rettet Schulbibliothek vor dem Sparhammer/Rektor Weißblott: Wir sind dankbar und gerührt«, »Rektor Weißblott: Bibliothek gerettet/Solidarität überwältigend.« Solidarität gab es schließlich nur für Schulen, die so gut geführt waren wie seine. Bis auf die Schulbibliothek.

Es war ein grauenhafter und folgenschwerer Fehler gewesen, er wusste das seit vielen Jahren, sich seine Geliebte als Mitarbeiterin in die Schule zu holen, nur weil es so praktisch gewesen war, ab und zu die Schulbibliothek zu schließen und auf der Liege mit Sybille Pausensex zu pflegen. Er hatte ja schließlich nicht ahnen können, dass Sybille diese merkwürdige Angewohnheit bekommen würde, die Bibliothek quasi ständig geschlossen zu halten und nur auf ein vereinbartes Klopfzeichen hin für ihn zu öffnen.

Es war fast acht Jahre her, dass er das Klopfzeichen zum letzten Mal benutzt hatte. Sybille war ihm unheimlich geworden, nicht nur wegen des ständigen Schließens der

Bibliothek, sondern auch, weil sie angefangen hatte, die Bücher aus den Regalen zu nehmen, auf dem Boden zu schiefen Haufen zu stapeln und ihm zu erzählen, sie würde ein neues Sortiersystem ausprobieren. Jedesmal, wenn er kam, waren die Stapel größer geworden, niemals wurden sie kleiner, die Regale blieben leer.

Er war quasi geflohen vor acht Jahren und er wusste nur, dass Sybille nach wie vor jeden Tag in die Bibliothek kam, weil er ihren Gehaltsbogen abzeichnete, weil er sie gelegentlich über den Schulhof huschen sah und sich zweimal in den acht Jahren Schüler bei ihm gemeldet hatten, die ein Buch ausleihen wollten und Sybille zwar gesehen, nicht aber das Buch bekommen hatten, weil sie angeblich gerade ein neues Sortiersystem entwickelte. Er hatte heimlich die beiden Bücher gekauft, die die Kinder ausleihen wollten, sie mit dem Schulstempel versehen und den Kindern dann mit der Bemerkung gegeben, er sei zufällig an der Bibliothek vorbeigekommen und habe dabei an sie und ihre Wünsche gedacht.

Acht Jahre relativer Ruhe hatte er genossen, ein außerordentlich erfrischendes und unkompliziertes Verhältnis mit der Sportlehrerin, und manchmal hatte er Sybille absolut und vollständig vergessen. Von Gesine Schloff glaubte er, sie habe auch etwas mit Dr. Hurbs, was ihm aber egal war. Jedenfalls duzte der Gesine ganz ungeniert, obwohl er sonst alle siezte. Aber solange Gesine fröhlich und gelenkig dafür sorgte, dass sein überaus langweiliger Schulalltag in regelmäßigen Abständen erregend unterbrochen wurde, sollte Dr. Hurbs doch auch seinen Spaß haben, Gesine fühlte sich bestimmt nicht ausgebeutet.

Und jetzt dies: Der blöde Stadtrat wollte die Schulbibliothek schließen, die verdammte Schulpflegschaftsvorsitzende gründete einen Solidaritätskreis! Alle würden erfahren, dass die Bibliothek seit mehr als acht Jahren quasi geschlossen war, dass darin eine Verrückte hauste, die Bücher sortierte, die ein Gehalt bekam für nichts. Alle würden erfahren, dass niemand je ein Buch dort entleihen konnte, weil 99 Prozent der Schülerinnen und Schüler überhaupt nicht wussten, dass es die Schulbibliothek gab, denn die, die in den ersten Jahren des Arrangements Sybille noch gesund und freundlich erlebt hatten, waren längst von der Schule abgegangen.

Dr. Hurbs wusste von der Bibliothek, aber betrat sie nie. Schleißheimer-Schlussmann kannte merkwürdigerweise sogar Sybilles komplizierten Nachnamen, ging aber seines Wissens auch nicht in die Bibliothek. Bei den anderen Lehrern war er ziemlich sicher, dass sie die Existenz der Bibliothek schlicht vergessen hatten, die Sekretärin oder der Hausmeister hatten sich niemals dazu geäußert.

Und jetzt waren alle daran erinnert worden, weil er ja etwas sagen musste zu diesem dreimal verwünschten Solidaritätskreis. Aber er kannte seine Mitarbeiter: Auf dem Nachhauseweg hatten es bestimmt alle wieder vergessen oder ihm sowieso nicht zugehört. Das löste aber nicht sein Problem. Er würde diesen Elternkreis in die Bibliothek lassen müssen, der Stadtrat würde sie bestimmt auch sehen wollen.

Er wusste nicht, in welchem Zustand Sybille überhaupt inzwischen war, in welchem Zustand die Bibliothek war, er wusste nicht, ob Sybille vielleicht sofort allen Menschen, die sie unerwünschterweise zwischen ihren Bücherstapeln aufscheuchen würden, sofort erzählen würde, warum sie vor vierzehn Jahren hier Bibliothekarin geworden war und warum die Liege dort stand. Stand sie überhaupt noch dort? Er brauchte dringend Hilfe. Vielleicht von Gesine?

Sie fand vom dünnsten bis zum dicksten Buch keines, dessen Breite ihr gefiel und deshalb sortierte sie die Bücher nach dem Alphabet der Autorennamen. Es gab aber Bücher, die keinen Autoren hatten, der sich alphabetisch einordnen ließ und deshalb musste sie alle Bücher aufschlagen und nach einem Namen suchen. So kam es, dass alle Lexika unter A standen, weil sie alle mit A begannen und alle Atlanten auch unter A standen, weil es keine Autoren für die Atlanten gab. Für die alphabetische Sortierung der Bücher brauchte sie 48 Wochen, weil sie manchmal das Alphabet vergaß und weil es so viele Bücher ohne Autoren gab und gegen Ende verwechselte sie die Anfangsbuchstaben der Vornamen und der Nachnamen und weil sie nach Nachnamen sortieren wollte, war vieles falsch. Als sie alle Bücher alphabetisch sortiert hatte, taten ihre Arme, ihre Augen, ihre Knie und ihre Kehle weh, weil sie so oft laut das Alphabet hatte sprechen müssen. Sie fand kein Buch, dessen Autorennamen ihr gefiel, denn sie standen so unübersichtlich nach Farbe, Größe, Dicke, Erscheinungsjahr und Alphabet, dass es völlig unmöglich geworden war, ein Buch herauszufinden, das ihr gefiel.

»Ich fand den Weißblott heute besonders verschroben und nervös, du auch?«, fragte Dr. Hurbs, Latein, Gesine Schloff, Sport, während er sich und ihr eine postkoitale Zigarette anzündete.

»Mhm«, machte Gesine, die keine Lust hatte, über ihren zweiten Liebhaber zu sprechen, der entgegen dem äußeren Anschein und seiner umständlichen Redeweise ein phantasievoller und liebenswürdiger Liebhaber war. Das war Peter Hurbs auch, aber der hatte noch weniger Zeit als Weißblott. Sie hatte keine Ahnung, ob die beiden voneinander wussten, aber es war ihr sowieso egal, denn weder den einen noch den anderen wollte sie heiraten oder als Lebensgefährten ständig um sich haben, günstigerweise waren sowieso beide verheiratet.

Hurbs sprach weiter: »Irgendwie macht ihn diese Schulbibliothekskiste verrückt. Fragt sich nur, wieso eigentlich. Auch wenn ich sie nicht brauche und keine Ahnung habe, wie sie genutzt wird, ist es doch o.k., wenn die

Eltern sich da engagieren, dann brauchen wir uns um nichts zu kümmern.«

»Mhm«, machte Gesine wieder. Sie hatte vor sechs Jahren, als sie an den Schule kam, irgendwie erfahren, dass es eine Schulbibliothek gäbe, war auch einmal dort gewesen, um sie sich pflichtbewusst anzusehen. Da war sie geschlossen gewesen und dann hatte sie irgendwie im Laufe der Jahre vergessen, nach den Öffnungszeiten zu fragen oder überhaupt noch einmal hinzugehen. Sie kannte Sabine Schleißheimer-Schlussmanns Witze über den Namen der Bibliothekarin und wusste, dass Peter sie eigenartig fand, aber das war alles.

»Kennst du eigentlich die Buntesowienoch?«, fragte sie.

»Na, kennen wäre übertrieben«, antwortete Hurbs. »Ich habe sie vor ein paar Jahren mal gesehen, als sie morgens kam, eigenartige Ausstrahlung hat die, verhuscht und ein bißchen verwaschen, wenn du verstehst, was ich meine. Guckte auch nicht und sagte nicht guten Morgen, ich habe nur mitbekommen, dass sie es überhaupt war, weil ich wissen wollte, wer das ist und ihr gefolgt bin und sie schloss die Bibliothekstür auf und hinter sich wieder zu. Ich habe geklopft und sie machte auch gleich auf und sagte, derzeit würden keine Bücher ausgeliehen, weil sie ein neues Sortiersystem entwickle und machte die Tür wieder zu.«

»Mhm«, machte Gesine zum dritten Mal. »Das klingt ja fast ein bisschen unheimlich.«

Rainer Weißblott begrüßte Claudia Schmitz-Briesach strahlend und jovial, unbedingt interessiert und dankbar. Er hatte keinen Plan, er war verzweifelt, aber er hatte natürlich Disziplin und niemand würde ihm etwas anmerken. Er würde sagen, die Bibliothek sei leider heute wegen der Entwicklung eines neuen Sortiersystems geschlossen, aber demnächst . . .

Sie unterhielten sich angeregt, Claudia schlug eine Schüler-Eltern-Demonstration vor dem Rathaus mit Luftballons vor, das sei eine neue Aktionsform, die sich schon mehrfach bewährt habe. Weißblott war entzückt, versprach, sich um die Verbreitung dieser Idee im Kollegium zu kümmern und für die Presseinformation zu sorgen.

Claudia, die aus ihrem Solidaritätskreis keine einzige Idee mitgebracht hatte und sich alles in der Straßenbahn selber hatte ausdenken müssen, setzte noch einen drauf: »Wir könnten eine Bibliotheksbesetzung machen«, sagte sie und staunte über sich. »Wir Mütter vom Solidaritätskreis besetzen zwei bis drei Tage die Bibliothek und das Fernsehen kommt und so weiter und der Stadtrat muss Stellung nehmen und . . .«

Sie wurde ganz aufgeregt und auch Weißblott wurde aufgeregt. »Liebe Frau Schmitz-Briesach, das ist natürlich eine phantastische und spektakuläre Aktionsform, die die Herzen der Menschen berühren wird. Aber das muss natürlich sorgfältig vorbereitet werden und völlig gewaltfrei sein.«

Claudia reagierte verwirrt. »Ja sicherlich, wie soll es denn da zu Gewalt kommen? Wir nehmen uns Campingliegen mit und die Kinder bringen uns etwas zu essen und die BILD-Zeitung laden wir ein und . . .«

Weißblott spürte ein Stechen im Magen. Campingliegen! Nur das nicht, nicht Fernsehen und BILD-Zeitung und mittendrin Sybille in ihren Stapeln, von denen er nicht wusste, ob es sie noch gab. Vielleicht aber machte er sich auch unnötig Sorgen? Vielleicht hatte sie inzwischen ein System gefunden und alles eingeräumt? Ach nein, das war unwahrscheinlich. Der Oliver Rosig hatte ja erst vor einigen Wochen ein Buch leihen wollen und es nicht bekommen. Er musste handeln.

»Meine Zeit ist leider begrenzt, liebe Frau Schmitz-Briesach«, sagte er ein wenig zu hastig und nicht ganz so liebenswürdig. »Ich trage Ihre Ideen im Kollegium vor, wir sind hier sehr demokratisch und werde Ihnen die Stellungnahmen meiner Kolleginnen und Kollegen umgehend zukommen lassen.«

Dann nahm sie alle Bücher wieder heraus und sortierte sie nach ihrem Inhalt. Romane zu Romanen, lustige Romane zu lustigen Romanen, ernste zu ernsten, bedeutende zu bedeutenden, triviale zu trivialen, alte zu alten, junge zu jungen, experimentelle zu experimentellen, konventionelle zu konventionellen, englische zu englischen. Aber lustige, englische, alte nicht zu lustigen, französischen, jungen und tragische, bedeutende, alte nicht zu lustigen, bedeutenden, alten. Als sie erkannte, dass es unmöglich war, die Kriminalromane, Liebesromane, Abenteuerromane, Frauenromane, Männerromane, Jugendromane, Ritterromane, Science-fiction-Romane, die Lexika und Atlanten, die Kunstbücher, Kochbücher und Biografien, die Bildbände, die Essays und Gedichte, die Epen, Dramen und Ratgeber, die Drehbücher, Anthologien und Wörterbücher, die historischen, philosophischen, psychologischen, ethnologischen, geologischen und religiösen Analysen in eine Reihenfolge, Ordnung und Sortierung zu bringen, die es ermöglichen würde, ein Buch zu finden, das ihr gefiel, legte sie sich auf ihre Liege und dachte angestrengt über ein endgültiges System nach.

Es klopfte. Das uralte Weißblottsche Klopfzeichen. Seit Jahren hatte sie das nicht mehr gehört. Bestimmt wollte er nachsehen, ob sie inzwischen mit ihrem System fertig war. Aber wie sollte sie je fertig werden, wenn sie ständig gestört wurde? Mindestens einmal im Jahr kam ein Schüler und wollte ein Buch leihen und neulich war diese merkwürdige Frau da gewesen und hatte etwas von Solidarität erzählt und die würde sie nur empfinden, wenn sie endlich in Ruhe gelassen würde. Sie rührte sich nicht.

»Sybille«, zischte es vor der Tür, durch das Türschloss.

»Sybille? Mach mal auf!«

Nein, sie würde nicht öffnen. Jahrelang hatte er sich nicht nach ihrem System erkundigt, hatte sie nicht auf der Liege besucht, sie wollte nicht gestört werden, denn sie hatte immer noch kein System. Sie rollte sich auf der Liege zusammen und bewegte sich nicht.

Dr. Rainer Weißblott stand schwitzend vor der Bibliothekstür. Unbewusst las er, dass dort Öffnungszeiten auf einem Zettel angeschlagen waren: »Mo.-Do. 12-14 Uhr«. Wann hatte er diesen Zettel anbringen lassen? Hatte er ihn überhaupt anbringen lassen? Natürlich hatte er einen Generalschlüssel, aber der war nutzlos, solange Sybille ihren Schlüssel innen stecken ließ.

Er musste in diese Bibliothek hinein, er musste Sybille da herausholen, die Bibliothek persönlich aufräumen, irgendwie die Bücher in die Regale stellen – vielleicht, ein Wunder, standen sie ja schon dort. Übermorgen sollte die Besetzung der Bibliothek beginnen, alle waren begeistert gewesen, weil sie ins Lokalfernsehen kommen würden, er hatte keine Argumente gegen eine solche Aktion gefunden. »Phantasievoll«, »friedlich«, »spektakulär« fanden sie alle.

Sabine Schleißheimer-Schlussmann hatte sogar angeboten, der Bibliothekarin vorher noch zur Hand zu gehen, falls irgendwelche Arbeiten zu erledigen seien. Gesine Schloff hatte angeboten, Regale umzustellen, weil sie stark und gelenkig war, sogar Dr. Hurbs bot Hilfe an, ohne süffisant zu grinsen und alle anderen nickten und schwatzten und waren ganz aufgeregt und wollten ihre Verwandten mobilisieren, damit im Lokalfernsehen der Eindruck einer riesigen Welle der Solidarität entstand und man sah, wie engagiert ein deutsches Schulkollegium sich der drohenden Zerstörung der Zukunft der Kinder entgegenwarf und so weiter.

Weißblott hatte kurz an Selbstmord gedacht, die Schlagzeilen gesehen: »Schulbibliothekarin packt aus: Ich war die gefangene Geliebte des Direktors«, »Die wahre Geschichte der Verrückten in der Bibliothek«, »Niemand ahnte es: Verrückte lieh nie ein Buch aus/Direktor deckte ehem. Geliebte«, »Mitarbeiterin jahrelang in der Bibliothek gefangen/Ihr Tagebuch exklusiv«.

Aber er wollte eigentlich gar nicht sterben. Lieber wollte er morden. Ja, das war ihm klar geworden auf dem Weg zur Bibliothek am späten Nachmittag, als die Schule leer war. Er musste Sybille unauffällig ermorden, denn es würde sie ja ohnehin niemand vermissen. Er würde sie ermorden, die Leiche beseitigen, dann die Bibliothek aufräumen und die Aktion mitmachen und Gesine fragen, ob sie für das Lokalfernsehen die Schwarzmeier-Buntenklang vertreten würde, weil die unwohl sei und Gesine auch viel besser fürs Lokalfernsehen geeignet war.

Es musste natürlich wie ein Unfall aussehen, das würde er schaffen, er musste nur hineinkommen, ein Regal auf Sybille werfen! Dann brauchte er die Leiche nicht zu beseitigen, Regale fielen schließlich immer mal um, noch dazu, wenn gar keine Bücher darin waren. Nur die Liege müsste er beseitigen, vielleicht waren dort noch Spermaspuren von ihm zu ermitteln, er las schließlich gelegentlich Krimis und wenn irgendetwas an dem Unfall merkwürdig war, würden die natürlich rumschnüffeln.

Er klopfte, rief, er schwitzte. Er überlegte, ein Fenster einzuwerfen, aber das würde natürlich für die Polizei auffallend sein, wer brach schon in eine Schulbibliothek ein?

Sein Handknöchel waren schon rot und wund vom Klopfen. Plötzlich hatte er eine Idee. »Sybille«, rief er zischend, obwohl ja keiner im Gebäude war, »Sybille, ich habe ein Sortiersystem gefunden.«

Nach zwei Minuten wurde der Schlüssel innen gedreht, die Tür öffnete sich einen Spalt. Sybille Schwarzmeier-Buntenklang, rotäugig, aufgequollen, mit strähnigem Haar, lugte durch den Spalt, lächelte ein ungeübtes Lächeln und flüsterte: »Wirklich? Komm herein.«

Peter Hurbs grübelte. Das tat er häufig, aber meistens über lateinische Grammatikkonstruktionen. An diesem Nachmittag dachte er aber über Rainer Weißblott und die Schulbibliothek nach. Zum ersten Mal in all den Jahren ging ihm die Absurdität auf, dass niemand je diese Bibliothekarin zu Gesicht bekam, dass er keinen Schüler kannte, der dort Bücher auslieh.

Hurbs hielt nicht viel von Weißblotts Führungsqualitäten, fand ihn aufgeblasen, undeutlich, eitel. Was an sich nichts besonderes war für Rektoren, aber sich selber fand Hurbs intelligenter, präziser, entscheidungsfreudiger. Möglicherweise, grübelte er an diesem Nachmittag, ließe sich im Zuge dieser Solidaritätskiste ein Szenario basteln, über das Weißblotts mangelnde Führungsqualitäten bekannt würden. Er selber stünde möglicherweise als Bibliotheksretter dar und dann würde man sehen, was die eventuelle Nachfolge eines über Nachlässigkeiten gestolperten Rainer-Rektors anginge. Dass Gesine wahrscheinlich auch mit Weißblott bumste, machte ihm keine Sorgen, sie würde das lassen, wenn er, Hurbs, als Rektor eingesetzt wäre und Weißblott in Pension geschickt worden war.

Dr. Peter Hurbs machte sich auf den Weg zur Schule, er wusste, wo die Generalschlüssel lagen, er würde die Bibliothek inspizieren und sich die Buntesowienoch mal genauer ansehen. Falls sie nachmittags da war, aber man hörte ja, dass sie an einem neuen Sortiersystem bastelte. Falls sie nicht da war, konnte er sich immerhin einen Überblick verschaffen.

Gesine Schloff bürstete energisch ihre dunklen Locken und dachte dabei: »Gesine Schloff bürstet energisch ihre dunklen Locken«, und grinste sich im Spiegel an. Rainer wirkte in letzter Zeit übernervös, offensichtlich machte ihm die Bibliotheksgeschichte Sorgen, die ja in der Tat merkwürdig war. Hatte sie die Buntesowienoch überhaupt jemals gesehen? Nein, sie war sicher. Sie ahnte, dass Peter Hurbs die Chefqualitäten von Rainer für sehr beschränkt hielt, obwohl sie nie darüber sprachen. Sie fand, während sie ihr Haar bürstete, dass sie selber auch sehr gut zur Führung einer Schule und zur Chefin geeignet wäre, aber Sportlehrerinnen wurden niemals Rektorinnen.

Allerdings, wenn diese Solidaritätstussis die Besetzung der Bibliothek organisierten und sie selber tatkräftig, engagiert und solidarisch ins Lokalfernsehen käme, wer weiß, zu welchen Entwicklungen es kommen könnte? Es wäre auf jeden Fall gut, sich jetzt endlich mal die Bibliothek anzusehen und vielleicht herauszubekommen, was Rainer daran eigentlich so nervös machte.

Sabine Schleißheimer-Schlussmann küsste Gerhard Schleißheimer flüchtig auf die Wange, sagte: »Hast du alles? Viel Spaß«, schloss die Haustür hinter ihrem Ehemann, rief ins Kinderzimmer hoch: »Vergiss deine Noten nicht, wenn du zum Flöten gehst, ich bin dann weg, mein Schätzchen«, hörte schwach ein: »Ja, Mensch, hab ich noch nie vergessen«, griff sich ihren Mantel und die Handtasche und ging aus dem Haus.

Dass Gesine neuerdings möglicherweise und ziemlich wahrscheinlich sowohl mit Dr. Weißblott als auch mit Dr. Hurbs ins Bett ging oder wohin auch immer, hatte sie schon lange geahnt, der Hurbs duzte keine Kolleginnen und der Weißblott hatte immer ein Verhältnis mit der jeweiligen Sportlehrerin. Sabine hätte nichts gegen ein gelegentliches Techtelmechtel mit Hurbs gehabt, aber er nahm sie offensichtlich gar nicht wahr. Wahrgenommen aber hatte Sabine, dass Weißblott seit einigen Tagen ausgesprochen abwesend wirkte, seine Reden in der Lehrerkonferenz noch ausschweifender, fahriger und inhaltsloser waren und sie war sicher, dass das etwas mit der Elterninitiative, dem Solidaritätskomitée und mit der Buntensowienoch zu tun hatte. Sabine hatte die Buntesowienoch drei-, viermal im Laufe der Jahre schemenhaft über den Schulhof laufen sehen, sie wusste im Gegensatz zu vielen anderen Kollegen, dass es sowohl diese Frau als auch die Bibliothek wirklich gab, aber sie hatte sie nie betreten. Sie war ja für die Schüler da und sie hatte wirklich genug am Hals mit Beruf, Kind und Mann und Hund und Vater und Yogakreis, als dass sie sich auch noch um die Bibliothek hätte kümmern können.

Aber keinesfalls wollte sie einen Auftritt im Lokalfernsehen verpassen, das würde Gerhard zeigen, dass seine Frau eine bedeutende Persönlichkeit war, die sich weit über ihren eigentlichen Arbeitsalltag hinaus für das Gemeinwohl engagierte, es würde Hurbs zeigen, dass sie im Fernsehen betrachtet mindestens so attraktiv war wie Gesine, es würde Weißblott zeigen, dass die vakante Stelle der Konrektorin durchaus mit der tatkräftigen Englisch- und Französischlehrerin Schleißheimer-Schlussmann zu besetzen wäre und nicht zwingend mit Dr. Hurbs. Immerhin hatte Weißblott da entscheidend mitzureden. Es war an der Zeit, dass sie sich die Bibliothek einmal ansah, vielleicht der Buntesowienoch mit ihrem umsichtigen Organisationstalent half.

Peter Hurbs kam als erster. Die Tür zur Bibliothek fand er erwartungsgemäß verschlossen, aber den Generalschlüssel hatte er sich im Sekretariat schon besorgt. Die Leiche lag mit dem Kopf zur Tür, eines der schweren Bücherregale hatte den Hinterkopf zertrümmert, erstaunlich wenig Blut, dachte Hurbs und registrierte flüchtig, dass er nicht wirklich entsetzt war. Er sah sich um. Überall lagen Bücher auf dem Boden, einige waren zu schiefen Türmen gestapelt, es roch muffig. Alle Regale waren leer. Hurbs ging vorsichtig um die Stapel herum und machte sich auf die Suche nach dem lebenden Menschen, den er in der Bibliothek vermutete.

Gesine Schloff kam als zweite. Sie fand die Tür der Bibliothek leicht angelehnt, stieß sie auf. Die Bücherregale waren alle leer, die Bücher lagen verstreut, teils in Stapeln auf dem Fußboden.

»Frau Schwarzmeier-Buntenklang?«, rief Gesine und noch einmal und bahnte sich vorsichtig ihren Weg durch die Bücher hindurch.

Sabine Schleißheimer-Schlussmann kam als dritte. Die Tür zur Bibliothek stand offen. Sabine war irritiert. Vielleicht, dass die Buntesowienoch beim Aufräumen war? Und Gesine half ihr und sie kam zu spät? Gesine würde im Lokalfernsehen natürlich toll ankommen, so sportlich und fröhlich. Sabine war nicht sportlich. Nun gut, man konnte auch gemeinsam auftreten.

»Frau Schwarzmeier-Buntenklang?«, rief sie und aus irgendeinem Winkel antwortete Gesine: »Nicht da, hilf du mir mal.«

Sechs Stunden räumten Gesine Schloff und Sabine Schleißheimer-Schlussmann in trautem Schweigen, nur durch gelegentliche Zurufe wie »Englisch tue ich hier hinten hin« oder »Geschichte habe ich jetzt da links angefangen« die Bücher in die Regale.

Mit Rückenschmerzen, auch Gesine hatte jetzt welche, aber zufrieden und schmutzig hockten sie sich im Dämmerlicht auf die Kinderstühle in der Erstklässlerecke.

Gesine rauchte. »Komisch«, sagte sie. »Die Tür war offen, wahrscheinlich hat die Putzfrau vergessen, abzuschließen, der Fußboden war noch feucht vom Wischen. Und dann habe ich gedacht, dieses Chaos! Da schließt doch jeder Stadtrat die Bibliothek und wie stehen wir da? Keine Ahnung, was die Buntesowienoch hier gemacht hat, jedenfalls war kein System in den Stapeln. Aber wir haben jetzt immerhin einigermaßen Ordnung hier und morgen sagen wir dem Weißblott, er soll die rausschmeißen, und wir beide machen bei der Besetzung mit und kommen ins Lokalfernsehen.«

Sabine nickte nur, sie war zu erschöpft, aber glücklich.

»Und deshalb haben wir mit großer Dankbarkeit die Solidaritätsaktion der Schulpflegschaftsmütter zur Kenntnis genommen«, sagte der Rektor in die Kamera des Lokalfernsehens. »Diese friedvolle und gewaltfreie Besetzung dient dazu, die Herzen der Stadträte für unsere Schulbibliothek zu öffnen.«

»Wir werden mit weiteren neuen Aktionsformen für unsere Sache kämpfen«, sagte Claudia Schmitz-Briesach zu dem Reporter des Anzeigenblattes, während Oliver Rosig neben ihr Grimassen schnitt.

Der Rektor strahlte den Fotografen der BILD-Zeitung an und sagte zum Redakteur: »Natürlich bedauern wir alle sehr, dass Herr Dr. Rainer Weißblott seit 14 Tagen spurlos verschwunden ist. Aber er hat oft davon gesprochen, dass das Leben noch mehr bereit hält und so weiter und wir vermuten, dass er zu eben diesem neuen Leben aufgebrochen ist, vielleicht gab die drohende Schließung der Schulbibliothek den Ausschlag, dass er sich aus der Verantwortung, äh, sich der Verantwortung, äh, wir hoffen . . .«

Tja, dachte Gesine, lieber Peter, du redest schon genauso verquer wie der arme Rainer. Wo immer du seine Leiche hingebracht hast, ich persönlich habe die Reste des Blutflecks weggewischt und du brauchst ganz bald eine neue Konrektorin und wirst besonders innovativ wirken, weil du dafür eine Sportlehrerin nimmst und lass' dir bloß nicht einfallen, Sabine zu fragen, sonst habe ich der – und nicht nur der – was zu erzählen. Leider nämlich hast du in dem Blutfleckrest einen wunderbaren Schuhsohlenabdruck hinterlassen, den ich eindeutig als den deinen erkannt habe, denn diese Schuhe habe ich dir ja empfohlen, als du etwas für deine Gesundheit tun wolltest.

Sybille Schwarzmeier-Buntenklang gab ihr siebtes Interview, ein bisschen unkonzentriert noch, sie musste sich erst wieder an die vielen Menschen gewöhnen. Aber sie war sehr stolz auf sich.

Rainer hatte gelogen. Er hatte gar kein neues Sortiersystem dabei gehabt. Statt dessen hatte er versucht, sie hinter das freistehende Regal zu drängen, aber sie kannte die Regale natürlich besser als er und wusste, welches sich leicht kippen ließ.

Der neue Rektor war sehr hilfreich gewesen und kein bisschen böse mit ihr, er hatte ihr geholfen und sie auf den heutigen Tag vorbereitet, irgendjemand hatte sogar die Bibliothek aufgeräumt, völlig chaotisch zwar, aber immerhin, und sie hatte mit Peter ein neues Sortiersystem, beruhend auf lateinischen Grammatikregeln, in Angriff genommen. Ein Klopfzeichen hatten sie auch schon vereinbart.

Kobers Kalkül

Kober Schleiwitz hat seine Tat minutiös geplant. Seit seiner Geburt genau genommen. Oder zumindest, Kober Schleiwitz ist keineswegs unrealistisch, seitdem er denken kann.

Prinzipiell datiert Kober Schleiwitz den vorläufigen Höhepunkt seines Lebens auf den Moment, in dem seine wunderbaren Viersener Eltern ihm diesen seinen wunderbaren Vornamen ihrem schon ausnehmend prächtigen Nachnamen voranstellten, der in Viersen einmalig war.

Kober Schleiwitz hält seitdem seinen Namen für ein Programm zur Erlangung höheren Ruhmes.

Seitdem er lesen kann, weiß er, dass völlig ungebräuchliche, nie gehörte Namen deren Träger, seltener deren Trägerinnen, zu ganz außergewöhnlichen und überaus berühmten Menschen machen.

»Mit diesem Namen konnte der ja nur Lyriker werden« oder »Mit diesem Namen musste der ja irgendwann Weltrekord laufen«, denkt Kober Schleiwitz dann und träumt sich in künftige Gefilde unsterblichen Ruhms weit über Viersen und die Viersener Umgebung hinaus.

Leider hat er ein Problem: Weder das geschriebene Wort, noch die bemalte Leinwand, weder der geformte Ton, noch sinnvoll zu einer Melodie geordnete Noten, schon gar nicht die Schauspielkunst oder der Sport sind Kober Schleiwitz' Sache. Er weiß das, denn er hat, dem Rufe seines Namens folgend, alles ausprobiert, was es an Künsten gibt und auch in Viersen konnte er zu allen Künsten entsprechende Kurse und Vereine besuchen und nirgendwo fiel er mit einer ungewöhnlichen, geschweige denn herausragenden, Begabung auf. Eigentlich, das hat sich herausgestellt, ist Kober Schleiwitz trotz seines Namens in jedem Metier absolut unfähig.

Doch Kober Schleiwitz wäre nicht Kober Schleiwitz und hätte sich nicht mit diesem Namen ausgestattet durch acht mühsame Schuljahre geschlagen – welcher Lehrer merkte sich nicht sofort und auf immer und ewig seinen Namen? – wenn er nicht an sein Ich und seine Bestimmung zu Höherem geglaubt hätte.

Deshalb hat Kober Schleiwitz seit gestern Abend minutiös jene Tat geplant, die endgültig dem durch seinen Namen programmierten Wert seines Lebens gerecht werden soll.

Die Dame in der Wohnung unter ihm hat es sich schließlich selbst zuzuschreiben, dass sie ihre Dachkammer an einen Mann mit diesem phantastischen Namen vermietet hat, ohne dies auch nur im geringsten zu würdigen, jedenfalls hat sie kein über die Mieteinnahme hinausgehendes Interesse an ihm gezeigt. Findet Kober Schleiwitz und hat sie deshalb zum Opfer erkoren. Denn eigentlich, das weiß Kober genau, wollte sie nur ihr Klingelschild durch seinen Namen aufwerten.

Wie sich ohnehin viele Menschen, die ihm im Laufe seines Lebens begegnet sind, parasitär in der Aura seines Namens sonnen wollten.

»Darf ich vorstellen, Kober Schleiwitz«, sagten sie dann wohl und die so Angesprochenen dachten sichtbar: »Den muss man wohl kennen, war das nicht dieser empfindsame Lyriker, der Erfinder der neuen deutschen Äußerlichkeit?« oder »Ist das nicht dieser bahnbrechende Komponist mit diesen großartigen Hornoktetten?«

Kober Schleiwitz hat diese Reaktionen stets sofort erkannt und sich von den Menschen als solchen auf die Dauer sorgsam ferngehalten. Um dann aber planvoll und einsam einen Ruhmesweg nach dem anderen einzuschlagen und jeweils nach kurzer Strecke vor Erreichen des Gipfels gescheitert umzukehren mit nichts als diesem glanzvollen Namen. Heute wird ihm diese Umkehr, dieses Scheitern ohne Ruhm, nicht passieren. Denn Kober Schleiwitz hat nun endlich erfasst, dass nur eine wirklich unwiderrufliche Tat seinen Namen dahin bringen wird, wo er seiner Meinung nach und wo empirisch bewiesen solche Namen hingehören: In die Schlagzeilen der Weltpresse.

Oder zumindest, Kober Schleiwitz ist nicht maßlos, in die »Rheinische Post«, die alle Menschen lesen, die seinen Namen kennen. Und vergessen hat ja diesen Namen noch nie jemand.

Der Dackel bellt und quietscht. Das ist das Zeichen für Kober Schleiwitz und seine Vermieterin, dass seine Blase ihn hinausdrängt.

Kober Schleiwitz macht sich bereit.

Hockt unsichtbar und bis in die Zehennägel gespannt auf dem Treppenabsatz genau in der Sekunde, in der die Dame, hinter ihrem im festgezurrten Hundehalsband asthmatisch japsenden Köter herhechelnd, aus der Wohnungstür kommt.

Der Pfeil trifft.

Perfekt gezielt, präzise abgeschossen, landet der Pfeil punktgenau im Herzen und bewirkt dort das, was er soll: Den Stillstand desselben. Die Dame kreischt und heult und wirft sich über den Dackelleichnam.

Kober Schleiwitz packt Pfeil und Bogen, hetzt lautlos zurück in seine Dachkammer, öffnet unverzüglich das Fenster, hebt ein Bein über das Sims, zieht das zweite nach und verschwindet unmittelbar und lautlos im Hinterhof.

Nicht, ohne während des langen Fallens zu denken, dass ihm nun, wo er auch mit diesem, seinem bislang besten Plan gescheitert ist, unsterblicher Ruhm nurmehr in Gestalt des »Viersener Dackeltöters« beschieden sein wird.

Und das will Kober Schleiwitz lieber nicht lebend erleben.

Barbaras Modernisierung

Als Herr Dr. Rheydter noch lebte, war er durchaus kein unsympathischer Mann.

»Wir«, sagte Herr Dr. Rheydter und meinte damit ausschließlich Barbara, »müssen gezielt zeitgemäßer werden.«

Ich müsste zeitgemäßer werden, verstand Barbara ihn richtig und versuchte, nicht zu grinsen. Wäre sie zeitgemäß, wäre sie ungefähr zwischen 18 und 26, was auch er nicht ist. Dabei er hält sich gewiss für jung und vor allem für sensibel und offen.

Von allen Seiten offen und empfänglich, so dass nichts hängen bleibt. Womöglich im Kopf, viel unwahrscheinlicher im Herzen. Aber Herzen sind auch nicht mehr zeitgemäß. Dachte Barbara vage, während sie gleichzeitig ihr Becken nach vorne kippte, um gerade und gleichzeitig gelassen aussehend zu sitzen. Allenfalls betrachten wir Herzen als Transplantationsorgane, keinesfalls als den Sitz von Gefühl. Gefühl sitzt seit mehreren Jahren zeitgemäß im Bauch, mit fleischigem Fett gut abgepolstert.

Sie sinnierte darüber, warum ausgerechnet Männer mit Entscheidungsmacht sich so oft damit schmücken, irgend etwas im Bauch zu spüren, was sie für Gefühl – sie sagen »Emotion« – halten.

Barbara wartete trotz des Sinnierens fein lächelnd darauf, dass nun auch Dr. Rheydter ihr erläutern würde, dass er seine Entscheidung aus dem Bauch heraus getroffen hätte.

Bevor sie sich in ziemlich ekelhaften Phantasien über seine Verdauungsorgane und -geräusche verlor und merkte, wie ihre Mundwinkel unter der Anstrengung des feinen Lächelns leicht zu zittern begannen, legte Dr. Rheydter, die Ellenbogen aufgestützt und die Hände an den Fingerspitzen zusammengelegt, den Kopf leicht zur Seite und sagte: »Deshalb, verstehen Sie, müssen wir zeitgemäßer werden. Das ist eine Entscheidung, die man nicht nur mit dem Kopf fällt, sondern die auch spontan aus dem Bauch heraus emotional erspürt sein will.«

»Ja, in der Tat«, antwortete sie und lächelte wieder etwas unangestrengter mit geschlossenen Lippen. Tja, dachte sie, will ich denn das, erspürt sein, dort unten in deinem Bauch? Unter oder über dem Nabel?

Barbara wechselte diskret die übereinandergeschlagenen Beine und hätte gerne mit dem Fuß gewippt. Aber Frauen in ihrem Alter wippten nicht mit den Füßen während eines Gesprächs mit neuen promovierten Entscheidungsträgern und Arbeitgebern. Gleich kommt der Zeitgeist, dachte sie, unterdrückte erfolgreich ein Gähnen und versuchte, um ihre Mundwinkel zu entspannen, ein etwas breiteres Lächeln. Immerhin schimmerten ihre Augen durch das unterdrückte Gähnen gewiss interessiert.

»Wir müssen uns dem Zeitgeist öffnen«, sagte Dr. Rheydter erwartungsgemäß und hob quasi resignierend die kräftigen Schultern. »Wie Sie wissen«, fügte er hinzu.

Barbara fragte sich, weiterhin schweigend und ohne ihren aufmerksamen Gesichtsausdruck zu verlieren, ob die das merken. Dass sie immer »wie Sie wissen« sagen und dann nicht einfach aufhören zu reden, wenn alle doch sowieso alles schon wissen.

»Wie wir ja alle wissen, ist es an der Zeit«, fuhr Dr. Rheydter, ohne eine Antwort zu erwarten, fort und nahm seinen Füller zur Hand.

Sie unterdrückte erneut ein unpassendes Gähnen und produzierte damit eine durchaus kleidsame Röte auf ihre Wangen. Der Zeitgeist, das wusste sie, war jung und keinesfalls frauenbewegt. Frauen, wussten Dr. Rheydter und seine Zeitgenossen, waren längst bewegt und wollten keinesfalls mehr wissen, wie sie sich und wohin bewegen sollten. Sie wollten sich amüsieren, ohne dass man, beziehungsweise sie als Lektorin, ihnen Bücher verkaufen musste, die sich mit unzeitgemäßen Themen wie Macht für Frauen oder Gleichberechtigung, du lieber Gott, beschäftigten. Junge Frauen wollen davon nichts wissen, die sind einfach jung. Und nicht so verbiestert. Dachte Barbara und fand sich selber kein bisschen verbiestert, aber äußerst gelangweilt. Trotz seiner feinen Bräune und schlanken Gestalt war allerdings nicht daran zu zweifeln, dass auch Dr. Rheydter seinen akademischen Grad vor reichlich zwanzig Jahren erworben haben musste. Wenn sie endlich Entscheidungen über zeitgemäße Produkte fällen dürfen, sind sie meist selber schon nicht mehr zeitgemäß. Das macht sie so nervös.

Barbara neigt nicht zu Gewalttätigkeiten, ganz im Gegenteil. Sie gilt als beharrlich, genau, auch durchsetzungsfähig, dabei sanft, behutsam. Aber jetzt sah sie tausend winzige Teilchen von Dr. Rheydter durch das Büro fliegen, einzelne graue Haare an der Gardine hängen bleiben, ein Bruchstück energischen Kinns in den Papierkorb segeln, ein Fetzchen trainierten Bauchmuskels auf dem Monitor seines PC kleben bleiben. Es wurde hohe Zeit, diesen Phantasien Einhalt zu gebieten.

»Ja, ich denke auch«, sagte sie aufs Geratewohl, obwohl sie nicht wusste, wo Dr. Rheydter gerade bei seinem Monolog angelangt war. »Ich denke« pflegte man in diesen Kreisen zu sagen, wenn einem nichts mehr einfiel. Insofern war Barbara durchaus einer zeitgemäßen Formulierung fähig. Dr. Rheydter fand sich gewiss nicht nur sensibel und bäuchlings offen, sondern auch kommunikativ und mitarbeiterorientiert. Er ging sicherlich davon aus, dass seine Gesprächspartnerin nicht nur dachte, sondern mitdachte. Was auch immer.

Barbaras Bemerkung konnte nicht völlig deplaziert gewesen sein, denn Dr. Rheydter sagte, während er sich kommunikationsorientiert über seinen Schreibtisch zu ihr hinüber beugte: »Fein, dann wären wir also klar.«

Wieso »wären«?, dachte sie. Wenn wir es sind, sind wir es. Oder wären wir es lieber nicht? Was für einen unglaublichen Schwachsinn diese bedeutenden Männer reden. Ich könnte ihn ja einfach mal fragen: »Wieso eigentlich ,wären'? Sind wir es oder wären wir es gerne und was ist daran fein? Sind Sie, Herr Dr. Rheydter, des unzeitgemäßen Konjunktivs überhaupt mächtig?«

Sie fragte das selbstverständlich nicht. Sie ist nicht nur nicht gewalttätig, sondern will auch keine Gewalttätigkeiten provozieren.

Klar freilich war ihr gar nichts. Du bist so was von unklar, mein Lieber, dass es schon unfein ist, sagte sie stumm zu ihrem Gegenüber.

Die Audienz schien beendet. Sie konnte aufstehen, ohne das Gespräch von sich aus zu beenden und reichte der schon ausgestreckten Hand die ihre entgegen.

»Schönen Tag noch und eine gute Zeit«, sagte Dr. Rheydter, während er gerade eben seinen Hintern vom Stuhl lüpfte, ein zweifellos unbewusster Reflex aus archaischen Zeiten und ganz und gar unzeitgemäß. Zumal dabei auch der Stuhl unschön über das Parkett kratzte.

»Gleichfalls«, erwiderte Barbara gelassen und nahm den schwachen Duft nach gebügeltem Oberhemd mit zur Tür. Von morgens bis abends wünschen einem die Menschen einen schönen Tag und eine gute Zeit. An der Tankstelle, beim Bäcker, im Büro, sogar die Sprechstundenhilfe beim Zahnarzt sagte es neuerdings und meinte es nicht mal zynisch. Wenn es danach ginge, gäbe es für alle Menschen allüberall nur noch schöne Tage und gute Zeiten und niemand müsste wie sie über die Gefühle im verschlungenen Darm von Dr. Rheydter phantasieren.

Sie ging mit einem beiläufigen Nicken an der Vorzimmerdame vorbei und gar nicht unglücklich in den lauen Frühlingstag hinaus. Gebügelte Oberhemden riechen trotzdem immer noch wie früher, dachte sie, während sie beschloss, ein wenig spazieren zu gehen, bevor sie ins Büro zurück musste, um Manuskripte zu lesen, die Herr Dr. Rheydter nicht mehr verlegen wollte. Dr. Rheydter hatte ihr, die bei allen eigenen Überlegungen sehr wohl genau zugehört hatte, eindringlich nahegelegt, ihr Programm zeitgemäßer zu gestalten. Was hieß: Moderner, jünger. Das Publikum sollte die unter dem neuen Verlagsleiter Dr. Rheydter entwickelten Buchreihen wie verrückt kaufen. Man musste die Alten ignorieren und die Jungen ansprechen. Mit der zweifellos verdienten, aber leider, leider nicht mehr ganz zeitgemäßen Lektorin Barbara. Oder auch nicht? Dr. Rheydter verlangte Jugendlichkeit und Modernität. Alles, was nicht jung ist, fällt aus der Zeit heraus und ist ihr nicht gemäß, dachte Barbara voller Groll.

Sie hatte nicht die geringste Lust, sich zeitgemäßer zu geben, als sie sich fand. Dummerweise bestritt sie ihren Lebensunterhalt unter der Ägide von Menschen wie Dr. Rheydter. Und der hatte ihr trotz aller Konjunktive klar gemacht, dass er ihre Manuskripte und Ideen zunehmend altbacken, muffig und unmodern fand.

Barbara spürte im nachhinein, wie Dr. Rheydter sich offensichtlich beherrschen musste, um nicht nach dem Geruch von Mottenkugeln an ihr zu schnuppern. Sie duftete selbstverständlich nicht nach Mottenkugeln und hatte auch keine Ahnung, wie Mottenkugeln riechen, aber je länger sie lief, desto sicherer wurde sie, dass Dr. Rheydter bei ihr etwas schwach Vermoderndes wahrgenommen hatte.

»Spüren Sie Trends nach, bevor sie in aller Munde sind«, hatte Dr. Rheydter sehr bestimmt gesagt.

Wo soll ich Trends – wahrscheinlich aus meinem trotz meines hohen Alters Jahren keineswegs faltigen Bauch heraus – erspüren? dachte sie. Aus dem Bauch heraus in aller Munde. Wenn das nicht Kannibalismus ist. Was will er? Nicht meine muffigen Romane und Sachbücher aus dem Leben Unzeitgemäßer. Ihre eigene Nase war berühmt gewesen, früher; viel, viel Geld hatte das dem Verlag gebracht, der sich unter anderem damit jetzt einen außerordentlich teuren Leiter namens Rheydter leistete.

»Frauen um die Fünfzig, schön wie nie!« Das war auch mal ein Trend. Geliftet und gefastet strahlten Schauspielerinnen von den Titelblättern und behaupteten, mit 30 fett und hässlich gewesen zu sein und was taten sie nun für ihre Schönheit? Sie waren gelassen, innerlich ausgewogen und brauchten nur ein wenig Feuchtigkeitscreme.

Ich denke fahrig und altmodisch, dachte Barbara und steuerte jetzt zielstrebig ein Straßencafé an. Es ist vor allem unzeitgemäß, bei schwülem Wetter dicke Knie zu bekommen. Sie betrachtete ungeniert ihre nur für ihre Augen, dennoch eindeutig angeschwollenen Knie und bestellte sich einen Prosecco. Sehr schick, dachte sie und zündete sich eine Zigarette an, was wiederum ziemlich unmodern war. Also, Trends aufspüren. Eigentlich müsste sie nur in das Verlags- Archiv gehen und die Trends der letzten zehn Jahre nachlesen. Um sie dann in bunt gemischter Reihenfolge aufzuspüren und an Dr. Rheydter zu verkaufen. Selber geschrieben.

Sie wollte gar kein Buch schreiben, obwohl das nun wieder durchaus zeitgemäß gewesen wäre. Denn wer schließlich schrieb eigentlich gerade kein Buch? »Wenn ich endlich mal Zeit hätte«, seufzten immer mehr Leute aus ihrem Bekanntenkreis, »könnte ich Romane schreiben . . .« Sie sagten das mit drei Ausrufungszeichen und drohendem Unterton. Erfreulicherweise nahmen sie sich keine Zeit dafür. Sonst wäre sie erstickt in Manuskripten von lieben Freundinnen und Freunden.

Sie hatte Zeit. Sie bestellte sich einen zweiten Prosecco. Dr. Rheydter wünschte bis Ende der Woche einen Bericht über neue Trends in den vorliegenden Manuskripten oder eine Liste der Autorinnen, von denen Trendgemäßes zu erwarten war. Bis Ende der Woche waren es vier Tage und in vier Tagen müssten in unserer schnelllebigen Zeit mindestens zehn neue Trends zu finden sein, vor allem im Ausland, denn das hatte Dr. Rheydter auch betont, schauen Sie über den Tellerrand, als ob sie das nie getan hätte.

Und was ist nun der Trend, außer jung und modern und nicht frauenbewegt, dachte Barbara und hielt das halb gefüllte Glas an ihr geschwollenes Knie, jung formulieren, das verstehe ich einfach nicht.

Das Knie war dankbar für die Kühlung und schmerzte nicht mehr. Ich könnte vielleicht meinem Alter gemäß Medizinbücher lektorieren, überlegte sie und drückte das Glas an das andere Knie. »Ein kleines Glas Prosecco von Zeit zu Zeit gegen Ihre geschwollenen Knie gedrückt, wirkt, wie uns begeisterte Leserinnen immer wieder schreiben, mitunter Wunder.« Dann lass' ich mich von der Prosecco-Branche als PR-Tante anwerben.

Sie hatte sich entschlossen, vielmehr war es kein Entschluss gewesen, sondern eine ihrer Ideenlosigkeit entgegengekommene Einladung zu einer Lesung mit »Junger experimenteller Lyrik«. Jung war auf jeden Fall gut, vermutlich war auch nicht die Lyrik als solche jung, sondern die Dichterinnen und Dichter. Außerdem hieß »experimentell« ja wohl, dass es sich um Versuche im Stadium der Forschung handelte, und da war sicherlich der eine oder andere offene Trend zu erwarten. Experimente können schließlich gut oder schlecht ausgehen.

Also war eine solche Veranstaltung für Barbaras Zwecke, Herrn Dr. Rheydter Junges, Zeitgemäßes und Trendiges zu servieren, geradezu ideal. Szene ist Szene und Szenen haben Trends, hatte sie gedacht und das Programmheftchen studiert, aus dem umwölkte Dichterstirnen ihr entgegensahen. Dichterinnenstirnen waren nicht dabei. Was schon mal gut war, da konnte ihr nicht unzeitgemäß Feministisches über den Weg laufen. Sie saß etwas unbequem auf einem Klappstühlchen in der Buchhandlung, war falsch, nämlich zu elegant angezogen, und wartete auf die jungen Dichter.

Punkt, Punkt, Komma, Strich. Sie malte auf ihrem Notizblock herum und träumte wehleidig von Fontane. Während vorne am Lesepult ein offensichtlich mit seinen 26 Jahren schon zutiefst verzweifelter Jungautor Kryptisches über Straßenlaternen herauswürgte, fühlte Barbara sich fehl am Platz. Was tue ich hier, Lyrik verlegt doch sowieso niemand mehr. Ich habe mich von dem Wort »jung« verführen lassen. Wenn sie nicht bis Ende der Woche wirklich etwas fand, was Dr. Rheydter gefiel, würde sie entweder mit einer Abfindung des Hauses verwiesen oder in die Abteilung für Kochbücher versetzt werden. Beide Aussichten hoben ihre Laune nicht, obwohl sie gerne kochte.

Sie wurde plötzlich wütend. Richtig bebend wütend. Was bildete sich dieser gebräunte Lackaffe eigentlich ein? Sagte man noch Lackaffe? Egal, er war einer. Kam daher, wollte Trends und Schwachsinn.

Barbara ermahnte sich stumm und streng, während sie Entschuldigungen murmelnd durch die Sitzreihe nach draußen ging, sei vernünftig, es wird dir etwas einfallen. Im Hinausgehen hörte sie ». . . und schweigend . . . und schweigend . . . unter den Straßenlaternen . . . starb er den alkoholisierten rattarattaratta . . . Transmissionsriemen erkaltet . . .«

Zu Hause setzte sie sich in ihren Lieblingssessel, goss sich ein Glas Rotwein ein und las zweifellos sentimental in den von ihr verlegten Büchern herum. Und blieb, natürlich, bei den Krimis hängen. Ach, wie wunderbar diese mordenden Frauen waren, wie erfolgreich, zumindest in der Literatur, sie wurden nicht erwischt, sie waren klug und witzig und wehrten sich.

Alles out, hatte Dr. Rheydter gesagt, heutzutage wollen die jungen Frauen den Richtigen finden, nicht ihn ermorden und es muss irrsinnig komisch sein, wie sie ihn dann finden und sie müssen Werbetexterin oder Medienfrau irgendwas sein, damit können sich unsere Leserinnen identifizieren und sie müssen Gewichtsprobleme haben, aber wahnsinnig hübsch sein, ohne es zu wissen und wahnsinnig gute Freundinnen und irrsinnig lustige Cliquen haben und am Ende schwanger sein, gewollt und gewünscht.

Mörderisch witzig. Ich, dachte Barbara, und trank ein weiteres Glas Rotwein, ich bin und war und werde sein eine gute Lektorin und ich lasse mich nicht von diesem ...

Sanft entschlummerte sie, es glitt ihr das Rotweinglas aus der Hand und ergoss sich über ihren weißen Hirtenteppich.

*

Schnell streute sie etwas Salz auf den Rotweinfleck.

»Ach«, sagte Barbara lächelnd, »das macht doch gar nichts, dafür habe ich sowieso hier immer Salz stehen und heutzutage geht ja eigentlich alles wieder raus ...«

»Mhm«, machte Dr. Rheydter, während er die Backen aufblies, die Nase hochzog, noch einmal den Rotweinschluck im Mund herumrollen ließ, wie aus Gummi wirkte sein Gesicht, mit Rotwein gefüllte kleine Ballons bildeten sich auf seinen Wangen, sie konnte nicht hinsehen. Sie hatte einen wirklich sehr guten, enorm teuren Rotwein gekauft, nachdem Dr. Rheydter ihre Einladung, wenn auch etwas erstaunt, aber durchaus interessiert, angenommen hatte.

»Ein kleines Abendessen bei mir, um über die neuen Trends zu sprechen, in entspannter Atmosphäre.«

Endlich schluckte er den Wein hinunter und lächelte.

»Ausgezeichnet, hervorragend, ein großer Wein, nicht zu alkoholbetont, eine Ahnung von Pferdeäpfeln, ein kräftiger, nicht zu langer Abgang, sehr schön, meine Liebe.«

Meine Liebe. Das fing ja gut an. Er hätte ihr Sohn sein können, sie war froh, dass er es nicht war.

Er strahlte, sie strahlte zurück, nahm jetzt selber einen Schluck.

»Köstliches Tröpfchen«, sagte er und schenkte sich nach.

Sie hatte vier Flaschen gekauft, wollte aber selber nur ein Glas trinken, um die Kontrolle zu behalten.

»Der 89er hatte mehr Reife«, sagte er zwischen zwei Bissen, »aber Experten meinen, der 90er, den Sie klugerweise ausgewählt haben, sei dafür eine Nuance eleganter. Sie sollten ihn das nächste Mal ein Viertelstündchen früher öffnen und ihn dekantieren, obwohl ich glaube, er hat noch kein Depot.«

Er nahm die Flasche, hielt sie schräg und starrte mit zusammengekniffenen Augen in die Flasche.

»Man sollte . . .«, murmelte er und hielt die Flasche noch ein wenig schiefer, fast waagerecht, dann den Flaschenhals etwas tiefer als den Flaschenboden, gegen das Licht der Tischlampe.

»Ich glaube . . .«, begann sie, aber da war schon ein Schwall Wein aus der Flasche geflossen, auf die Tischdecke, um seinen und ihren Teller herum.

»Oh«, machte er und stellte die Flasche vorsichtig hin, »das tut mir leid, aber es war schlecht zu erkennen, ob er Depot hat.« Dr. Rheydter breitete sorgfältig und lächelnd seine weiße Stoffserviette unter seinen Teller über den großen Fleck, die Serviette sog sich voll. »Na«, er lächelte, »das nützt wohl nichts.«

Ihr fiel nichts mehr ein, sie konnte ja nicht pfundweise Salz auf den Tisch schütten, die Tischdecke war hin, die Serviette war hin, in der Flasche war höchstens noch ein Glas, aber es blieben ja noch die dritte und die vierte Flasche und sie hatte auch noch Champagner kalt gestellt, wenn er zum Dessert noch nicht genug hatte.

»Lassen Sie doch mal hören«, sagte er und schenkte sich das letzte Glas ein, »er hat keinerlei Depot, schauen Sie, ein erstaunliches Tröpfchen, erstaunlich geradezu, wie er die Säure eingebunden hat.« Er steckte die Nase erneut tief ins Glas, schwenkte es in einem großen Bogen herum und zog den Duft geräuschvoll ein.

»Es ist ein bisschen ungemütlich«, sagte sie, räumte die Teller ab und legte schnell eine frische Decke über die rotweingetränkte, die auch sofort durchnässte, holte eine dritte, mit der ging es einigermaßen, gab ihm eine frische Serviette und brachte die warm gehaltene Entenbrust.

»Sehr ungewöhnlich, durchaus mutig und erfrischend unkonventionell«, sagte Dr. Rheydter jetzt, als sie ihm die Entenbrust servierte und die nächste Flasche Rotwein dazustellte. »So unkonventionell müssten Sie Ihre neue Reihe machen, wissen Sie, ausgetretene Pfade verlassen, Trends erspüren, erschnuppern wie diesen Wein, Sie haben doch die Nase dafür, wissen Sie, wir stehen ja auch unter Zugzwang, die Kreditgeber drängen, die Vertriebsleitung macht Druck, ich bin doch der letzte, der Sie hinausdrängen will.«

Aha, dachte sie, jetzt hat er es schon mal gesagt, hat schon mal zugegeben, dass er der erste ist, der mich hinausdrängen will.

»Machen Sie die neue Flasche doch auf«, sagte sie freundlich.

Er nahm das Sommelierbesteck, das sie ihm reichte, schnitt die Kapsel sorgfältig ab, drehte den Korkenzieher in den Korken, zog ihn vorsichtig heraus, schnüffelte an ihm, schraubte ihn vom Korkenzieher, schnüffelte noch einmal, legte den Korken auf die frische Tischdecke, goss mit ausholendem Schwung den ersten Schluck zur Hälfte neben das Glas, schlürfte unbeeindruckt das, was ins Glas geflossen war, sog den Wein geräuschvoll durch die Zähne, spülte ihn um und um, schmatzte und spuckte den

Wein dann in hohem Bogen ins Glas zurück, reichte ihr das Glas mit dem ausgespuckten Wein und strahlte: »Wunderbar, ganz wunderbar, meine Liebe, wenn Sie mir nur ein frisches Glas bringen würden«, griff zu seinem Besteck, während sie rasch das Glas in die Küche stellte, ein frisches aus dem Schrank nahm, eine frische Serviette holte, sie über die neuen Flecke breitete, sich hinsetzte und begann, ihre kalte Entenbrust zu probieren. Widerlich.

»Ausgesprochen gelungen«, sagte er und lächelte. »Sie sind offenbar eine ausgezeichnete Köchin und hervorragende Weinkennerin. Sehr feines Tannin. Es ist ein Jammer, dass wir Sie nicht mehr beschäftigen können.«

Er legte das Besteck hin, prüfte das volle Glas gegen das Licht und stürzte es dann in einem Zug hinunter, wobei ihm zwei feine Rotweinrinnsale aus den Mundwinkeln liefen, den Hals hinunter bis zum Kragen seines zart hellgrünen Hemdes und sich dort in den feinen Verästelungen des Seide-Baumwollgemischs verliefen.

Sie musste ihm gar nicht mehr erzählen, was sie sich ausgedacht hatte, eine neue Reihe »Neue Mädels für neue Männer«, das war so blöde, dass sie überzeugt gewesen war, er würde begeistert sein nach dem sechsten Glas und dann hätte sie irgendwie schauen können, dass ihr etwas Vernünftiges einfiele, aber er hatte sich schon verraten, er hatte schon zugegeben, dass sie keine Chance mehr hatte und sie unterschätzt, natürlich, älter werdende Frauen werden grundsätzlich unterschätzt.

Dr. Rheydter, teuer, kompetent und alles im Griff habend, hält natürlich eine nicht zeitgemäße Lektorin für halb schwachsinnig, dachte sie, die merkt nicht, dass ihre Zeit vorbei ist, aber wenn sie was von Wein versteht, warum nicht bei ihr essen gehen und ihr schonend beibringen, dass leider, leider und so weiter.

Leider aber hatte Herr Dr. Rheydter sich selber überschätzt und seine Kunst, sich angesichts dieses wirklich exzellenten Rotweins etwas zurückzuhalten und nicht alles auszuplaudern.

Sie sah gelassen zu, wie er sich das nächste Glas einschenkte, so, dass der Wein über den Rand floss, sich am Stiel entlang wand und ganz langsam auf dem Fuß des Glases sammelte, um dann einen feinen dunkelroten Ring um den Glasfuß herum auf jener Serviette zu bilden, die auf der dritten Tischdecke und seiner ersten Serviette lag. Er hatte inzwischen seinen Teller leer gegessen und goss sich den Rest aus der Flasche ins Glas, ohne einen einzigen Tropfen zu verschütten.

Rasch räumte sie die Teller von dem feuchten Tisch. Durch die Küchentür blickte sie zurück, er sah grotesk aus, die Rotweinrinnsale auf Kinn und Hals hatte er nicht weggewischt, wohl nicht bemerkt, der Hemdkragen mit seinen rötlichen Weinadern wirkte wie von Blut durchtränkt.

Den Champagner würde sie keinesfalls mehr opfern, obwohl er natürlich keine Rotweinflecken machen würde.

»Gibt's denn noch ein Fläschchen von dem guten Tröpfchen?«, rief er hinter ihr her, die Silben verschwammen ihm, er wedelte mit dem leeren Glas.

»Sicher, sicher«, sagte sie freundlich, stellte den Käseteller auf den größten Fleck, gab ihm die Flasche, die er erstaunlicherweise mit der selben bedachtsamen Sorgfalt öffnete, wie die vorherige.

Den Probeschluck goss er langsam neben das Glas auf den Käseteller, lachte, sagte »na, so was«, versuchte es erneut, traf das Glas, prüfte, schmeckte, schmatzte, spuckte in hohem Bogen den Wein auf ihr Kleid, kicherte, sagte: »Na, so was, Tschuldigung, ein Jahrhundertwein, eigentlich viel zu schade zum Trinken.«

Sie saß stumm in ihrem feuchten Kleid, starrte auf den in Rotwein schwimmenden Käse, auf seine nun rotweinbekleckerte Hemdbrust, sah, dass er sich konzentriert und zielsicher das Glas voll goss, kein Tropfen ging daneben, er trank das Glas in langen Zügen aus, schenkte nach, trank wieder, leerte die Flasche zum letzten Mal, verfehlte seinen Mund und goss sich den Wein über das Gesicht, den Hals, die Schultern, der Wein floss an ihm herunter, tropfte träge auf den weißen Hirtenteppich.

Sie stand auf.

Sagte »Entschuldigung«, nahm die leere Flasche und zerschmetterte sie mit voller Kraft auf seinem Kopf.

Er sah genauso aus wie vorher, voller roter Flecken.

*

Natürlich halfen sie alle. Die Frauen aus den wunderbaren Frauen-Büchern, die sie so liebevoll lektoriert hatte: Kommissarinnen, Privatdetektivinnen, betrogene Ehefrauen, verlassene Geliebte.

Alle halfen ihr, die Leiche im Auto zu transportieren, ohne dass jemand vorbeikam, alle halfen ihr, Dr. Rheydter in den Fluss zu werfen, ohne dass jemand es sah, man schrubbte mit ihr den Hirtenteppich, sammelte die winzigsten Glasscherben auf, warf die Servietten und Tischtücher in die Waschmaschine, saugte alle Spuren aus dem Kofferraum.

Wie erfolgreich ich bin, dachte sie, als sie gegen Morgen mit dem Champagnerglas im sauberen, zart nach Teppichschaum duftenden Esszimmer saß, es hat immer alles gestimmt, was in meinen Büchern stand.

Du hättest sie lesen sollen, anstatt sie runter zu machen, lieber Dr. Rheydter, dachte sie. Dann hättest du gewusst, dass Männer zu ermorden zu den leichtesten Dingen gehört. Und dass diese Morde, von klugen Frauen begangen, nie entdeckt werden.

*

»Wir«, sagte Herr Dr. Milrauch-Schwurbeisen und meinte damit ausschließlich Barbara, »müssen gezielt zeitgemäßer werden.«

Ich müsste zeitgemäßer werden, verstand Barbara ihn
richtig und versuchte, nicht zu grinsen. Sie wartete fein
lächelnd darauf, dass nun auch Dr. Milrauch-Schwurbeisen ihr alsbald erläutern würde, dass er seine Entscheidung, ihre Reihen einzustellen und sie selber loszuwer-
den, aus dem Bauch heraus getroffen hätte.

»Herr Dr. Milrauch-Schwurbeisen«, sagte sie herzlich,
»bevor Sie weitersprechen: Es gibt eine wunderbare Tradition in diesem Haus, von der Sie noch nichts wissen
können. Ich lade immer die neuen leitenden Herren zu
einem ungezwungenen kleinen Abendessen in mein Haus.
Bei einem guten Glas Wein lassen sich viele Dinge einfach
offener ansprechen und leichter in einen Konsens bringen.«

»Eine wirklich wunderbare Tradition, verehrte Barbara«, sagte Herr Dr. Milrauch-Schwurbeisen, »wann darf ich
Sie besuchen?«

Das Verschwinden
eines Einkaufsleiters

»Ich gehe mal da hinten zur Toilette«, sagte er.

Sie stand am Ständer mit den Ansichtskarten und konnte sich nicht entscheiden. Sie nickte, ohne aufzusehen und nahm eine mit der Ganzansicht des Klosters in die Hand. Eigentlich war dies die schönste, obwohl auf der anderen, zweigeteilten, auch noch eine Ansicht vom Dorf zu sehen war. Sie zählte im Kopf, wie viele Karten sie heute schreiben wollte: Mutter, Tante Liesbeth, Schmeurers, Sylvia. Er wollte sicher eine ans Büro schreiben, die mit der Ganzansicht. Also drei mit dem Kloster, zwei zweigeteilte.

Sie nahm die Karten und hielt sie der kleinen alten Frau hinter dem Ladentisch hin.

Der Verkaufsladen am Klostereingang war hübsch und »gar nicht so touristisch«, wie er gesagt hatte. Was Quatsch ist, dachte sie, während die alte Frau einen Finger anleckte und die Karten zählte. Wer, wenn nicht Touristen, kauft denn hier ein? In dem kleinen Laden gab es nur Produkte aus dem Kloster und Ansichtskarten.

Es duftete nach Kräutern. Sie hätte gerne dieses Shampoo aus Heublumen gekauft, das wahrscheinlich strohige Haare machte. Oder diese Lavendelseife, die sie nie benutzen würden.

Oft überkam sie in solchen Läden ein Gefühl, als ob sie alles kaufen müsste, weil es so gut roch und handgeschriebene Etiketten hatte. Sie kaufte nichts, nur, wenn es an der Zeit war, Ansichtskarten. Sie schrieb gerne Ansichtskarten, weil sie gerne welche bekam. Es machte Spaß, zu lesen, wo andere Urlaub machten. »Schau mal, Schmeurers sind schon wieder in der Karibik« oder »lies mal, was Tante Liesbeth aus Oslo schreibt, es ist gar nicht so kalt.«

Die Luft in dem Lädchen war angenehm lau und die Düfte und Aromen machten sie ein wenig benommen.

»Dix Euro, Madame«, sagte die alte Frau jetzt und Esther bezahlte.

Die Verkäuferin steckte die Karten in ein passendes Tütchen, das mit einer Ansicht des Klosters bedruckt war. Dieses Tütchen würde Esther mit nach Hause nehmen und in einigen Wochen wegwerfen.

Sie steckte die Karten in ihre Umhängetasche und sah sich noch einmal im Lädchen um. Zwei ältere Frauen rochen an den Seifen und unterhielten sich auf Deutsch darüber, wie hübsch sich solche Seifen in der Gästetoilette machen würden. Esther überlegte, ob sie auch zur Toilette gehen sollte. Aber sie waren ohnehin auf dem Weg zu ihrem Hotel ganz in der Nähe und die Toiletten in solchen Lädchen waren meist nicht die saubersten.

Sie sagte »au revoir« und ging hinaus.

Vor dem Lädchen stand eine alte Platane mit einer Bank darunter. Sie setzte sich mit dem Rücken zum Laden und dem Blick auf das in der Sonne gelb schimmernde Kloster auf die Bank, streckte die Beine aus, setzte die Sonnenbrille auf. Die Allee, die zu dem Kloster führte, war mit großen alten Kastanien bestanden.

Sie lächelte, als sie daran dachte, dass Karsten, der im Reiseführer über die Platanenalleen in der Provence gelesen hatte, schon nach einem Tag bemerkte: »Die Platanenalleen bestehen hier vor allem aus Kastanien.«

Er sagte es witzig, nicht vorwurfsvoll oder besserwisserisch. Außerdem stimmte es.

Sie saß ruhig und entspannt in der nachmittäglichen Sonnenwärme, etwas im Halbschatten der Platane und betrachtete das gelbe Kloster vor dem blauen Himmel hinter den grünen Kastanien. Klöster passen zu Weihnachten, dachte sie. Warum nur? Schließlich feiert man die Geburt Jesus und da gab's noch keine Klöster. Sehr philosophisch. Wie schön, dass man nicht mehr zu Hause in der Kälte Weihnachten feiert. Leise rieselt der Schnee.

Hinter sich hörte sie die Ladentür gehen und stand auf. Das war sicher Karsten. Sie sah die beiden älteren Damen mit einer größeren Tüte aus der Tür kommen.

In diesem Moment dachte sie zum ersten Mal daran, dass sie nicht auf die Uhr gesehen hatte, als er zur Toilette ging.

Sie sah im Urlaub sehr selten auf die Uhr. Jetzt, als die Frauen plaudernd unter der Platane standen, dachte sie, dass Karsten schon ziemlich lange auf der Toilette war. Wie lange wusste sie nicht, aber wohl zehn oder fünfzehn Minuten.

Männer brauchen nie so lange, dachte sie. Merkwürdig, dass er überhaupt in dem Lädchen gegangen ist. Sonst musste immer sie zur Toilette, sobald sich die Gelegenheit ergab. Vielleicht ist er noch im Laden und sieht sich die Weinflaschen an. Das hätte sie sich gleich denken können. Wenn sie jetzt hineinging, sah es so aus, als wolle sie ihn drängen. Dreimal werden wir noch wach.

Esther setzte sich wieder auf die Bank, nahm die Sonnenbrille ab und schloss die Augen, das Gesicht der tiefstehenden Sonne zugewandt. Es war nun sehr still, die beiden Frauen waren zum Kloster gegangen und auf dem Parkplatz rechts neben dem Lädchen standen nur noch zwei Autos. Esther döste vor sich hin und fühlte sich warm und wohlig und summte gedankenlos »Macht hoch die Tür, die Tor macht weit . . .« vor sich hin.

Als sie die Augen öffnete, sah sie auf die Uhr. Zehn nach fünf. Es war doch schon später, als sie geglaubt hatte. Sie wusste, dass es etwa drei Uhr gewesen war, als sie angekommen waren. Denn Karsten, der auch im Urlaub auf die Uhr sah, sagte: »Das haben wir gut hinbekommen, ab drei kann man in die Kirche hinein.«

Sie begann zu rechnen. Etwa eine Stunde waren sie in der Klosterkirche gewesen. Dann hatten sie einen Spaziergang durch die Klostergärten gemacht und an den Kräutern gerochen, um ihre Namen zu erraten. Vielleicht eine halbe, eine dreiviertel Stunde. Also waren sie etwa gegen viertel vor fünf in dem Laden gewesen. Sie war direkt auf den Kartenständer zugegangen. Vielleicht nicht ganz direkt, aber nach zwei, drei Minuten bestimmt. Und dort hatte Karsten gesagt: »Du, ich gehe mal eben dahinten auf die Toilette.«

Sie hatte nicht aufgeblickt und genickt.

Esther stand auf. Das bedeutete, dass ihr Mann seit ungefähr zwanzig Minuten auf der Toilette war. Oder, dass er seit einer viertel Stunde die Weinflaschen studierte. Das war für die wenigen Flaschen, die sie flüchtig wahrgenommen hatte, viel Zeit. Sie ging gemächlich auf den Laden zu, vermied den Eindruck, sie sei womöglich ungeduldig.

Sie hatten Zeit genug, um gegen sechs Uhr im Hotel zu sein, das sie von zu Hause aus gebucht hatten.

Unten am Berg hatte sie den Wegweiser gesehen, rechts ging es zum Kloster, links zu dem Ort, in dem sie eine Woche wohnen wollten.

Sie mochten es, am frühen Abend in den Hotels zu sein, in Ruhe ihre Koffer auszupacken, sich im Hause umzusehen, einen Aperitif auf der Terrasse oder an der Bar zu nehmen. Sie hassten Hektik, überlegten sich vorher, wo sie hinwollten, wo sie wohnen wollten.

In dieser eingespielten Planung blieb dennoch genug Zeit für kleine Abstecher, für ein Café am Straßenrand, einen Umweg zu dem Dorf, dessen Kapelle im Reiseführer erwähnt wurde.

Sie wollten nicht zu früh im Hotel ankommen, nachmittags wurden die Tische für abends eingedeckt, ein Kaffee war manchmal schwer zu bekommen und so hatten sie beschlossen, zuerst das Kloster zu besichtigen.

»Wenn es uns gefällt«, hatte Karsten gesagt, „gehen wir

vom Hotel noch mal zu Fuß hinüber, es sind wohl über den Daumen so acht Kilometer.«

»Und wenn es uns nicht gefällt«, hatte Esther hinzugefügt, »gehen wir dann nicht umsonst den langen Weg von dort aus.«

Sie öffnete die Tür des Lädchens und sah sofort rechts das Weinregal. Es stand niemand davor. Der Verkaufsraum war leer.

Es ist ja auch niemand mehr hineingegangen, dachte Esther und blieb unschlüssig mitten im Raum stehen. Die alte Verkäuferin zählte Geldscheine und sah nicht auf. Rechts hinter dem Ladentisch sah Esther jetzt die Tür mit der Aufschrift »toilette« und dem stilisierten Mann.

Ich gehe einfach hinein, dachte sie. Vielleicht ist ihm schlecht geworden oder der Reißverschluss an der Hose klemmt und er quält sich damit ab und hofft, dass ich komme und ihm helfe. Sie ging an dem Ladentisch vorbei auf die Tür zu.

»Non madame, c'est pour l'hommes. Madame?« Die Stimme der alten Frau hielt sie zwei Schritte vor der Tür auf.

Esthers Französisch war schlecht, sie machte sich oft gemeinsam mit Karsten darüber lustig. »Aber ich kann nach dem Weg fragen, wenn ich mich verlaufe und Speisekarten lesen und etwas bestellen. Also gehe ich weder verloren, noch muss ich verhungern ohne dich«, sagte sie dann immer und sie lachten.

Natürlich verstand sie auch die alte Frau. Sie drehte sich um und sagte, nachdem sie sich geräuspert hatte: »Je sais, mais mon mari . . .« und stockte.

Die alte Frau hob die Schultern, schüttelte den Kopf, als wollte sie sagen, diese Touristen wissen sowieso alles besser und wandte sich wieder ihren Scheinen zu, die sie mit angelecktem Zeigefinger langsam und sorgfältig zählte und dann stapelte.

Jetzt habe ich sie wahrscheinlich beim Zählen durcheinander gebracht, dachte Esther flüchtig. Dann drückte sie entschlossen die Klinke herunter. Schließlich konnte niemand außer Karsten dort drinnen sein.

Der Raum war leer.

Die beiden Pissoirs wirkten, wie Esther sofort wahrnahm, erstaunlich sauber. Am Waschbecken tropfte der Hahn. Sie stand und guckte und drehte sich einmal um sich selber. Oben an der Wand war ein kleines Fenster geöffnet.

Esther blieb stehen. Karsten war eindeutig nicht hier. Aber natürlich, dachte Esther, wie dumm von mir, er ist nach mir herausgekommen, vor den beiden Touristinnen schon, hat mich nicht gesehen und ist noch einmal zum Kloster gegangen, weil er dachte, ich sei noch einmal hingegangen. So etwas passiert doch dauernd, dass man aneinander vorbeiläuft.

Nein, nein, das stimmt nicht. Uns passiert so etwas nie, wirklich nicht. Wir achten immer sehr aufeinander. Einer auf den anderen. Ich hätte die Tür gehört, genauso wie ich sie bei den alten Frauen gehört habe. Er hätte mich gesehen. Ich saß doch auf der Bank, wenn auch mit dem Rücken zu ihm. Als ob er meinen Rücken nicht erkennen würde nach zweiundzwanzig Jahren.

Esther stand in der Männertoilette und fror. Unwillkürlich rieb sie sich die gänsehäutigen Unterarme mit den kalten Händen. Sie warf noch einen flüchtigen Blick auf die Pissoirs, dann drehte sie entschlossen den Wasserhahn zu und ging hinaus.

Als sie die Toilettentür schloss, sah sie auf ihre Armbanduhr. Zwanzig vor sechs.

Sie blieb vor der Tür stehen und starrte auf die Uhr. Zwanzig vor sechs. Seit vierzig Minuten, seit mindestens, seit mehr als vierzig Minuten ist Karsten verschwunden. Sie blickte auf, direkt in die dunklen Augen der alten Frau. Was ist nur mit dir, dachte Esther. Du spinnst, nimm dich zusammen. Verschwunden, so ein Unsinn. Karsten sitzt draußen auf den Bank und fragt sich, wo du herumtrödelst. Sie lächelte die alte Frau an, sagte laut »au revoir« und ging hinaus. Die hält mich für pervers, dachte sie und lächelte weiter. Ging lächelnd auf die leere Bank zu.

Warum hast du nicht gleich daran gedacht, dass Karsten längst im Auto sitzt, dachte sie gleichzeitig und machte eine relativ sanfte Kehrtwendung zum Parkplatz hin. Wirke bloß nicht panisch, dachte sie, so albern hast du dich wirklich selten benommen. Kein Mensch, schon gar nicht dein besonnener und vernünftiger Mann, verschwindet im Herrenklo des Verlaufsladens an einem provencalischen Kloster.

Karsten wird sich vielleicht, wahrscheinlich sogar, Sorgen um dich machen und dich auf dem Damenklo vermuten. Das ist die einzige logische und sinnvolle Erklärung, du hast die Tür nicht gehört, weil du auf das Kloster gesehen hast, er ist direkt zum Parkplatz, weil er dachte, dass du natürlich auch noch mal schnell zur Toilette bist und sitzt jetzt im Auto und studiert die Landkarte. Sie ging schneller und grinste vor sich hin. Das ist eine schöne Geschichte, dachte sie. Darüber können wir nachher beim Essen lachen, und ich erzähle Liesbeth und Heiner später, wie ich meinen Mann Heiligabend auf dem Klo verlor und wie die alte Frau mich angesehen hat und von der Wiederkehr des Herrn und eine schöne Bescherung und was es alles für wunderbare Assoziationen gibt . . .

Sie war schon am Auto, es war das einzige, das noch dort stand. Das andere hatte sicher den beiden Frauen gehört, die abgefahren waren, als sie in dem kalten Klo stand.

Das Auto war leer. Esthers Grinsen verlor sich.

Also wirklich, Karsten, dachte sie plötzlich wütend, mach hier keinen Ulk mit mir. Du weißt doch, dass ich Überraschungen nicht mag. Du übrigens auch nicht. Nur zur Bescherung, aber die haben wir abgeschafft, diesen Kinderkram. Wir mögen beide keine Aufregungen, schon gar nicht im Urlaub. Außerdem ist das hier nicht sehr komisch. Wenn du dich irgendwo versteckt hast, ist es jetzt genug. Es ist fast schon zehn vor sechs und wir wollten um sechs Uhr im Hotel sein.

Sie blieb vor dem Auto stehen, bückte sich, um hineinzusehen, obwohl sie längst wusste, dass niemand darin saß. Sie schloss auf, setzte sich auf den Beifahrersitz und öffnete die Fahrertür von innen. So, dachte sie, nun komm' und erklär'mir alles.

Sie saß regungslos, die Handtasche auf dem Schoß und starrte durch die Windschutzscheibe auf die Allee. Die Sonne stand jetzt tief, fahlgelbe Lichtbündel brachen durch die niedrigen Zweige. Es war still, nur die Grillen waren zu hören.

Esther fuhr heftig zusammen, als die Turmuhr anschlug. Sie zählte mit, sechsmal. Ihre Armbanduhr zeigte eine Minute nach sechs. Erstaunlich genau, diese alte Kirchturmuhr, dachte Esther.

»Klosteruhren gehen immer nach«, steht irgendwo in einem Werk der Weltliteratur. Karsten hat so etwas immer präsent. Bewundernswert, sagt man. Mir fallen Zitate immer zu spät ein. Oder gar nicht. Ich finde Karstens Zitatenschatz auch bewundernswert.

Was tue ich jetzt? Sie saß immer noch aufrecht, verkrampft, hielt die Handtasche fest.

»Oh, Gott«, sagte sie plötzlich laut und legte eine Hand an die Wange. »Du lieber Gott. Du meine Güte. Was passiert hier? Karsten ist seit über einer Stunde weg. Weg, einfach weg. Nicht vom Erdboden verschwunden, sondern aus der Toilette. In der Toilette. Das gibt es nicht. Das ist verrückt. Denk' doch mal nach. Steig aus. Hier ist es viel zu warm.«

Beim Aussteigen merkte sie, dass ihr dünner Baumwollrock feucht hinten an ihren Oberschenkeln klebte. Sie stellte sich in die offene Autotür und sah zum Laden hinüber. Sie hörte undeutlich, dass die Tür abgeschlossen wurde. Um sechs ist Feierabend, dachte sie, aber du brauchst dir keine Sorgen zu machen, dass dein Mann dort eingeschlossen wird, denn wo immer er ist, dort ist er nicht.

Plötzlich wurde ihr klar, dass die Tür von innen abgeschlossen worden war. Die alte Frau war nicht herausgekommen. Jetzt sah sie sie von der Rückseite des Häuschens kommend auf den Vorplatz gehen. Sie wandte sich zur Allee und ging, ohne einen Blick auf den Parkplatz, langsam hinunter.

Es gibt eine Hintertür, dachte Esther erleichtert, das erklärt alles. Karsten, der ja durchaus in Maßen neugierig ist, ist hinten hinaus, als ich schon auf der Bank saß. Gar nichts erklärt das. Nichts. Wo ist er dann hin?

Vielleicht ist dort eine Schlucht und er ist hinabgestürzt, während du dich gesonnt hast.

Sie stand und spürte, wie von unten her, von den Knien aufwärts, eine Welle an ihr hoch kroch, eine Woge, die hochstieg bis zum Hals, ihr den Hals zuschnürte. Ihr Gesicht wurde plötzlich heiß. Sie schluckte, legte die kalten Hände um ihr Gesicht und schloss die Augen.

Ich habe Angst, dachte sie. Jetzt, nach über einer Stunde, habe ich Angst. Falls das ein Spiel ist, Karsten, ist es nicht unterhaltsam, jedenfalls nicht für mich.

Sie atmete tief, ganz tief, langsam floss die Welle zurück.

Wir mögen keine Spiele, wir spielen nicht einmal Doppelkopf, wie so viele andere Ehepaare, wir spielen auch kein Lotto. Wir mögen das nicht.

Karsten kann nicht plötzlich Spaß am Versteckspielen gefunden haben. Nicht, wenn es uns daran hindert, gegen sechs im Hotel zu sein, nicht, wenn er weiß, dass ich Angst bekomme.

Er würde auch Angst bekommen. Auf dem Wochenmarkt, letztes Jahr in Nizza, da bin ich bei dem Stand mit den Gewürzen stehen geblieben. Er hat es nicht gemerkt und ist in den nächsten Gang eingebogen. Plötzlich hat er gesehen, dass ich nicht hinter ihm war, er hat mir erzählt, wie er sich umgesehen hat, ich war nirgends zu sehen, plötzliche Panik und absurde Visionen von Entführungen und Verschleppungen. Den ganzen Tag war er verwirrt und böse.

Jetzt bin ich böse. Hörst du, Karsten? Ich bin böse.

Esther sagt es laut: »Karsten, ich bin böse auf dich. Komm her und hör auf mit diesem grausamen Spiel«, in die Grillenstille hinein, die sanfte Vorabenddämmerung, dort auf dem leeren Parkplatz neben dem dunklen Laden, vor dem gelben Kloster.

Sieh doch erst mal nach. Vielleicht ist er hinten hinaus und hat sich den Fuß verstaucht und kann nicht aufstehen. Auch nicht rufen?

Vielleicht ist er bewusstlos. Mit dem Kopf auf einen Stein gefallen. Ohnmächtig und blutend seit über einer Stunde.

Sie geht, die Handtasche und den Autoschlüssel fest umklammernd, an der Seite des Lädchens vorbei, dort, wo sie die alte Ladenhüterin gesehen hat. Ein getrampelter Pfad führt herum und endet an der hinteren Tür. Von dort führt ein breiterer Feldweg ziemlich steil bergab, macht nach zwanzig Metern eine Rechtsbiegung in den Wald hinein.

Niemand liegt blutend hinter dem Haus.

Der Weg ist womöglich der Wanderweg in unseren Zielort. Karsten hat sich spontan entschlossen, zu laufen. Das wird es sein. Er ist ganz in Gedanken hinten statt vorne aus dem Laden hinaus, sieht den Weg und läuft ein Stück, mal gucken, wie es sich geht. Und dann geht er weiter in der lauen Luft und denkt, da kann ich gleich weiterlaufen, ein schöner Gang vor dem Essen und nach der langen Fahrt.

Alles ganz logisch und verständlich.

Alles völlig unlogisch und absolut unverständlich.

Esther hockt sich auf die Stufe der Hintertür, umschlingt die Knie mit den Armen und sieht den Weg hinunter bis ihre Augen brennen. Für einen Mann wie Karsten, für eine

Ehe wie unsere, ist eine solche Idee absurd, völlig idiotisch. Ohne ihr Bescheid zu sagen, läuft Karsten nicht acht Kilometer alleine durch den Wald. Er hat auch gar keine Wanderkarte dabei, die liegt im Auto.

Er hat sein Portemonnaie, Kreditkarte, Euros, Schecks.

Sie haben immer beide ihre eigene Brieftasche, eigene Kreditkarte, jeder einen Autoschlüssel. Falls mal etwas passiert.

Jetzt ist etwas passiert, aber das Arrangement nützt ihr gar nichts. Sie kann das Auto fahren, das Hotel bezahlen. Esther merkt erst jetzt, dass sie sich dort auf der Stufe, mit den Armen um die Knie geschlungen, hin und her wiegt. Sie hält abrupt inne. Wie ein verlassenes Kind, denkt sie und steht auf.

Was tut eine gesunde, erwachsene, berufstätige deutsche Frau von dreiundvierzig Jahren Heiligabend um halb sieben hinter dem Verlaufsladen eines provencalischen Klosters, deren langjähriger Ehemann, ebenso gesund und erwachsen, ein vernünftiger, keinesfalls sprunghafter, nüchterner zweiundfünfzigjähriger Einkaufsleiter eines städtischen Krankenhauses, sich in Luft aufgelöst hat?

»Was tut diese Frau vernünftiger- und klugerweise in einer solchen Situation?«, ruft Esther laut auf den Weg hinunter. »Sie handelt, anstatt sich komplizierte, phantasievolle und abstruse Erklärungen auszudenken.«

Phantasievolle Erklärungen auszudenken für das Verschwinden eines Mannes mit vielen guten Eigenschaften, zu denen keinesfalls ein Übermaß an Phantasie gehört.

Wenn er den Weg gegangen ist, und das ist trotz allem die einzige Möglichkeit, dann fährt sie am besten ins Hotel. Hier ist niemand außer einigen Mönchen, niemand liegt hier herum.

Und wenn Karsten entführt worden ist?

»Ja, ja, liebe Esther«, sie spricht wieder laut, »in der Toilette lauerte ein Überfallkommando im Komplott mit der alten Frau, schlug deinen Einkaufsleiter nieder, schleppte ihn hinten hinaus und morgen früh bekommst du einen Anruf, dass du ihn für eine Million Franc wiederhaben kannst. Wozu hast du Kreditkarten? Und wozu hast du Humor?«

Esther hat Humor, sagt Tante Liesbeth manchmal, ich weiß nicht, von wem sie das hat. Ich auch nicht, denkt Esther, und ich kann ihn jetzt auch gar nicht gebrauchen. Ich fahre ins Hotel, das schaffe ich, ich habe die Straßenkarte. Die Hinweisschilder habe ich gesehen. Wenn Karsten dort ist und gewandert ist, lasse ich mich sofort scheiden. Wenn er nicht da ist, schreie ich um Hilfe, rufe die Polizei oder sonst was.

Hier kann ich nichts tun.

Ich kann nicht verhungern und nicht verloren gehen und irgendwo ist auch ein Wörterbuch.

Esther geht schnell zum Auto zurück. Es ist schon fast dunkel, die Bäume werfen lange Schatten und es wird merklich kühler. Esther holt sich ihre Jacke vom Rücksitz, setzt sich hinter das Steuer und fährt langsam die Allee hinunter.

Das Hotel sieht genauso aus, wie sie es sich vorgestellt haben: Schon von außen diese besondere Behaglichkeit ausstrahlend, nicht sehr groß, aber sehr gepflegt.

»Gediegen«, sagte Karsten bei der Auswahl zu Hause. »Gediegen, gutes Essen, Ruhe, keine albernen Weihnachtsbräuche, keine Überraschungen.«

Esther, die ununterbrochen auf die Uhr sieht, hat keine Viertelstunde gebraucht, um das Hotel zu erreichen. Der Parkplatz vor dem Haus ist bis auf drei Autos frei.

Esther nimmt beide Koffer aus dem Kofferraum, in jede Hand einen und geht über den Kiesweg in das Hotel hinein. Warmes Licht, freundliche Stille, kein Weihnachtsbaum, ein schlafender Hund vor der Empfangstheke. Er öffnet ein Auge, als Esther die Koffer neben ihn stellt und schließt es gelangweilt wieder.

Esthers Mund ist trocken. Sie probiert im Kopf einige Sätze aus, die ihr sehr falsch vorkommen. Sie schwitzt unter den Armen, ihre Hände sind eiskalt. Er ist nicht hier, denkt sie, ich glaube einfach nicht, dass er hier ist. Er säße dort in dem Sessel und grinste.

»Bon soir, madame.« Ein junger Kellner kommt aus dem Restaurant in das Foyer und lächelt freundlich. Wie immer sind alle für alles zuständig, denkt Esther, wir hätten uns hier wohlgefühlt. Wieso hätten? Hilfe, Hilfe . . .

Beinahe hätte sie laut »Hilfe« gesagt. Plötzlich sind ihre Augen feucht, eine grauenhafte Schwäche kriecht in ihre Knie. Sie starrt den Kellner an. »Hilfe«, sagt sie leise.

»Pardon?« Der junge Mann steht nun vor ihr und lächelt weiter.

Esther schluckt und räuspert sich, die Schwäche schwappt etwas zurück. Ich spreche deutsch, denkt sie, französisch schaffe ich jetzt nicht. »Wir hatten ein Zimmer bestellt, Klausgieser.«

Der Kellner ist schon hinter der Empfangstheke, blättert in einem Buch.

»Oui«, sagt er und Esther spürt eine leise Erleichterung. Sie ist richtig angekommen, ihr Name steht in dem Buch, sie wird verstanden.

Der Kellner greift ans Schlüsselbrett, gibt ihr den Zimmerschlüssel, kommt um die Theke herum und sagt freundlich: »Isch gee voraus.«

Esther folgt mechanisch. Er hat gar nicht nach Karsten gefragt, warum auch, er denkt wohl, der kommt gleich, ist noch am Auto.

Er ist nicht hier, Esther. Es ist dunkel, es ist sieben Uhr. Karsten ist weg.

Die Zimmertür ist zu und Esther fällt auf das Bett.

»Hilfe«, sagt sie leise, »Hilfe, Hilfe.«

Vor dem Fenster ist es dunkel. Esther steht auf und zieht die Nase hoch. Wie ein Kind, denkt sie, ein verlassenes Kind im dunklen fremden Zimmer.

Weinen macht hungrig, sagt Tante Liesbeth. Das stimmt, deshalb bin ich auch so wackelig.

Sie geht ans Fenster. Trotz der Dunkelheit kann sie die dunkelgraue Hügelkette des Luberon sehen. Sieh mal an, den Namen der Hügelketten hast du dir gemerkt, würde Karsten lobend sagen. Sie kann sich fremdsprachige Namen so schlecht merken.

Esther steht am Fenster und friert und zieht wieder die Nase hoch. Ich gehe jetzt essen, es ist mir egal, was die Leute denken. Niemand wird etwas denken, alleinreisende Frauen sind nichts Besonderes mehr.

Der Kellner ist viel zu höflich, um zu fragen, was du mit einem Doppelzimmer willst. Was hat Karsten eigentlich bestellt? Ein Doppelzimmer? Oder ein Zimmer für Zwei? Hat er geschrieben »wir reservieren« oder »ich reserviere ein Doppelzimmer«?

Esther seufzt tief und sagt laut: »Ich packe jetzt aus.«

Ihre Blusen und Kleider haben keine Knitterfalten, auch Karstens Hemden nicht. Esther hat noch nie seinen Koffer ausgepackt. Das macht immer jeder selber.

Sie hängt alles ordentlich in den Schrank, sogar genug Bügel gibt es hier. Räumt die Wäsche in die Fächer, legt die Reiseführer auf die Kommode, bringt die Kulturbeutel ins Bad.

Karstens Sachen sind vollständig.

Warum auch nicht? Hast du gedacht, er hat ein Ränzlein gepackt, irgendwann zwischen seinem Toilettenbesuch und deiner Ruhepause, ist auf und davon mit dem Nötigsten?

»Ach, Scheiße.« Esther hat noch nie so viel und so laut mit sich selber gesprochen wie an diesem Tag.

Sie setzt sich wieder auf das Bett, klemmt die kalten Hände zwischen ihre Knie und sieht aus dem Fenster. Warum gehe ich nicht zur Polizei? Oder bitte das Hotel, die Polizei zu holen?

Weil es mir peinlich ist. Weil es absurd und idiotisch

ist. Entschuldigen Sie bitte, und das alles auf französisch, Himmel, mein Mann ist im Klosterladenpissoir verschwunden, und ich bin auf und davon ...

Niemand wird mir so etwas glauben. Ich werde in die Psychiatrie gesperrt. Quatsch, niemand sperrt Touristinnen in die Psychiatrie, dich schon gar, kaum jemand wirkt so wenig unnormal wie du. Sagt Karsten immer. Du bist einfach wunderbar normal.

Esther steht auf. Ich benehme mich jetzt völlig normal. Ich ziehe mich um, mache mich hübsch und esse. Irgendwann, zwischen Käse und Dessert, kommt Karsten, glänzend aufgelegt und erzählt eine abenteuerliche Geschichte.

Oder auch nicht. Wahrscheinlicher ist, dass er zwar kommt, aber eine grauenhafte Szene macht, weil ich nicht gewartet habe. Aber wie lange und wo hätte ich warten sollen? Was weiß ich denn, was er macht? Die Erwartbarkeit unserer Handlungen und Gedanken, unsere Berechenbarkeit füreinander ist das Beste an unserer Ehe. Das sagt nicht nur Karsten.

Wir hatten es gut miteinander. Achtsam und respektvoll, so sind wir miteinander. Ich kann zwar keine Fremdsprachen, aber vieles, was Karsten nicht kann. Das weiß er auch. Wir haben keine Konkurrenz.

Esther sitzt auf dem Bett, ganz krumm, mit den Händen zwischen den Knien geklemmt. Ich resümiere hier meine Ehe, denkt sie, als ob Karsten nie wiederkommt, als ob er tot ist.

Sie steht abrupt auf. Schluss jetzt, verdammt noch mal. Es wird eine Erklärung geben. Ich hasse, wir hassen, mythischen Blödsinn, Spuk und Zauberei.

Ich tue so, als wäre Karsten da.

Esther wäscht sich, schminkt sich sorgfältig, zieht ein angemessen elegantes Leinenkleid an, kämmt sich.

Eigentlich sehe ich ganz normal aus, denkt sie und sieht sich lange im Spiegel an. Karsten würde sehen, dass ich um die Augen herum angespannt bin, er sieht das.

Ich bin eine gutaussehende Frau von Anfang vierzig, gepflegt, selbstsicher und genauso sehe ich aus. Kein bisschen so, als ob ich vor zweieinhalb Stunden von meinem Mann verlassen worden bin.

Verlassen worden bin. Verlassen worden bin.

Esther sagt es ihrem gepflegten Spiegelgesicht: »Verlassen worden bin. Ich bin eine verlassene Frau.«

Wir machen uns immer lustig über diese Männer Anfang fünfzig, die ihre Frauen für Zwanzigjährige sitzen lassen. Geschmacklos, albern, klischeehaft. Das passiert dauernd und ist für uns unvorstellbar.

Für Karsten unvorstellbar, er findet junge Mädchen uninteressant.

Ältere Frauen verlassen ihre Männer selten für einen Jüngeren. Esther lächelt. Lächelt in ihr etwas blasses Gesicht. Vielleicht werde ich jetzt interessant. Aber ich sehe sehr verheiratet aus.

Sie schaut auf die Uhr, viertel nach acht. Genau die richtige Zeit für ein Abendessen in einem hübschen Hotel in der Provence. Noch einmal zieht sie sich die Lippen nach, nimmt ihre Handtasche, sieht sich im Zimmer um, nimmt den Zimmerschlüssel und geht.

Der junge Kellner steht wartend an der Tür zum Restaurant. »Bitte sehr«, sagt er lächelnd und führt Esther zu einem hübsch gedeckten Tisch am Fenster.

Esther setzt sich und sieht aus dem Fenster. Derselbe Blick wie aus ihrem Zimmer. Blaugraue Dämmerung über den Hügeln, ein freundliche, warme Landschaft, nicht bedrohlich, nicht feindlich. Unter dem Fenster sieht sie die Terrasse, die Sonnenschirme sind zugeklappt, die Lampen auf der weißen Balustrade schimmern gelb. Und es leuchtete ein Stern über Bethlehem.

Esther holt ihre Lesebrille aus der Handtasche und nimmt die Speisekarte in die Hand. Ich lese einfach die

Speisenkarte, denkt sie, ich bestelle etwas, ich werde auch einen Wein bestellen und ich werde mich völlig normal benehmen. Während sie liest, ahnt sie, dass sie nichts essen kann. Wie albern, denkt sie, zugeschnürte Kehle, das gibt es wirklich, nicht nur in schlechten Erzählungen. Zugeschnürt und undurchlässig bis zu dem kalten, schweren Klumpen, der ihr Magen ist. Aber sie muss etwas bestellen, sie muss sich unauffällig benehmen.

Auffällig, das wäre normal. Aufstehen, den Kellner fragen, ob ihr Mann angekommen ist. Schreien und weinen und fluchen, nach der Polizei verlangen.

Langsam rinnt ein Schweißtropfen von ihrer Achselhöhle an den Rippen herunter, sammelt sich zu einem lauwarmen Pfützchen über dem Kleidergürtel. Sie schaut automatisch auf ihre Taille, von außen ist nichts zu sehen.

Esther blickt auf, sieht den Kellner an ihrem Tisch stehen, mit gezücktem Bleistift über dem Bestellblock.

»Ich nehme die plat du jour«, sagt sie auf deutsch, »und ein Viertel von dem weißen Hauswein.«

Sie lehnt sich zurück und schaut sich im Restaurant um. Drei Tische sind besetzt, Nachsaison. Am Nebentisch ein jüngeres Paar, schweigsam essend. In der Nähe der Tür ein einzelner Mann, um die siebzig, schlank. Gebildet aussehend, würde Tante Liesbeth sagen. Schlanke, grauhaarige Männer mit interessanten Profilen hält Tante Liesbeth grundsätzlich für gebildet. Dieser Mann ist zumindest ein Leser. Er trinkt Rotwein und liest in einem Taschenbuch, dessen Titel Esther nicht erkennen kann.

Wenn Karsten hier wäre, würden sie versuchen, den Titel zu erraten, vielleicht auch die Sprache. Würden rätseln, ob das jüngere Paar verkracht ist, gelangweilt oder in liebevollem Schweigen. Würden die beiden älteren Frauen am zweiten Fenstertisch als ehemalige Lehrerinnen identifizieren, als Freundinnen aus einer Generation, in der Freundinnen Freundinnen sind, auch wenn sie ein Liebespaar sind.

Es macht keinen Spaß, dieses alleine Denken, alleine Spekulieren. Es macht überhaupt keinen Spaß, hier alleine zu sitzen.

Niemand sieht zu ihr herüber. Warum auch?

Ich hätte ein Buch mitnehmen sollen, denkt Esther. Oder einen Reiseführer hätte. Der liegt noch im Auto.

Der Kellner kommt mit dem Wein und gießt ein. Esther nippt an dem Glas und sieht wieder aus dem Fenster. Sie hört die Freundinnen leise miteinander deutsch sprechen. Sie dreht sich mit der plötzlichen Idee um, es könnten die beiden Frauen aus dem Klosterladen sein.

Sie sind es nicht.

Und wenn sie es gewesen wäre, hätte sie gesagt: Entschuldigen Sie, haben Sie zufällig meinen Mann gesehen, als Sie vor gut drei Stunden im Klosterladen waren? Er ist mir abhanden gekommen. Oder ich ihm.

Esther isst, sie weiß nicht, was. Sie trinkt langsam ihren Wein. Es ist Weihnachten, denkt sie, Heiligabend. Frieden auf Erden und den Menschen ein Wohlgefallen, uns ist ein Kindlein geboren. Ich bin verwaist.

Sie ist nun ganz ruhig. Sie hat warme Hände. Sie bestellt sich einen Espresso. Frohe Weihnachten, Tante Liesbeth, denkt sie und kichert ganz vorsichtig. Sie bestellt sich noch einen Marc de Bourgogne und trinkt auch ihn langsam, schmeckt ihn sogar.

»Es ist ein Ros' entsprungen.« Karsten ist entsprungen.

Sie lächelt den Kellner an, der zurück lächelt. Sie steht auf, lächelt die beiden Frauen an und sagt: »Frohe Weihnachten.«

Die beiden heben ihre noch vollen Weingläser und sagen gemeinsam: »Frohe Weihnachten.«

Esther sieht aus dem Fenster ihres Zimmers in den freundlichen Sternenhimmel.

»Und der Stern leuchtete den Hirten auf dem Felde.«

Wieder kommt dieses kleine Kichern. Schade, dass es nicht ein bisschen schneit.

»Und sie hatten keine Herberge.«

Aber ich. Ganz alleine für mich. Gute Nacht, Karsten, wo immer du Weihnachten feierst.

Als Karstens Leiche ein halbes Jahr später gefunden wurde, ersparte man ihr den Anblick des stark verwesten Leichnams. Seine Papiere hatten ihn identifiziert, sie erkannte den Ehering, die Kleider unter dem dunkelroten, weiß abgesetzten Mantel. Man spekulierte eine Zeitlang darüber, warum der Mann im Weihnachtsmannkostüm den gefährlichen Weg hinter dem Klosterladen zum Dorf angetreten hatte. Er musste bei zunehmender Dunkelheit in die Schlucht gestürzt sein.

Esther saß auch an diesem wie an jedem Abend seit einem halben Jahr vor dem Klosterladen auf der Bank und blinzelte in die Sonne. Gelegentlich sah sie auf die Uhr, manchmal ging sie auf die Herrentoilette.

Die alte Frau störte sie nicht dabei.

Wie immer fuhr Esther um halb sieben ins Hotel.

Hermines Nase

Hermine hat es gewusst.

Hermine sagte: »Eines Tages bringt er sie um.«

Meta wartete darauf. Bangte, dass Hermines Wissen wie immer das Ereignis nach sich ziehen würde. Wie damals, als das Haus verkauft wurde und Hermine sagte: »Ich weiß, dass der Neue mehr Miete haben will.«

Diesmal klang es genauso. Grauenvoll sicher.

Hermine hat sich 85 Jahre lang Zeit genommen, die Menschen zu studieren. Deshalb irrt sie sich selten über sie. Und wenn, dann nur in kleinen Dingen, die ihr nicht so wichtig sind. Metas Lebenserfahrung ist nur ein paar Jahre kürzer. Meta freilich glaubt bis heute, dass Menschen unberechenbar sind. Sie irrt sich häufig.

Seitdem Hermine nicht mehr gut sieht, verlässt sie sich bei ihren Urteilen auf ihr Gehör, das immer noch ausgezeichnet ist. Und auf ihre Nase.

Hermines Nase ist viel mehr als ein Riechorgan. Ihre Nase ist ein Wegweiser durch den Dschungel des späten Lebens von Meta und Hermine. Eine Sortiererin und Ordnerin, der Ariadne-Faden durch das Labyrinth einer Welt, in der Hermine und Meta sich sonst verirrten.

Meta verlässt sich auf Hermines Nase.

Neulich, als im Stockwerk über ihnen das junge Paar einzog und sich erst nach drei Tagen vorstellte, hatte Hermines schon fast alles gerochen.

Dass er nach Staub roch, nach Unzufriedenheit, nach dem Schweiß in trockenen alten Akten. Dass sie nach Ungeduld roch, nach suchender Unruhe, nach Flucht.

Hermines Nase hatte Gewalt gerochen, Dumpfheit und den Gestank von Angst.

Meta hatte Hermines Fernbrille gesucht, als es klingelte. Hermine hat eine Nahbrille, eine Fernbrille und eine Mittelbrille. Niemand außer Hermine weiß genau, worin sie sich unterscheiden. Finden kann nur Meta sie und erkennt die, um die Hermine bittet, an den farblich unterschiedlichen Bändern, mit denen Hermine sie sich um den Hals hängt. Eigentlich sieht Hermine ohne jede Brille noch am wenigsten schlecht. Sie hält aber das Prinzip ein, nach dem beim Lesen die Nahbrille, bei Besuch die Fernbrille und für draußen die Mittelbrille zu suchen ist.

Als es klingelte, nachmittags um vier, rief Hermine: »Meta, bitte, siehst du meine Fernbrille?«

Meta fand sie rasch, da sie nach dem letzten Besuch von Hermines Neffen vor vier Wochen noch auf der Fensterbank neben Hermines Nachmittagssessel lag.

Meta sieht gut. Aber sie hat es in den Beinen und im Kreuz. Morgens dauert es lange, bis Meta sich gewaschen und angezogen hat. Und obwohl sie sich Mühe gibt, nicht zu ächzen, wenn sie ihre Strümpfe anzieht, hört Hermine sie.

Manchmal sagt Hermine beim Frühstück: »Na, Meta, es wird wohl nicht mehr.«

Meta nickt dann und seufzt und sagt: »Nein, Hermine. Wohl nicht.«

Bis zum Mittagessen bleiben dies oft die einzigen Worte, die sie miteinander wechseln. Meta ist das recht, weil sie nicht alles hört und weiß, dass Hermine nicht gerne so laut redet. Meta ist es ohnehin peinlich, ständig »wie bitte?« oder »was meinst du?« zu fragen.

Wenn es wichtig ist, spricht Hermine schon laut genug.

Hermine wischte nach dem ersten Klingeln mit der Hand über ihren Busen, senkte das Kinn ganz tief und schielte fast.

»Meta, sieh' doch mal, kein Fleck?«, rief sie. Hermine hat Angst, dass sie kleckert und den Fleck nicht sieht.

Neulich hat Meta noch ganz kurz, bevor sie ins Konzert gehen wollten, einen Fleck auf Hermines weißer Bluse entdeckt. Da sie immer sehr darauf achten, so viel Zeit zu haben, dass Brillen gesucht oder Blusen gewechselt werden können und Meta das mühselige Schuhe anziehen ohne Aufregung schafft, waren sie trotzdem pünktlich. Meta hat Hermine erzählt, was für ein Kleid die Sängerin trug und dass sie ziemlich jung sein müsse. Hermine hat Meta am späten Abend die leisen Passagen der Lieder noch einmal vorgesungen.

Hermines Singstimme ist merkwürdig jung und sicher. Macht Meta die Augen zu, wenn Hermine singt, glaubt sie sich in ihre gemeinsame Schulzeit zurückversetzt.

Auch im Schulchor hat Hermine oft vorgesungen. Sie hatte keine Angst davor. Jetzt singt Hermine nur noch für Meta die leisen Stücke nach, die Meta im Konzert nicht gehört hat.

Die Klingel hatte Meta gehört. Sie ist extra laut, damit der Briefträger und Metas Enkelin nicht umsonst klingeln, wenn Hermine nicht daheim ist.

Um vier Uhr nachmittags kommt kein Briefträger und Metas Enkelin kommt nur am ersten Weihnachtstag.

Meta gab Hermine die Brille und sagte ihr, dass die Bluse sauber war. Meta war aufgeregt und lief nur unter großen Schmerzen zur Tür. Durch den Spion sah sie die neue Nachbarin mit einem kleinen Kind an der Hand, das in der Nase bohrte.

Den Einzug hatten Meta und Hermine am Guckloch abwechselnd verfolgt. Meta hatte auch die Frau schon im Lebensmittelladen gesehen und Hermine die ganze Familie zweimal im Treppenhaus. Von diesen Begegnungen rührt Hermines Nasenbericht her.

Die drei Tage nach dem Einzug waren sehr schön. Meta und Hermine haben jeden Nachmittag gewartet, dass die

Neuen klingeln und sich vorstellen. Wie es sich gehört. Meta hat bezweifelt, dass die Neuen klingeln und sich vorstellen.

Aber Hermine hat gesagt: »Meta, das ist egal, ob das noch üblich ist. Die wollen mal ein Paket angenommen haben oder ein Kind abgeben. Dafür müssen sie sich vorstellen, weil sie denken, dass wir alten Schrullen das so erwarten.«

Seitdem haben sie gewartet. Meta wurde unruhig, hat ihren Mittagsschlaf immer schon um drei Uhr beendet und ist mit der Hand über den Mahagonitisch gefahren, der völlig staubfrei ist.

Hermine schläft mittags nicht, sie döst nur und ist sofort wach, wenn etwas ist. Hermine braucht keinen Schlaf mehr. »Weißt du, Meta, so eine Verschwendung kann ich mir nicht mehr leisten.«

Meta ist oft müde, weil die Bewegungen tagsüber sie anstrengen. Sie ist derselben Meinung wie Hermine, aber nicht so stark, die Augen offen zu halten.

Meta öffnete die Tür. Sie haben keine Kette davor, weil Hermine gesagt hat: »Meta, das haben nur ängstliche alte Leute. Wir wollen uns nicht lächerlich machen. Einbrecher klingeln nicht. Und wir sind außerdem zu zweit.«

Meta will sich auch nicht lächerlich machen. Deshalb achtet sie darauf, dass das Treppenhaus leer ist, wenn sie vom Einkaufen kommt. Sie will nicht dabei gesehen werden, wie sie sich am Geländer Stufe um Stufe hochzieht und schnauft. Falls doch einmal ein Nachbar die Treppe hinauf- oder herunterspringt, sucht Meta immer gerade etwas in ihrer Handtasche oder guckt nach den Blumentöpfen am Treppenhausfenster.

Hermine geht nicht mehr gerne einkaufen, obwohl sie besser zu Fuß ist als Meta. Sie kann die Preisschildchen nicht mehr lesen und da sie auf's Geld achten müssen, ist es sicherer, wenn Meta geht.

Meta braucht sehr lange. Hermine hört währenddessen Radio und manchmal erzählt sie Meta nachmittags davon.

Durch das Radio weiß Hermine, was in der Welt passiert und dass nichts sich ändert.

Die Tür ist offen, Hermine hat die Brille auf der Nase und ist schon neben Meta an der Tür. Stumm sehen die beiden alten Frauen Mutter und Kind an.

»Guten Tag, ich hoffe, ich störe nicht gerade«, sagt die junge Frau. »Wir sind die neuen Nachbarn von oben. Das ist Patrick.« Sie zeigt auf das nasebohrende Kind, sieht, was es tut und nimmt seine Hand von der Nase.

Meta hat nur von Ferne ein Murmeln gehört. »Angenehm«, sagt sie und streckt die Hand aus. »Klawetz.«

Hermine ist noch nicht soweit. »Wie war doch gleich der Name?«, fragt sie spitz.

»Schmeurer«, antwortet die junge Frau und fühlt sich unbehaglich.

Hermine riecht ihre Verlegenheit. »Sie stören nicht«, sagt sie streng und schubst Meta ein wenig in den Flur zurück, damit die Tür ganz aufgeht. »Kommen Sie doch herein.«

Frau und Kind betreten zögernd den Flur und das Kind nimmt seine Mutter stumm an die Hand.

Hexengeschichten, denkt Hermine, immer Hexengeschichten.

Meta humpelt voraus ins Wohnzimmer und bietet das Sofa an. »Bitte, nehmen Sie Platz.«

Hermine schließt die Tür, lässt sich in ihrem Nachmittagssessel nieder, wischt über ihren Busen, blickt über den Rand der Brille. Mutter und Kind hocken stumm auf der Sofakante, das Kind starrt mit offenem Mund die beiden Alten an.

Meta sagt: »Möchtest du ein Bonbon?«

Frau Schmeurer sagt: »Das wäre aber nicht notwendig und wir müssen sowieso . . .«

Hermine sagt: »Gefällt Ihnen die neue Wohnung?«

Alle drei schweigen.

Das Kind schließt den Mund, öffnet ihn wieder und sagt: »Ja.«

Meta hat vergessen, was sie gefragt hat und sieht es freundlich an, weil sie nicht verstanden hat, was es gesagt hat.

Hermine steht auf, öffnet das Bonbonglas auf der Fensterbank, das immer gut gefüllt ist, weil Meta gerne zwischendurch etwas Süßes mag. Die Bonbons riechen nicht. Hermine erinnert sich, dass die Bonbons ihrer Großmutter so komisch gerochen haben, als müssten sie gewaschen werden.

»Bitte«, sagt sie und reicht dem Kind das Bonbon.

»Danke«, sagt das Kind und die Mutter atmet erleichtert aus.

Im Sonnenlicht tanzt der Staub.

»Nun«, sagt Hermine.

»Die Wohnung ist sehr schön«, sagt Frau Schmeurer und guckt auf den Mahagonitisch. Meta fährt mit der Hand darüber und sagt nichts.

»Ihr Mann ist bei der Stadt?«, fragt Hermine, die ungeduldig wird und sich ein wenig über Meta ärgert, die heute gar nichts hört.

»Ja«, sagt Frau Schmeurer, »beim Finanzamt. Ich habe die Kinder. Hier, den Patrick und Lisa, die schläft.«

Du bist unruhig und ängstlich und möchtest von uns oder irgendjemandem auf der Welt etwas, denkt Hermine. Aber sie hilft nicht. Meta und Hermine müssen auch alleine zurechtkommen.

Frau Schmeurer steht abrupt auf, greift sich das stumme Kind und strebt hastig in den Flur.

»Sie gehen schon?«, fragt Meta, die eingenickt war. Es ist warm heute und Meta ist erschöpft von der Aufregung.

»Vielen Dank und wir sehen uns dann ja sicher öfter«, sagt Frau Schmeurer und ist schon an der Tür.

Hermine ist mitgegangen, öffnet die Tür und sagt: »Patrick kann sich gerne mal ein Bonbon holen.«

Das Radio ist sehr laut eingestellt, weil Meta auch zuhören will. Den Fernseher haben sie abgeschafft, weil Hermine sich über Sendungen aufgeregt hat, in den über »Seniorinnen und Senioren« gesprochen wurde. »Als ob wir im Zoo zu begucken wären, Meta«, hat sie gesagt.

Meta weiß, dass Hermine ohnehin kaum mehr etwas auf dem Bildschirm sehen konnte. Meta braucht auch keinen Fernseher. Beim Radio kann sie sich eine Weile ganz auf das Hören konzentrieren und wird nicht durch Bilder abgelenkt.

Das Hörspiel ist zu Ende und Meta stemmt sich aus dem Sessel hoch. »Warum hatte die nette junge Frau im Sommer einen Schal um, Hermine?«, fragt sie.

Hermine hat den Schal nur verschwommen gesehen. Aber sie nickt. »Sie roch nach Alkohol, Meta«, sagt sie.

Meta hat nichts gerochen. »Arme Frau«, sagt sie und gähnt diskret.

Oben schreit ein Baby.

Etwas fällt.

Eine Tür schlägt zu.

Etwas poltert auf den Boden.

Das Baby schreit.

Auch Meta horcht.

»Eines Tages bringt er sie um«, sagt Hermine.

Hermine wartet vor dem Metzger auf Meta. Meta mochte nicht alleine gehen, da ihre Beine heute gar nicht wollten. Eingehakt gehen sie langsam nach Hause. Im Treppenhaus treffen sie Frau Schmeurer, die kurz grüßt, das Kind hinter sich herzerrt und das Baby unter den Arm geklemmt hat.

»Frau Schmeurer hat ein blaues Auge«, sagt Meta, ganz außer Atem, oben im Flur.

»Sie riecht nach Flucht«, sagt Hermine.

Das Radio-Konzert ist zu Ende.

Das Baby schreit und schreit.

Auch Meta hört es. »Sie lässt das Baby schreien, Hermine«, sagt sie.

Hermine ist schon an der Tür. »Komm, Meta«, ruft sie und: »Siehst du irgendwo meine Mittelbrille?«

Meta findet die Brille und greift nach ihrem Stock. Das Treppenhaus ist dunkel. Alle Türen sind geschlossen.

Hermine ist schon oben und wartet auf Meta.

Hermine klingelt. Die Tür geht auf.

Das Kind steht dort und sagt: »Lisa schreit.«

Hermine sagt: »Patrick, weißt du noch, wo das Bonbonglas bei uns steht?«

Das Kind nickt heftig und steckt den Daumen in den Mund.

»Dann geh' runter und hol dir eins, die Tür ist offen«, sagt Hermine mit freundlicher Hexenstimme und das Kind tappt gehorsam auf nackten Füßen durch das Treppenhaus hinunter.

Im Wohnzimmer ist es hell. Über dem Sessel liegt wie weggeworfen ein unordentliches Bündel Kleider. Auf dem Sofa liegt Herr Schmeurer und schnarcht. Das Baby schreit. Meta sieht das Kleiderbündel und erkennt Frau Schmeurer.

Hermine riecht Elend und Tod.

»Gib mir den Schal, Meta«, ruft sie und Meta ist so wach, dass sie Hermine sofort hört. Hermine legt den Schal um Herrn Schmeurers Hals. Winkt Meta zu sich. Jede packt ein Ende.

Herr Schmeurer schnarcht nicht mehr. Das Baby hat aufgehört zu schreien.

Hermine und Meta lassen die Tür offen und gehen in ihre Wohnung zurück. Das Kind sitzt auf dem Sofa und kaut Bonbons.

»Geh schon mal ins Bett, Meta«, sagt Hermine, »schlaf gut.«

Meta hört nicht mehr, ist aber sehr müde und sagt: »Schlaf gut, Hermine.«

Hermine ruft die Polizei an: »Wir haben ein Nachbarskind hier, das mitten in der Nacht um ein Bonbon gebeten hat.«

Es dauert lange bis zwei Polizisten klingeln.
Das Kind schläft auf dem Sofa mit vollem Mund.
Die Polizisten gehen nach oben.
Es dauert sehr lange, bis sie wiederkommen.
Hermine ist wach und wartet im Dunkeln.
Der Polizist fragt sehr laut: »Haben Sie etwas von oben gehört oder etwas gesehen?«
»Nein«, sagt Hermine mit zitternder Greisinnenstimme, »wir hören nicht mehr gut und mit dem Sehen ist es ohnehin ganz schlecht.«

Regional-Express 29716

Heute muss sie entscheiden, wer ihr Opfer wird. Aber sie will nicht von den Opfern als Opfer denken. Die Opfer sind doch die Täter, er dort ist der Täter, sie dahinten ist die Täterin.

Sie ist das Opfer! Einer reicht erst mal oder eine, dann die nächste, dann der nächste. Wie kommt es, dass sie immer im Plural denkt? Massenmörderin. Serientäterin. Monster.

Das schlimmste sind die Gerüche, denkt sie, während sie sich mit angehaltenem Atem, eingezogenem Bauch und fest an sich gedrückter Tasche an den Leuten vorbei drückt, schlängelt und windet, die dicht an dicht im Gang zwischen den Sitzreihen stehen. Stinkende Menschen knubbeln sich auf den Gängen, nahe am Ausgang, weil sie zu bequem sind, in den Waggon durchzugehen und sich dort sinnvoll auf den freien Sitzen zu verteilen. Sind sie zu dumm oder zu gleichgültig, um nach freien Plätzen zu suchen? Die gibt es nämlich, man muss nur etwas konzentrierter schauen als alle anderen es tun. Sie tut das. Aber um den Preis, dass sie mit der Tasche als Schutzschild vor den Körpern der anderen an ihnen vorbei muss. Wie an diesem Fettsack. Fettsack, Fettsack. Niemals würde sie ein solches Wort aussprechen. Aber es tobt jetzt gerade in ihrem Kopf herum. Fettsack, Fettsack, Fettsack.

Und diese verhexte Frau ist wieder da, schon auf dem Bahnsteig hat sie sie gesehen, auf diesem verdammten, schrecklichen Bahnsteig 5, der nicht zum schicken Krefelder Bahnhof passt, dieser verrottete Bahnsteig 5, jeden Morgen liest diese verhexte Frau laut aus der »Rheinischen

Post« vor. »Drei Söhne habe ich großgezogen«, sagt sie jeden Morgen laut mit einer Stimme aus braunem Blech und guckt hoch in eine unbestimmte niederrheinische Ferne, wo die drei Söhne vermutlich längst nicht mehr sind, weit weg sind sie bestimmt von dieser Verrückten, die die »Rheinische Post« vorliest und zwischendurch der knappen Luft zwischen den Menschenleibern erzählt, dass sie drei Söhne großgezogen hat.

»Und die da oben, die kassieren nur, die kassieren nur, hier steht es, die kassieren nur, die kassieren nur.«

Wohin fährt diese Frau mit dem Regionalexpress 29716? Es gibt so viele Verrückte, es werden immer mehr. Fettsäcke und Verrückte.

Sie kommt nicht weiter. Steckt fest und es stinkt. Niemand wagt diesen jungen Leuten mit den riesigen Rucksäcken zu sagen, dass sie ihre Ungetüme auf den Schoß nehmen müssen oder in die Gepäckablage legen, sie tun so, als ob es die hier nicht gibt, manche stellen die Rucksäcke vor ihre Füße und man kommt nicht an ihnen vorbei zum Fensterplatz, weil sie sich an den Gang setzen, nie ans Fenster, weil sie offensichtlich Angst haben, sie kommen nicht hinaus, weil sie ja in der letzten Sekunde aufspringen müssen und aus irgendeinem Grunde nicht in der Lage sind, rechtzeitig aufzustehen, in Ruhe ihren Rucksack aus der Gepäckablage zu nehmen, sich mit normalen Schritten Richtung Türen zu bewegen, denn man braucht eine Weile, um an den Leuten im Vorraum vorbeizukommen, die da stehen, obwohl sie gar nicht aussteigen wollen. In die Gepäckablage müssten sie ihre offenbar kostbaren Riesenungetüme hochhieven, anstatt sich schwer und fett auf die Sitze zu platschen und den Rucksack auf den ohnehin dann nur noch halb freien Platz neben sich zu legen.

»Übergewichtig« nennt man diese vollgefressenen Menschen, das weiß sie, und kaum sitzen sie, müssen sie etwas trinken, ekelhaftes buntes Zeug aus riesigen Plastikflaschen, wahrscheinlich sind die Rucksäcke voll von diesen Plastikflaschen und Müsliriegeln und Schokoriegeln und Chipstüten und wenn sie aus den Chipstüten essen, sprühen sie Chipskrümel durch den Zug, weil sie gleichzeitig telefonieren müssen.

Sie muss jetzt auf sich aufpassen. Ihr wird schlecht, wenn sie sich so hineinsteigert. Jeden Morgen steigert sie sich hinein, riecht alles überscharf, sieht alles brennend klar, schürt ihren Hass bis ihr schlecht wird und heute will sie sich doch beherrschen, damit wenigstens einer nun endlich dran glauben muss.

Sie kommt nicht einmal an ihr Fläschchen, so eng sind sie alle um sie herum, hoffentlich kommt sie an die Nagelfeile, wenn sie sich denn für die Nagelfeile entscheidet.

Sie bleibt nie direkt hinter der Tür stehen, sie müsste 16 Minuten stehen bis Neuss, deshalb sucht sie jeden Morgen den einen freien Platz, den es immer gibt, aber sie erreicht ihn nie. Zwar kann sie nicht umfallen, denn wenn sie fällt, fällt sie gegen einen der Umstehenden, der womöglich zurückspringen will, wenn sie ihn berührt, was er aber nicht kann, weil es zu voll ist.

Gift injizieren, mit Nagelfeilen stechen. Dem Jungen mit dem Rucksack, der ihr ins Kreuz drückt, ins Herz stechen. Dem alten Mann, dessen Mantel nach verdorbenem Fisch riecht, in den Nacken stechen. Der dicken Frau, die schnauft, weil sie keine Luft kriegt zwischen den Rucksäkken, eine Giftspritze in den Bauch pieksen. Aber sie hat kein Gift. Es muss anders gehen. Sie muss ihren Ekel beherrschen, sie muss an ihre Flasche kommen. Gut, dass immer alle Leute heutzutage Wasserflaschen mit klaren Flüssigkeiten dabei haben.

»Von denen fährt keiner mit dem Zug, die fliegen alle, obwohl sie damit das Klima kaputt machen, das ist denen scheißegal, scheißegal ist denen das, die kürzesten Strecken, steigen in ihren eigenen Hubschrauber, fliegen von

Düsseldorf auf die Bahamas für die nächsten Schweinereien, ich habe drei Söhne großgezogen, mir kann keiner was, Schweinereien, wohin man guckt, eigentlich will ich das gar nicht lesen, aber man muss es doch wissen, schwarz auf weiß und alle sollen es wissen, was so los ist, denen sind wir doch scheißegal, sind wir denen, und die Atomkraftwerke bauen sie ohne Rücksicht auf Verluste und ich weiß Bescheid."

Diese arrogante Ziege in dem hellen Mantel, die sehe ich jeden Morgen und ich sehe, dass sie alle anderen Menschen hasst. Dass sie es hasst, mit dem Regionalexpress zu fahren, mit diesem Pöbel, zu dem auch ich gehöre. Was ist eigentlich Pöbel? Ihren Mantel, den hat sie sich nicht selbst auf der Kaiserstraße gekauft, obwohl sie so tut, diese Frauen tun alle so, als ob sie alles selber kaufen können, was sie haben wollen, egal, wie teuer es ist.

Laut sagt sie: »Drei Söhne, alle haben was gelernt und keiner dankt es mir und was tut man nicht alles und sie steigen in ihre Flugzeuge und Hubschrauber und fliegen über uns weg und wir stehen uns hier die Beine in den Arsch und sie bauen schon wieder Atomkraftwerke und alles fliegt uns um die Ohren.«

Sie hat gesehen, dass der Mann, der ihr gegenüber sitzt, zusammengezuckt ist.

Sie kichert. Das gluckst in ihr und aus ihr heraus, da kann sie nichts dran ändern. »Man muss sich wehren«, sagt sie und guckt ihn an, weil sie weiß, jetzt guckt er weg und sie wedelt mit der »Rheinischen Post«, dann haben sie Angst vor ihr, einer dreifachen Mutter, die niemandem etwas tut, nicht einmal ihren Kindern hat sie je etwas getan, obwohl das jeden Tag in der Zeitung steht, dass Mütter ihre Kinder verhungern lassen.

»Das will was heißen heutzutage, meine Kinder haben nie gehungert«, sagt sie und beugt sich vor und der Mann zuckt wieder und starrt angestrengt auf den Kaschmirrücken der eleganten Frau, die immer steht und so tut, als ob sie nicht steht, sondern dem einen freien Platz zustrebt, den es immer gibt und die nie sitzt und sich nicht gemein machen will mit den anderen, sie ist keine gewöhnliche Pendlerin, mit diesem Mantel, das sieht sie, ihr macht keiner was vor, die trägt hier ein ganze Jahresmiete durch den dreckigen Zug.

»Meine Söhne, die haben alle was gelernt«, sagt sie laut und alle gucken aus dem Fenster und sie wird leiser, weil es immer so ist, dass alle wegsehen und letztlich macht es keinen Spaß, aber sie muss es doch sagen, es kommt wie das Kichern und einmal wird jemand zuhören. Der ekelt sich, der gegenüber, dabei hat sie sich heute gewaschen und der hat auch bessere Tage gesehen, das sagt man immer, bessere Tage gesehen, bessere Tage gesehen, bessere Tage gesehen, bessere Tage gesehen.

»Ich habe auch einmal bessere Tage gesehen, bessere Tage gesehen, junger Mann.«

Keiner wagt es, sie zu unterbrechen. Es ist peinlich, wenn jemand spricht, als ob er laut denkt. Halt die Klappe. Die Verrückte, jeden Tag die Verrückte. Irgendwie sitzt sie immer dort, wo er sitzt. Er steigt extra erst in Krefeld-Oppum ein, obwohl er dann früher aufstehen muss und er wechselt den Waggon jeden Tag. Und immer sitzt sie doch in dem Waggon, in dem er sitzt und wenn er aufstehen will, muss er sie berühren. Ihre dicken Knie in den lila Trainingshosen, weshalb heißen die Trainingshosen? Und er sieht ihren schuppigen Scheitel, aus dem das weiße Stroh herauswächst und einmal hat er es gewagt, ist aufgestanden, als sie mitten im Satz war und keine Haltestelle angesagt war, einfach so, er musste das unterbrechen, irgendwie, da schrie sie los: »Ja, das wollt Ihr alle nicht hören.« Und er plumpste zurück, er plumpste wirklich, wie umgestoßen von ihrem Geschrei und sank, ja wirklich, er sank in sich zusammen, wie eingeknickt und hätte gerne geweint.

Der Duft des Kaschmirs würgt ihn. Kaschmir stinkt. Ihre apricotfarbenen Wangenknochen, teure Wangenknochen. Das Haar knistert teuer. Was macht die hier? Wer bezahlt ihre Wangenknochen und ihren Friseur? Zahlt dir dein Alter nicht mehr genug für ein Auto? Wie wohl Blut aussähe auf dem cremefarbenen Kaschmir. Künstlerisch wertvoll. Hat sie immer gesagt, »künstlerisch wertvoll«. Zum Kotzen. Mit seinen Unterhaltszahlungen kann sie ihre künstlerisch wertvollen Gespräche nun bestimmt auch in Kaschmir von der Kaiserstraße führen.

Die Fishermans hatten nichts genutzt. Immer hatten sie genutzt, Chanel Nr. 5 und Fishermans. Niemand hatte etwas gemerkt, jahrelang nicht. Und dann dieser übereifrige Polizist auf der Moerser Straße, auf der nichts los war, gar nichts, der wollte eine Trophäe, so eine wie sie, elegant, attraktiv, erfolgreich, das bringt die weiter, das bringt denen Ansehen bei den Kollegen, »habe eine hochgenommen, sage ich euch, Rasseweib«. Vielleicht sagen sie auch nicht »Rasseweib«, wer weiß das, man ist ja nie dabei, wenn sie ihre widerlichen Gespräche über Frauen führen. Die wollte er anhalten, sie wollte er anhalten, darauf hat er sein lächerliches Polizistenleben lang gewartet. Die darf er misstrauisch beschnüffeln. Dabei war die Ampel an der Ecke Leyenthalstrasse noch gar nicht richtig rot, gelb war sie, das hat sie auch dem Richter versucht zu vermitteln, sie war nicht richtig rot und die Sonne blendete sie. Aber er bestand auf einer Blutprobe.

Ohne Führerschein ist ein Mensch kein Mensch, sondern ein willenloses Ding in vollgestopften Regionalzügen. Dieser Kontrolleur sieht auch so aus, kleine eitle Männer in Uniformen mit Macht. Sie hat sich lange gegen eine Monatskarte gesträubt, die hat so etwas Bleibendes, Routiniertes, Alltägliches und sollte doch nur eine vorübergehende Ausnahme sein. Aber die Monatskarte erspart ihr immerhin das Abstempeln, das Drängeln und Schieben hin zum

Automaten. Aber auch ohne dies ist sie ausgesetzt. Ausgesetzt diesem Fettsack vor ihr, dieser Wahnsinnigen mit ihren angeblich drei Söhnen, diesem verdrucksten Typen mit dem feigen Blick, der immer gegenüber der Bescheuerten sitzt, die aus der Alexianer-Klinik ausgebrochen sein muss und immer einen Platz findet. Unglaublich, dass solche Leute Kinder haben. Aber Menschen wie ihr, die jeden Tag hart arbeiten, die die Wirtschaft voran bringen, die ästhetisch sind, nimmt man den Führerschein weg wegen einer Lappalie, wegen eines triebhaften Polizisten, der sie beschnüffeln wollte und treibt sie in Mordphantasien und zwischen diese quetschenden, schwabbeligen Körper.

Blut, sie darf nicht an Blut denken. Komisch, wenn sie den hellen Mantel dieser Tussi sieht, muss sie an Blut denken. Wie eine Landkarte würde sich das Blut darauf ausbreiten. Wahrscheinlich hat sie ein Kind tot gefahren und keinen Führerschein mehr. Solche Frauen gebären keine Kinder, sie fahren sie tot im Vollrausch mit 200 Sachen, mitten in der Stadt.

»Das Klima ist denen scheißegal, das geht denen am Arsch vorbei in ihren Hubschraubern.«

Die Mädchen mit ihren nackten Bäuchen im Winter, die drehen sich weg, wenn ich ihnen etwas erzähle. Es kommt aus mir raus. Wie das Kichern. Ich soll üben, haben sie in der Alexianer-Klinik gesagt: »Üben Sie zu schweigen. Zwei Stationen schaffen Sie ganz bestimmt, nur vom Hauptbahnhof bis Meerbusch-Osterath, das sind 9 Minuten, das können Sie schaffen. Kaufen Sie sich aber keine Zeitung, die regt Sie nur auf.«

Diese Kontrolleurin in dem Mantel von der Kaiserstraße, die haben sie wegen ihr in den Zug geschickt. Die soll gucken, ob sie wirklich keine »Rheinische Post« gekauft hat. In ihrem Auftrag ist die hier, die ist es, jetzt weiß sie das, als neureiche Tussi getarnt. Sie wusste gleich, dass solche

Frauen eigentlich nicht mit dem Regionalexpress fahren. Oh ja, sie hat sie jetzt erkannt und entlarvt. »Und tragen Sie niemals ein Messer bei sich, Sie wissen doch jetzt, Sie brauchen gar kein Messer, niemand tut Ihnen etwas«, haben die in der Alexianer-Klinik gesagt. Aber die kann mir nichts, diese Kontrolleurin in ihrem teuren Mantel, ich habe sie erkannt, die haben sie geschickt und nun habe ich doch eine Zeitung gekauft, aber das Messer wird sie nicht finden.

Mit dieser Fettwachtel werde ich irgendwann auch fertig, die mit ihren Söhnen. Ich habe auch zwei Söhne, ist das hier ein Wettbewerb um die Anzahl von Söhnen oder was? Monatskarte, ein leitender Diplom-Ingenieur mit Monatskarte von Krefeld-Hauptbahnhof bis Dormagen, lächerlich ist das, peinlich ist das, vernichtend ist das.

Diese Kaschmirzicke, die macht mich wahnsinnig, die macht mich fertig, genauso wie diese Fettwachtel mit der »Rheinischen Post«. Die mit dem Mantel, die sieht aus wie sie. Sie steht auch in solchen Mänteln in Zügen, weil sie Angst hat, sie macht sich schmutzig auf Sitzen, auf denen schon andere Menschen gesessen haben. Männer wie ich, die sich nicht mal mehr ein Auto leisten können, weil sie auf Frauen wie die hereingefallen sind. Ausgenommen wie eine Weihnachtsgans, dämlicher, saublöder Spruch, gibt's irgendwie keinen anderen.

Jetzt guckt die auch noch, was guckt die denn? Guck bloß, du, Frauen wie dich, die sollte man . . . aber das Geld ist trotzdem weg. Man kann ja mal nachhelfen, dass sie schneller raus kommt aus dem Zug, den sie so hasst, das sieht er ihr an, stellvertretend könnte er mal nachhelfen, in Neuss steigt die aus, das weiß er, das hat er beobachtet, weil er sie immer angucken muß, weil sie so aussieht wie die Mutter seiner Söhne.

Immer bin ich feige gewesen, denkt er. Da reden sie immer von den Opfern, die die Frauen angeblich bringen.

Ich sehe die nicht, ich kenne keine einzige Opferfrau, Opfer tragen keine solchen Mäntel, die Feiglinge wie ich ihnen mit ihren Unterhaltszahlungen finanzieren und dann selber mit verrückten Fettwachteln im Zug sitzen müssen und dieser Halbtürke da, den könnten sie auch mal rausschmeißen mit seinen aufgedrehten Bässen, die mir in den Magen wummern.

Aber ich sage nichts, ich bin noch nicht lebensmüde, noch nicht, die haben doch alle Messer dabei. Sagt man, »mach' die Musik leise«, hat man sofort ein Messer im Bauch und das merkt hier kein Schwein, wer das war und um mich kümmert sich sowieso keine Sau, ich kann hier tot von der Bank fallen, wahrscheinlich auf die Verrückte, dann hätte die endlich mal was zu erzählen, da sähen ihre Söhne und Hubschrauber aber alt aus.

Vielleicht wäre es doch nicht das Schlechteste, hätte das Elend ein Ende, bekäme sie kein Geld mehr. Aber ich hätte auch nichts davon. Die mit dem Mantel, die nestelt immer in ihrem Mantel rum, wahrscheinlich sucht die ihr Designer-Handy, das sie sich vom Geld ihres Geschiedenen gekauft hat.

Noch ein paar Minuten. Dann kommt sie an ihre Flasche in der Innentasche dran. Warum kann sie sich nicht entschließen, die Nagelfeile in diesen Fettsack zu stechen, der ihr keine Luft zum Atmen lässt?

Sie wird ihre Haltestelle verpassen, sie kommt nicht an ihm vorbei, an niemandem kommt sie vorbei, wenn alle zum Ausgang drängen, sie wird bis Köln/Messe-Deutz im Zug bleiben müssen, zwischen den stinkenden Leibern, ohne Chance, an ihre Flasche zu kommen.

Vielleicht muß sie hier sterben, zusammengequetscht und verdurstet, nur weil ein geiler Polizist sie nicht in Ruhe lassen konnte. Der Kontrolleur wird sie nicht retten, der wird eine geifernde Freude haben, wenn sie zusammengedrückt aufgefunden wird, nachdem alle ausgestiegen sind.

Sie kann einfach nicht an dem Zeitungskiosk vorbeigehen, sie braucht doch etwas als Vorwand, ohne Zeitung glauben die Leute, sie redet einfach so vor sich hin, und das Messer braucht sie auch, man weiß doch, das dauernd etwas passiert, da kann keiner ihrer Söhne sie beschützen und diese Klinikherren, die fahren nicht mit dem Regionalexpress, die fliegen mit ihren eigenen Hubschraubern und geben einem die verbilligte Monatskarte, damit man aus dem Wege ist und nicht rumlungert und wenigstens auf den Schienen hin und her gefahren wird, anstatt am schicken Bahnhof zu sitzen.

Die wissen nicht, dass man sich schützen muss vor den anderen Reisenden, denen man auch nur im Wege ist.

»Mensch, guck mal, da kommt Blut raus.«

»Igitt! Hilfe!!!!«

»Ich muss hier aussteigen, passen Sie doch auf, was ist das denn?«

»Hilfe! Lassen Sie mich aussteigen.«

»Hier liegt jemand! Pass' doch auf.«

»Schieben Sie doch nicht so, jeder kommt raus.«

»Hören Sie doch auf zu schreien, was soll denn das? Wieso schreien Sie so?«

»Halt, Mensch, da liegt jemand. Hilfe!!! Treten Sie doch da nicht drauf. Sehen Sie nicht, da liegt jemand mit einer Flasche in der Hand. Hier ist Blut, hier ist Blut.«

»Vorsicht, hier sind Scherben! Mir wird schlecht. Mein Herz. Polizei! Schaffner! Polizei! Wo ist denn die Polizei?«

»Geh' doch mal raus, verdammt.«

»Gehen Sie bitte weiter.«

»Hier liegt was, hier liegt wer, Scheiße!! Hilfe, Hilfe!!«

»Wo? Wer? Was ist los? Kommt denn keiner?«
»Bitte bewahren Sie Ruhe. Bitte bewahren Sie Ruhe.«

»Wissen Sie, ich habe drei Söhne großgezogen, ich tue niemandem etwas.«

Der Polizist, der hört mir gar nicht zu, der schnauzt den Jungen an, dass er die Ohrstöpsel rausnehmen soll und um den schönen Mantel ist es wirklich schade, obwohl sie arrogant aussah und immer Angst hatte, dass ich sie berühre, war es doch ein schöner Mantel und den kriegt man nun nicht mehr sauber mit dem vielen Blut, denkt sie und muß kichern, ich hätte vielleicht merken müssen, dass der von gegenüber plötzlich aufstand, obwohl er immer erst in Dormagen raus muss, das weiß ich ja, dass er erst in Dormagen raus muss, weil er doch immer mir gegenüber saß, aber plötzlich stehen so viele auf in Neuss und er auch und ich habe mich schon gewundert und ich dachte, der geht auf mich los, weil ich immer so viel reden muss, nun sehe ich ihn aber gar nicht mehr und auf mich reden sie immer ein, ich soll kein Messer mitnehmen, aber es ist gut, dass ich es dabei habe, es passiert doch so viel und ich bin froh, dass es keiner sieht und niemand wird mich danach fragen, weil ich ja die Verrückte mit der »Rheinischen Post« bin und wer weiß, was die ihm getan hat, die mit dem Mantel, er wird ja einen Grund gehabt haben, dass er auch ein Messer dabei hatte, aber ich werde mich hüten, etwas zu sagen, ich rede sowieso zu viel, ich soll doch schweigen von Hauptbahnhof bis Meerbusch-Osterath, aber ich schweige jetzt sogar noch viel länger.

Dieser Text war nominiert für den Krefelder-Kurzkrimi-Preis 2009

Lysas Hochzeit

Ach, Island! Wozu braucht sie Island! Kalt und dunkel soll es dort sein! Sie hat die grüne, helle, niederrheinische Weite, nichts hemmt ihren Blick von Rheurdt Richtung Kamp-Lintfort und Kerken, hoch nach Kevelaer, manchmal bis hinüber nach Xanten, wenn sie mit Lysa durch Morgendämmerungen und Abendlichter reitet.

Überall könnte Sophie hier Islandpferdegestüte besuchen, was sie aber nicht tut, denn Lysa ist, ganz untypisch und deshalb so besonders für ein Islandpferd, heikel und hochsensibel und mischt sich nicht gerne unter ihresgleichen. Da ist Sophie sich ganz sicher.

So schaut Sophie Angerhausen vom Rücken ihrer Schönen nur beiläufig hinüber, wenn sie an den Koppeln vorbei reitet, auf denen die Junghengste stehen und freut sich, dass eines dieser ungeschlachten Tiere ihrer Lysa nicht zu nahe kommen wird.

Sophie liebt Lysa und Lysa liebt Sophie.

Pferde zu lieben ist ganz einfach, Menschen zu lieben ist kompliziert.

Sophie mag keine komplizierten Dinge. Menschen geben Widerworte und wollen sich unterhalten.

Lysa aber hört einfach nur zu. Sie vergisst nichts, schaut liebevoll auf Sophie, schnaubt fein und schweigt.

In Rheurdt hat Lysa ihre Weide ganz für sich alleine. Große, rot beschriftete Schilder hat Sophie am Elektrozaun angebracht: »Bitte! Keine Möhren an mein Pferd verfüttern!« steht dort drauf und »Bitte! Unbedingt das Füttern unterlassen!« und »Anzeige droht wegen Tierquälerei bei Zuwiderhandlung!«

Die meisten Spaziergänger haben einen unwiderstehlichen, unerklärlichen Drang, fremde Tiere zu füttern, als ob die von ihren Besitzern nichts zu fressen bekommen. Ein-, zweimal schon hat Lysa eine heftige, lebensbedrohliche Kolik erlitten, weil irgendein Krefelder oder Düsseldorfer ihr frisches Gras vom abgemähten Rasen eines Nachbarn zugesteckt hatte. So klug ist Lysa, die sehr klug ist, natürlich nicht, dass sie unterscheiden kann, was ihrem Magen bekommt und was nicht. Dafür hat sie Sophie.

Viele Wochenendwanderer, die versuchen, mit der hübschen Lysa anzubändeln, wundern sich später auf dem Wanderparkplatz über zerstochene Reifen und zerkratzten Lack.

Sophie Angerhausen und ihre Lysa sind nicht gut angesehen bei den Islandpferdezüchtern am Niederrhein, weil sie sich womöglich für etwas Besseres halten. Jedenfalls ist allgemein bekannt, dass Sophie nie bei den anderen Besitzern vorbeischaut, keine Fachgespräche führt und sich überhaupt ganz für sich hält.

Umgekehrt haben viele der Züchterinnen nach Sophies Ansicht so etwas grobschlächtiges, drahtiges, tragen immer Gummistiefel, wenn sie keine Reitstiefel tragen und haben Pferdehaare auf ihren selbstgestrickten Islandpullovern. Auch deshalb meidet Sophie jeden Kontakt mit ihnen. Sie besitzt zwar selber auch einen Islandpullover, das muss schon sein, aber der ist sauber und Gummistiefel trägt sie nur im Stall. Sophie ist nicht drahtig, sondern rund und weich, für Lysa ist das bestimmt sehr angenehm auf ihrem Rücken, wenn Sophie manchmal ohne Sattel auf ihr reitet.

Zu den Züchterinnen, die Sophie nicht ausstehen kann, gehören Frauen wie Regina van Dönges, die im Vorstand des Islandpferde- und Züchterverbandes sitzt und sich im übrigen rühmt, »genügsame« und »leicht handhabbare« Islandpferde zu züchten, Eigenschaften, die Sophie Angerhausen als völlig absurde Charakterisierungen einer komplexen, feinfühligen Persönlichkeit wie Lysa empfindet.

Diese Regina van Dönges, die wie alle anderen Züchterinnen noch nie mit Sophie gesprochen hatte, hat ihr vor einigen Monaten hinterher gebrüllt, als sie am frühen Morgen im Tölt über die sandigen Feldwege flog. Regina kam auf einem offensichtlich gerade mal angerittenen, langweiligen braunen Wallach angetrottet, nachdem Sophie ihre geschmeidige Lysa behutsam zum Stehen gebracht hatte und grußlos wartete.

»Ich habe Sie schon länger beobachtet, junge Frau«, begann Regina van Dönges damals ohne Umschweife atemlos zu sprechen und nahm nicht mal ihre Kappe vom Kopf. »Ich kenne nämlich alle Islandpferde und ihre Besitzer hier am Niederrhein. Ihre Stute, die zumindest von außen einen ganz gesunden Eindruck macht, steht immer völlig alleine auf Ihrer Weide. Das ist, wie Sie offenbar gar nicht wissen, ganz und gar keine artgerechte Haltung! Pferde sind Herdentiere und können schwerste Neurosen und Verhaltensstörungen davontragen, wenn sie nicht mindestens im Paar zusammen leben! Sie haben wohl sehr wenige fachliche Kenntnisse. Das grenzt geradezu an Tierquälerei, was Sie da machen, ich müsste Sie eigentlich anzeigen. Und im übrigen, wenn Sie der Natur zu ihrem Recht verhelfen wollen, wäre es an der Zeit, Ihre Stute decken zu lassen. Wir stellen gerade für das nächste Frühjahr die Stutenherde für unseren Odin zusammen. Wenn Sie sich kundig machen wollen, unser Odin vererbt kein Sommerekzem! Ich würde Ihnen einen Nachbarschaftspreis von 500 Euro machen. Dafür bekommen Sie nicht nur ein gesundes Fohlen, sondern auch eine zufriedene Stute. Und von einer Anzeige würde ich dann absehen. Guten Tag.«

Regina van Dönges wartete keine Antwort ab, schwang sich nach Sophies Urteil äußerst ungelenk auf ihren Wallach und der Braune trabte trübsinnig davon.

Sophie hatte sich sprachlos und immer wütender werdend diesen Vortrag angehört! Nicht artgerecht! Tierquälerei! Anzeige! Decken!

Kein Pferd auf der Welt wird so geliebt wie ihre Lysa. Nicht einmal viele Menschen werden so geliebt wie Sophies isabellfarbene Schönheit, Lysa, »die Helle«. Und dieses außergewöhnliche Pferd sollte von diesem Odin inmitten einer Horde anderer namenloser Stuten gedeckt werden? Lysa, die noch nie einen Hengst von nahem gesehen hat, genauso wenig wie ihre Herrin je einen Mann an sich heran gelassen hat?

Es hat sich bislang kein Mann um Sophie bemüht, das nicht, denn immer war ein Pferd in ihrer Nähe, aber selbst wenn es einer versucht hätte, hätte Sophie ihn ignoriert. Die Züchter, von denen es neben den vielen Züchterinnen auch ein paar gibt, nimmt Sophie nicht wahr. Männer verstehen nichts von Pferden, das ist allgemein bekannt. Sie können sie vielleicht reiten und züchten, aber sie verstehen sie nicht. Das können nur Mädchen und Frauen und auch von denen nur wenige. Sophie ist allerdings nicht sicher, ob gerade die Züchterinnen ihre Pferde wirklich verstehen.

Wenn es soweit sein soll, dass Lysa einen Hengst erhören darf, wird Lysa unbeobachtet sein.

Regina van Dönges braucht dringend Geld, das ist eindeutig, die verhökert ihren Deckhengst zu einem Dumpingpreis, indem sie wie eine Wegelagerin fremde Reiterinnen anquatscht, sie mit absurden Beschuldigungen überhäuft und bedroht. Das wird Sophie ihr nicht durchgehen lassen. Tierquälerei!

Sophies Eltern hatten auf ihrem Bauernhof in der Nähe von Kevelaer immer Kühe und Schweine gezüchtet und gemästet und für Sophies Wünsche und Träume weder Zeit noch Geld übrig. Reitpferde hielten sie für überflüssiges Luxusspielzeug verwöhnter Städterinnen und nannten Islandpferde »Ponys«, was Sophie schon als Kind zur Weißglut brachte.

Jahrelang hatte Sophie ihre Eltern um ein Pferd oder wenigstens Reitunterricht angebettelt, denn nur ein Pferd, das wusste sie früh, würde sie verstehen und sie bedingungslos lieben.

Ein Pferd hat immer Zeit. Es lässt sich gerne Küssen und Umarmen. Es ist nie beleidigt und nie gemein.

Das hatte sie in unzähligen Mädchenbüchern gelesen und in vielen Filmen gesehen: Ein Pferd ist die allerbeste Freundin eines Mädchens.

Schweine und Kühe lieben niemanden, die fressen nur und dann werden sie selber gefressen.

Ihre Mitschülerinnen und Cousinen liebten Sophie auch nicht, denn sie roch nach Schweinestall, hatte nie schicke Klamotten an und war schon vor der Pubertät zu dick, denn für sogenannte gesunde Ernährung hatten ihre Eltern keine Zeit und keine Lust. Sie sagten Sophie nur gelegentlich, man müsse »etwas zuzusetzen« haben, wenn man körperlich hart arbeite und so etwas wie diese neumodische Magersucht käme ihnen nicht ins Haus.

Das Kind Sophie schlich sich, so oft das möglich war – und es war häufig möglich, weil niemand auf sie achtete – auf ein Islandpferdegestüt in der Nähe ihres Hofes und lernte dort reiten, striegeln, füttern. Niemand vermisste sie während dieser seligen Stunden. Sie bezahlte mit dem Geld, das sie ihrer Mutter aus dem Portemonnaie stahl. Die Mutter merkte das nie, dafür hatte sie einfach keine Zeit. Nicht einmal dafür.

Islandpferde, das hatte Sophie schon als Kind gelesen, haben keine Probleme mit übergewichtigen Mädchen, sie sind robust und außerdem gutmütig. Sie hörten aufmerksam zu, wenn Sophie ihnen während der Reitstunden stumm erzählte, dass sie ihre Eltern hasste und den Bauernhof hasste und die Kühe und Schweine hasste.

Sophie entdeckte die schöne Lysa, als die vier Jahre alt war und durfte sie unter Anleitung anreiten, denn sie ist eine begabte Reiterin, zudem erstaunlich behände beim

Auf- und Absteigen. Sophie bettelte und flehte bei ihren Eltern, aß, so viel wie sie konnte, um etwas zuzusetzen zu haben, sie half sogar beim Schweinefüttern ohne zu Kotzen. Aber es nützte alles nichts. Sie durfte sich Lysa nicht wünschen. Ihre Eltern nannten sie überspannt, verwöhnt und hysterisch. Ein eigenes Pferd zu besitzen sei ausgeschlossen für eine niederrheinische Bauerntochter. Und Islandpferde seien ohnehin neumodischer Kram und hätten am Niederrhein nichts zu suchen. Sie behaupteten, alle Mädchen in ihrem Alter wären pferdeverrückt, aber das wüchse sich aus.

Bei Sophie wuchs sich nichts aus.

Sie musste 24 Jahre alt werden und eine Banklehre bei der Volksbank in Kerken absolviert haben, bevor sie sich Lysa leisten konnte. Leider reichten die Unterschlagungen in der Bank und das Erbe, das Sophie nach dem plötzlichen Tod ihrer Eltern bei einem Unfall auf der spiegelglatten Landstraße 460 in der Nähe von Sonsbeck, zufiel, nur für die Pacht einer mittelgroßen Weide, für den Kauf eines Häuschens und eines Autos mit Anhänger für zwei Pferde, damit Lysa während eines eventuellen Transports viel Platz hätte und für den Kauf einer Stallbox für den Notfall eiskalter Winternächte.

Das Geld reichte nicht mehr für Rökhvi und Mora, die Sophie eigentlich auch kaufen wollte. Weitere Unterschlagungen wollte sie nicht mehr begehen. Die bisherigen waren im Chaos der Bankenkrise unentdeckt geblieben und sie wollte ihr Glück nicht überstrapazieren.

Ein Dreimädelhaus hatte es werden sollen, eine isabellfarbene und eine erdfarbene Stute und eine Füchsin. Immerhin, das Manipulieren der Bremsen am elterlichen Auto bescherte ihr das Glück mit Lysa. Sie roch nie mehr nach Schweinestall, sondern immer nur nach Pferd. Süß und sauber und warm und ein bisschen nach Heu.

Aber es riecht niemand an ihr. Denn sie kann nicht mehrere Lebewesen auf einmal lieben und Lysa erfordert ohnehin ihre ganze freie Zeit außerhalb ihres Bankjobs. Sophie geht früh ins Bett und steht früh auf, um möglichst viel mit Lysa zusammen sein zu können und ihren Alltagsrhythmus an Lysas Bedürfnisse anzupassen, denn das ist Liebe.

Voller Empörung war Sophie nach der Begegnung mit Regina van Dönges nach Hause geritten. Lysa spürte ihre Aufregung, töltete schwingender und tanzender denn je, beruhigte sie damit.

Ihre Lysa mit anderen, ungleich hässlicheren und seelisch völlig unempfindlichen Stuten zusammen auf einer Koppel, während des wichtigsten Ereignisses in ihrem Leben! Das fehlte gerade noch. Aber mit einer Sache hatte Regina van Dönges sicherlich recht, auch wenn sie die falsch angepackt und ausgedrückt hatte: Lysa sollte die körperliche Liebe erleben dürfen, nur nicht unter den neidischen Augen der van Döngesschen Zuchtstuten.

Sophie Angerhausen kennt sich aus. Regina van Dönges glaubt nur, dass Sophie sich nicht auskennt. Sophie weiß ganz genau, dass Regina van Dönges Ende Mai auf einer Versammlung des nordrhein-westfälischen Islandpferde- und Züchterverbandes in Kamen weilt, denn auch, wenn sie am Verbandsleben nicht teilnimmt, weiß sie stets, was sich tut.

Schließlich will sie nur das Beste für Lysa und sollten irgendwelche neuen Forschungen über Maßnahmen zugunsten der Gesundheit und des Wohlergehens von Islandstuten bekannt werden, will Sophie das selbstverständlich wissen. Deshalb liest sie regelmäßig alle einschlägigen Zeitschriften sorgsam durch und weiß deshalb auch, dass Odin ihr wie ein Lamm in ihren Anhänger folgen wird, wenn sie ihm freundlich begegnet, denn auch die Hengste seiner Rasse denken von den Menschen nur das Beste.

In der Dunkelheit eines späten Maiabends legt Sophie Angerhausen nun den Elektrozaun an der Koppel des Deckhengstes lahm und lockt problemlos den arglosen Odin in ihren Anhänger, während die freundlichen Bordercollies des van Döngesschen Gestüts an ihren Schuhen schnüffeln. Die Hunde begegnen potenziellen Kidnappern wohlwollend, denn die kommen in ihrer Ausbildung als Pferdehüter nicht vor.

Sophie fährt die Nacht Richtung Osten durch. Die Hochzeit darf nicht in Rheurdt stattfinden, dort, wo alle Wanderer auf die Weide gaffen, nicht in einem der umliegenden Orte am Niederrhein, wo alle Odin und Lysa erkennen. Sie hat Lysa ein leichtes Beruhigungsmittel gegeben, noch ist sie nicht rossig, aber man weiß nie. Odin stellt sich brav neben seine neue Braut, die schläfrig den Kopf hängen lässt.

Spitz ragen die golden schimmernden Ohren aus dem Schleier.

Sophie hat die erforderlichen Löcher für die Ohren vorher sorgfältig ausgemessen, den feinen, weißen Tüll an den Rändern mühselig, aber ordentlich mit weißem Seidengarn umstichelt. Ein wenig grauer ist der umstichelte Rand dadurch geworden. Das fällt kaum auf.

Der Schleier muss sein. Lysa ist Jungfrau, ein unschuldiges, unberührtes Mädchen. Beschützt und bewahrt für den Richtigen und Ersten. Tradition ist wichtig. Alles soll richtig sein.

Den Brautstrauß trägt Sophie dennoch selber. Sie ist ja nicht albern. Lysa mit einem Brautstrauß im Maul wäre ein absurdes Bild. Eine Möhre nachher, wie bei einem Festmahl, die gehört dazu.

Ohnehin wird Lysa dies erwarten. Sie spürt, die Feine, dass es ein besonderer Tag ist. Der wichtigste Tag in ihrem Leben.

Lysa wuschelt mit samtweichen Lippen an Sophies Hand, wirft den Kopf hoch und schüttelt schnaubend ihren schönen Kopf.

Der Tüll weht im Sommerwind eines frühen Morgens. Weißer Tüll auf blonder Mähne vor blauem Himmel auf grüner Weide. Gewiss, es hätte schlichter sein können. Mancher wird ihr dies als Kitsch vorhalten. Aber für den blauen Himmel kann sie nicht. Der hat sich für Lysa ganz von sich aus so herausgeputzt an ihrem Ehrentag.

Sophie küsst Lysa auf die warme duftende Nase. Lysa schaut ruhig auf sie herunter, gesammelt, erwartungsvoll. Sophie nimmt das Halfter und sagt leise: »Komm, meine Schöne, meine Liebe. Ich führe dich ihm zu.«

Odin wartet. Kraftvoll, gespannt. Nicht auf sie. Auf Lysa. Lysa wird heute erleben, was sie nie erleben wird. Lysa soll diesen Tag für immer in ihrem Herzen bewahren.

Im südwestlichen Zipfel von Mecklenburg-Vorpommern, wo niemand wohnt und keine Regina van Dönges plötzlich dahergeritten kommt, begegnen sich Lysa und Odin ganz für sich alleine.

Sophie führt Lysa, die sehr glücklich aussieht, nach einigen Stunden, in denen sie in diskretem Abstand zur Liebesweide unter Eichen gelegen hat, wieder in den Anhänger zurück. Odin aber lässt sie auf der unendlichen, leeren Weide in diesem unendlichen, nahezu unbewohnten Land zurück. Bestimmt gibt es hier irgendwo ein Islandpferdegestüt in der Nähe, die gibt es inzwischen überall.

Bestimmt hat eines zu dieser Jahreszeit seine Herde mit rossigen Stuten schon zusammengestellt, damit ein sorgfältigst ausgewählter Zuchthengst sie decken kann.

Odin wird diese Stuten mit Sicherheit finden. Er wird dort herrliche Stunden erleben.

Sophie denkt nicht schlecht von ihm, schließlich hat Lysa ihn sofort akzeptiert. Sie gönnt ihm diese Orgie.

Bis man ihn gefunden hat, bis man ihn identifiziert hat, kann es viele Stunden, wenn nicht Tage, dauern. Isländer brauchen keinen Stall, nach ihnen muss man nicht oft schauen.

Bis Odin entdeckt wird, kann Odin viele kleine Odins zeugen und seiner Herrin unermessliche Schadensersatzforderungen bescheren.

Sophie Angerhausen fährt die Nacht durch nach Westen und macht sich keine Sorgen um Odin.

Pferde gehen nicht verloren.

Lysa ist eine glückliche Schwangere.

Regina van Dönges wird zu allen Züchtern und auch zu Sophie auf Knien angekrochen kommen und sie anflehen, ihr sehr preiswert einige ihrer besten und schönsten Stuten abzukaufen, damit sie die horrenden Schadensersatzforderungen der geschädigten Züchter im Osten Deutschlands erfüllen kann.

Niemand wird je erfahren, wie Odin vom Niederrhein nach Mecklenburg-Vorpommern gelangen konnte.

Das Dreimädelhaus wird Wirklichkeit werden.

Sophie Angerhausen wird jetzt ihr Testament aufsetzen, man weiß ja nie. Darin wird sie festlegen, dass Lysa mit ihr beerdigt wird. So war es Brauch in Island und das hatte seinen Sinn.

Eine große Liebe endet, wenn einer von Zweien stirbt.

Für die fachliche Beratung danke ich meiner Schwester Brigitte Epmeier vom Islandpferdegestüt »Alte Post« in Gorlosen-Grittel, Mecklenburg-Vorpommern.

Die Schauspielerin

Die Hutfrage beschäftigte sie lange. Sie ahnte ihr Gesicht, blass verschwommen und zart, hinter einem schwarzen Schleier.

Sie trug nie einen Hut.

Viele der Trauergäste fänden es vielleicht irritierend, wenn sie zur Beerdigung einen Hut trug. Doch wie faszinierend musste die dezente Dramatik hinter einem schwarzen Schleier; dieses halb Verborgene, gerade noch Transparente sichtbarer Trauer wirken.

Widerstrebend löschte sie dieses Bild. Sie versuchte stattdessen, sich für ihre Kleidung zu entscheiden. Sah sich im schwarzen, schmalen Mantel mit offenem Haar, ungeschminkt.

Ein weißes starres Antlitz, mit großen, vom Weinen nur wenig geschwollenen Augen; mit schmerzvollen, nicht zu tiefen, feinen Linien um den Mund. Sie würde die überfüllte Trauerhalle sichtlich fröstelnd betreten, gesenkten Kopfes, Schleier oder Haar fielen über ihre bleichen Wangen.

Die Musik machte ihr noch Sorgen. Welche Klänge untermalten angemessen, aber unpathetisch, ihre stille Würde? Diese tragische, ergreifende Würde aller mühsam beherrscht trauernden Frauen mit Gesichtern, die sie aus allen Filmen ihres Lebens in sich gesammelt und abrufbereit gespeichert hatte.

Die Autoreifen quietschten, als sie im dritten Gang um die Kurve fuhr, zutiefst gerührt von ihrer eigenen Erscheinung auf seiner Beerdigung.

Energisch beschloss sie, die Beerdigung zu verlassen.

Die Todesanzeige war noch nicht vollkommen. Schlicht, elegant, dennoch in ihrer Einfachheit die Tragödie eines erschreckend frühen Todes enthüllend, musste sie sein. Sie las täglich sehr aufmerksam die Todesanzeigen in der Zeitung. Hier ein Wort, dort ein Satz gefielen ihr. Das Einmalige war bisher nicht dabei.

Vertagt.

Entspannender fand sie die Auflistung der Freunde, Bekannten und Kollegen, die sie mit der dann perfekt formulierten Anzeige konfrontieren würde. Wieder fielen ihr neue Namen ein, entferntere Nachbarn, längst verlorene Freundinnen, viele Leute, die sie nicht mochte, einige Menschen, die sie geliebt hatte.

Schreiben Trauernde die Adressen für die Anzeigen selber oder tut das der Beerdigungsunternehmer?

Wohlig erschauernd sah sie die Gesichter der Menschen vor sich, wenn sie die Anzeige lesen würden. Sie spürte ihr Erschrecken, das Entsetzen, die furchtbare Unsicherheit. Soll man anrufen? Hingehen? Helfen? Schreiben? Schweigen?

Lächelnd erkannte sie, wie jeder der Angeschriebenen mit allen Facetten seiner Reaktion für wie vorstellbar und berechenbar war. Zuneigung, Mitleiden, Hilfe würden ihr unerschöpflich zufließen.

Wen würde sie selber zuerst anrufen? Wen könnte man kränken, wen ehren mit absichtsvollem Erwählen?

Die Laterne neben der Haustür brannte. Vergnügt schloss sie auf. Alles war bereit. Er lag vor dem Bett.

Frieden. Klarheit.

Sie nahm die schon erkaltete Hand in die ihre. Sie war ohne Feuchte, ohne Wärme, ohne Druck. Wie gut, dass es keine Krämpfe, kein Erbrechen gegeben hatte. Genau, wie sie es so sorgfältig geplant hatte.

Sie entschied sich: Mit Hut. Mit Schleier. Die Arie der Norma.

Ihr größter Auftritt.

Ulla Lessmann,

geboren in Bremerhaven, ist ausgebildete Journalistin und studierte Diplomvolkswirtin sozialwissenschaftlicher Richtung. Sie war u. a. Chefredakteurin des »Vorwärts« und arbeitet seit 1994 als freie Journalistin, Moderatorin und Schriftstellerin.

Seit 1983 veröffentlicht sie Kriminalromane, Kurzkrimis, Satiren, Erzählungen und Gedichte, u. a. im Leporello Verlag, im Fischer Taschenbuchverlag oder im Ullstein Taschenbuchverlag. Ihre Satireserie »Sie sagen ja jetzt« aus dem Alltag älterer Menschen war jahrelang Kult auf WDR 4.

Für ihr literarisches und journalistisches Werk wurde sie mehrfach ausgezeichnet, u. a. mit dem EMMA-Journalistinnenpreis, dem Preis der Stadt Herne für satirische Literatur und dem Krimi-Schreib-Stipendium »Tatort Töwerland«; für den »Kärntner Kurzkrimi-Preis« und den »Krefelder Kurzkrimi-Preis« wurde sie nominiert.

Ulla Lessmann ist Mitglied im Verband deutscher Schriftsteller/innen (VS) in ver.di, (Vorsitzende in Köln 1995 bis 2003), im »Syndikat« und im Krimiautorinnennetzwerk »Mörderische Schwestern«, dessen derzeitige Präsidentin sie ist.

Ulla Lessmann lebt mir ihrem Mann in Köln und Italien.

www.ulla-lessmann.de

»Gelassenheit – wie geht das?« aus »Dessert für eine Leiche«,
hg. v. Ina Coelen, Leporello 2008.

»Das Blockflötenkonzert« aus »Fürchtet Euch nicht!«,
hg. v. Gisa Klönne, Ullstein 2009.

»Hella's Wolllädchen« aus »Money/Geschichten von schönen
Scheinen«, die Nominierten zum Kärntner Kurzkrimi-Preis 2008,
hg. v. Fran Henz & Susanne Schubarsky, Heyn 2008.

»Im Morgengrauen kam das Grauen« aus »Ich habe schon
Schlimmeres erlebt«, hg. v. Angela Troni, Ullstein 2007.

»Die einzige Malerin« unter dem Titel »Die Malerin« aus: »Tot
auf Juist«, Kurzkrimis der Preisträger des Stipendiums »Tatort
Töwerland«, hg. v. Thomas Koch & Jan Zweyer, Grafit 2009.

»Huhn auf Genueser Art« unter dem Titel »Pollo Genovese« aus
»Pizza, Pasta & Pistolen«, hg. v. Ingrid Schmitz, LangenMüller 2007.

»Das Schokoladenschwein von Herten« aus »Bitterböse«,
hg. v. Ina Coelen und Brigitte Glaser, Leporello 2009.

»Die Ungerächte« aus »Romanik in Köln«, hg. v. Förderverein
Romanische Kirchen e.V., Greven 2001/2003.

»Die Elefantenhose« aus »Todschick«,
hg. v. Ina Colen, Leporello 2009.

»Lilien zur Erinnerung« aus »Radieschen von unten«,
hg. v. Ina Coelen und Gesine Schulz, Leporello 2006.

»Macht hoch die Tür« aus »Leise rieselt der Schnee«,
hg. v. Gisa Klönne, Ullstein 2003/2005/2008.

»Hacki und der Herd« aus »Tödliche Torten«,
hg. v. Ina Coelen, Leporello 2005.

»Das Geheimnis der Schulbibliothek« aus »Mörderische
Mitarbeiter«, hg. v. Ina Coelen und Ingrid Schmitz, Scherz 2003.

»Barbaras Modernisierung« unter dem Titel »Ingeborgs Modernisierung« aus »Ingeborgs Fälle«, Fischer Taschenbuchverlag 2003.

»Das Verschwinden eines Einkaufsleiters« unter dem Titel
»Das Kloster« aus »Weihnachten und andere Katastrophen«,
hg. v. Anne Enderlein und Cornelie Kister, Ullstein 1998.

»Hermines Nase« aus »Die Phantasie ist eine Frau«,
hg. v. Ingeborg Mues, Fischer Taschenbuchverlag 1998.

»Regional-Express 29716« unter dem Titel »RE 29716« aus
»Niederrhein-Leichen«, die Nominierten zum Krefelder Kurzkrimi-Preis, hg. v. Ina Colen und Jepe Wörtz, Leporello 2009.

»Lysas Hochzeit« aus »Ausgefressen«,
hg. von Ina Coelen und Arnold Küsters, Leporello 2010.

»Kobers Kalkül« und »Die Schauspielerin« sind hier erstmals
veröffentlicht.

Christiane Dieckerhoff

Blütenträume

ISBN 978-3-936783-41-4 · 272 Seiten · € 9,90

Polizeifunk abhören ist illegal. Aber wie sonst soll ein aufstrebender Junggreporter an Titelgeschichten kommen? Egal, ob die Lohngelder der Zeche König Ludwig geklaut werden, oder Falschgeld auftaucht – immer ist Kowalski der Polizei um eine Bleistiftlänge voraus. Als ein Nachtwächter ermordet wird, gerät Kowalski dadurch ins Visier des Mörders. Eine dramatische Jagd beginnt, die den Leser in die Zechensiedlungen, auf die Trabrennbahnen und in die Fußballstadien des Ruhrgebiets der sechziger Jahre führt.

Susanne Kliem

Die kalte Zeit

ISBN 978-3-936783-40-7 · 230 Seiten · € 9,90

Weihnachten steht vor der Tür. Konrad Verhoeven, Christbaum-produzent in Neuss-Büttgen, will die ersten Tannen für den Ver-kauf schlagen. Doch über Nacht wurden bei tausenden Bäumen die Spitzen abgeschnitten – die Ernte ist wertlos. Konrads Tochter Gesa hat eine unkonventionelle Idee, um den Betrieb zu retten. Sie ahnt nicht, dass sie damit mächtige Feinde auf den Plan ruft. Bald darauf steht eine Tannenkultur in Flammen, und in ihrer Mitte verbrennt ein Mensch. Die Düsseldorfer Mordkommission nimmt Ermittlungen auf, doch interne Querelen erschweren die Arbeit der Kommissare. Wiebke Blessing wird ihren männlichen Kollegen als Chefin vor die Nase gesetzt. Nur Tom Zagrosek freut sich, denn sein alter Partner Werner Kleinschmidt kehrt ins Team zurück. Doch die Zusammenarbeit wird auf eine harte Probe gestellt . . .